AF209810

Unter dem Psyeudonym Lisa Wolf bereits erschienen:
Traumschatten

Marcia Wolf
Whatever -
Der Rest im Leben

Roman

Alle Rechte liegen bei der Autorin
Herstellung: Books on Demand GmbH, Norderstedt
Umschlaggestaltung: D. Schoenewolf
1. Auflage, März 2003, Eschwege
ISBN 3-8330-0270-0

Das Mögliche, das ich zu *meinem*
konkreten Möglichen mache,
kann als mein Mögliches nur erscheinen,
indem es sich vom Hintergrund der Gesamtheit
der logischen Möglichkeiten,
die die Situation enthält, abhebt.

J. P. Sartre

Für die unbewußte Möglichkeit
Danke V.

1

Ein Theaterspiel wird uns heute vorgeführt.

Quälende Gedanken - die betäubten Seelen sind die Zuschauer. Mit einer gewaltigen Kraft werden die Gedanken in das Innere ihrer Seelen hineingezogen. Als Kulisse dienen die Lichter der Großstadt und ein Panorama der weiten Ferne. Das Ungewisse wird zum Ausdruck gebracht, aber gleich wieder vergessen.

Stimmen, die Geräusche von Bewegungen darstellen, führen als Schauspieler einen Wahnsinnsfilm auf. Unglaublich, mit welchen Farben und welcher Vorstellungskraft sie arbeiten - eingefressen in die Gehirne der betäubten Seelen.

Um die Kulisse herum sind große Wände aufgebaut, die ein Echo wiedergeben, das zur Verrücktheit führt. Der Sog wird stärker. Kein noch so klarer Gedanke kann sie davon abhalten, sich von dem Sog fernzuhalten. Den Zuschauern wird schwindelig. Das Fallen in die Ohnmacht ist nah. Ein schwarzes Nichts ist unter ihnen - endlose Tiefe. Wo werden sie landen?

Es tut nicht weh - der Aufprall nach dem Fall bleibt aus. Das Loch ist eine andere Welt ohne Ende. Neugierig gehen sie einen Gang entlang und suchen nach dem, was sie erwarten. Totales Gewirr. Wo gehts hier lang? Sie brauchen Hilfe, um zu fliehen. Wie kommen sie hier wieder heraus? Gefangen in den Händen der Enge gibt es keinen Ausgang.

Sie lassen sich in einem Meer aus Wörtern treiben, das aus Wortspielen entsteht. Sie glauben, den Schmerz nicht aushalten zu können, der dabei entsteht. Irgend etwas läuft hier schief! Technik! Abstellen! Aber es funktioniert nicht. Ein Fehler in der Technik hält sie gefangen!

Eine unheimliche Vorstellungskraft kommt ins Haupthirn. Die betäubten Seelen sind ihr völlig ausgeliefert. Irgend etwas kriecht an den Wänden ihrer Adern rund und rund im Kreislauf. Kein Mittel kann diese Art von Schmerz lindern. Ein einziger chaotischer, hin- und herschießender Gedanke durchströmt das Gehirn. Kurz bevor er stirbt, sagt er *Auf Wiedersehen* zum Nervensystem.

Der Sumpf kocht - scheinbar gefangen in einer großen Hitze. Müssen sie da durch? Ohne Antwort werden sie hinein gestoßen, doch sie erfrieren beinahe in der unerwarteten Kälte des Moors, das ihnen bis zu den Hüften reicht. Wie Dämonen gehen sie durch die Finsternis des brodelnden Schlamms.

Eine Säge kratzt an ihren Nerven. Plötzlich hören sie eine Stimme, die durch einen Lautsprecher zu ihnen spricht. Weder drohend noch mörderisch klingt diese Stimme, aber so fies, daß man bei ihren Worten, die sinnlos in den Raum treten, vor Angst stirbt. Herzklopfen und sägende Schnitte an den Nerven. Die Lichter der Großstadt sind schon lange aus. Die Dunkelheit läßt nur Silhouetten der Schauspieler durchkommen. Eigene Bewegungen zerstören die Atmosphäre. Das Ungewisse ist noch immer vorhanden und erhält die Angst in ihnen am Leben, um dann irgendwann in Panik auszubrechen. Die Gedanken werden nicht mehr zu Ende gedacht. Ein neuer Gedanke ist schneller und löst den vorangegangenen ab, der nicht endgültig sterben kann, aber trotzdem sofort vergessen wird.

Schreie eines qualvollen Todes. Sie müssen sich das anhören - sie können der Verzweiflung nicht entfliehen.

Kreaturen beim Spiel. Vergnügt, aber doch mit einer Angst einflößenden Macht. Die Kreaturen gehen mutig den Spuren nach - bis sie den Tod gefunden haben.

Der nächste bitte!

Vorbei...

Sie singen im Chor, bis auch der letzte Zuschauer sein Leben fallen läßt und ihnen folgt.

Aber bald werden neue Zuschauer den *Go-Abroad-Way* besuchen, um die faszinierende Show mitzuerleben und mit ihr bis zum plötzlichen Ende der Gedanken zu gehen.

„Kommt Leute, kommt! Die plötzliche Ruhe nach dem Stück wird euch das Letzte geben. Einmal diesen Weg gewählt, findet ihr durch die große Verwirrung nicht mehr zurück! Versucht es! Es wird euch schmecken! Es kann so grausam schön sein! Die nächste Vorführung beginnt in einer halben Stunde!"

Ein schrilles, stürmisches Türklingeln drang in mein Gehirn und unterbrach meinen Drogentraum. Erschrocken fuhr ich hoch. Mein Blick fiel auf die Uhr. 'Olaf!' schoß es mir durch den Kopf.

Wir wollten ins Kino gehen - Nightmare on Elmstreet. Ich öffnete die Haustür.

„Ich dachte schon, du seist nicht da", begrüßte mich Olaf und folgte mir in die Wohnung. Ich sah ihn etwas benommen an. Die Wirkung der eingenommenen Rohypnol - ein starkes Schlafmittel - hatte bereits vor einer halben Stunde begonnen. Durch die plötzliche Bewegung fühlte ich mich ziemlich ausgepowert und müde.

Warum ich dieses Schlafmittel genommen hatte? Einfach nur so, um gut drauf zu sein, um der Realität zu entfliehen, um mein Bewußtsein auszustellen...

„Willst du noch 'n Bier?" fragte ich Olaf und versuchte, mein Gehirn wieder in die Realität zu rufen.

„Nee, wir müssen los, sonst verpassen wir den Anfang", antwortete er ungeduldig.

„Ich bin gleich soweit", sagte ich träge und schleppte mich ins Bad, um einen prüfenden Blick in den Spiegel zu werfen. Ein blasses Gesicht mit kleinen Augen sah mir entgegen. Ich wußte, daß ich daran nichts ändern konnte, verließ das Bad wieder und zog meine Schuhe an. Das Binden der Schnürsenkel, die schwer in meinen Händen lagen, schien eine Kunst zu sein. Meine Finger versuchten ungeschickt, die langen Fäden zu ordnen. Olaf stand neben mir und beobachtete diese Aktion. Endlich hatte ich es geschafft, die verfluchten Schnürsenkel zu einem Knoten mit Schleife zusammenzufügen.

„Was hast du dir denn eingeworfen?" wollte Olaf wissen.

„Ne *Hypno*", antwortete ich kurz, stand auf und nahm meine Jacke vom Haken.

Als wir das Haus verlassen hatten, empfing mich ein lauer Sommerabend. Die Luft erschien mir in meinem momentanen Zustand trotzdem zu kalt. Müdigkeit erzeugt in mir immer ein Verlangen nach Wärme. Trotz allem wurde ich durch die frische Luft nicht wacher. Träge schlich ich neben Olaf her zur nächsten U-Bahnstation. Das grelle Licht an den Bahngleisen klatschte mir wie eine Ohrfeige ins Gesicht. Geblendet setzte ich mich auf die nächste Bank, als die U-Bahn auch schon nahte. Blitzartig ergriff mich die Panik, daß ich den Weg zwischen Bank und U-Bahn nicht schnell genug zurücklegen könnte. Ich raffte meinen Körper mit einem durch Angst gedrängten Energieschub auf und stürzte an Olaf vorbei in die Bahn. Erschöpft von der plötzlichen Koordination meiner Körperteile ließ ich mich auf einen der Sitze fallen. Olaf setzte sich schweigend neben mich. Die Türen schlossen sich mit einem lauten *Ratter Knall*, das sich in mein Gehirn bohrte und sofort von den Fahrgeräuschen der Bahn abgelöst wurde. Ich schaute aus dem Fenster in das schwarze Dunkel der U-Bahnschächte, das mit einer rasenden Geschwindigkeit an meinen Augen vorbei huschte. Augenblicklich überkam mich das Gefühl, daß wir immer schneller wurden und gleich abheben müßten, als die U-Bahn mit einem kurzen Ruck an der nächsten Station anhielt, um

Leute ein- und aussteigen zu lassen. Und wieder ertönte das *Ratter Knall*, das mich kurz zusammenzucken ließ. Ich beobachtete nun die Leute, die in der U-Bahn verweilten und glaubte für einen kurzen Moment, ihre Gedanken außerhalb ihrer Köpfe kreisen zu sehen. Allerdings bekam ich diese Gedanken nicht zu fassen. Anonyme Stille breitete sich aus und überdeckte die Fahrgeräusche. Keiner schaute den anderen an. Jeder blieb zurückgezogen in sich selbst. Ausdruckslose Gesichter schwebten über den Körpern und warteten auf das Zeichen der richtigen Station, an der sie ihren Sitzplatz, den sie für ein paar Minuten ihren Eigenen genannt hatten, verlassen und in ihr Leben zurückkehren konnten.

Das sanfte Schaukeln der Bahn verstärkte meine Müdigkeit und ich kämpfte dagegen an, mich der Verlockung hinzugeben, meine Augen zu schließen. Ich schaute wieder aus dem Fenster. Meine Gedanken waren ausgeschaltet, und das Nichts in meinem Gehirn zerrte gnadenlos an dem Wunsch, zu schlafen. Krampfhaft versuchte ich, ein paar Gedanken zu bewegen, sonst hätte Olaf seine liebe Mühe, mich aus der U-Bahn herauszulotsen.

Der Film lief in Kino vierzehn. Ich folgte Olaf durch endlos lange Gänge, deren Wände einfarbig gestrichen waren, und deren Fußboden mit grünem Teppich ausgelegt war, auf dem ich mich vorwärts bewegte wie auf einer mit Moos bewachsenen Fläche. Das Licht leuchtete künstlich in diesem Gebäude ohne Fenster. Wir gingen Treppen aufwärts und wieder abwärts, bis wir Kino vierzehn erreichten. Ich überzeugte mich gerade davon, daß ich aus diesem Gewirr von Gängen niemals wieder allein herausfinden würde, als uns ein freundlich lächelnder Türsteher empfing. Er riß unsere Kinokarten ein und ließ uns durch den Vorhang in einen dunklen Raum eintreten, in dem schwarze Sitze neben- und hintereinander aufgereiht darauf warteten, daß der Film begann.

Ich setzte mich irgendwo hin und erwartete nichts. Ich tat alles nur deshalb, weil es so verabredet war. Der Vorhang öffnete sich und bunte Bilder einer unechten Welt versuchten, die Zuschauer von Produkteigenschaften zu überzeugen. Die Bilder liefen an mir vorbei. Die Leinwand vergrößerte sich, und der Film fing an. Zugegeben - schon die ersten Minuten waren spannend, schafften es aber nicht, meine Müdigkeit zu vertreiben, die durch die Dunkelheit verstärkt wurde. Nach zwanzig Minuten entzog sich mein Gehirn der Realität, und ich versank in einen tiefen, traumlosen Schlaf, hervorgerufen durch die unwahrscheinliche Kraft einer Schlaftablette. Ich versank in einem schwarzen Loch und fühlte nichts mehr. Ich würde auch hinterher nichts mehr wissen - weder warum ich im Kino war, noch wie ich überhaupt dort hingekommen war.

Eine Hand rüttelte an meiner Schulter. Verwirrt öffnete ich meine schweren Augenlider und sah Olaf desorientiert an.

„Der Film ist zu Ende", drangen seine Worte hohl in mein Ohr.

„...zu Ende." Meine Augen fielen wieder zu.

„Hey, wir müssen los", hörte ich Olaf sagen, doch ich konnte mit diesen Worten nicht viel anfangen. Wieder spürte ich seine Hand, die mich nun fester rüttelte. Träge versuchte ich, sie abzuschütteln. Was ist denn das für 'n Streß hier!

„Das Kino ist gleich leer. Wir müssen raus!" sprach Olaf nahe an meinem Ohr.

Kino? Raus? Meine Gedanken fingen an, sich zu bewegen. Kino? Ach ja!

„Ist der Film schon zu Ende?" hörte ich mich fragen und versuchte, meinen Körper in Bewegung zu setzen. Ich konnte mich nur vage daran erinnern, wie man aufsteht. Nachdem meine Beine festen Boden unter den Füßen spürten und meine Hände sich an den weich gepolsterten Sitzen festhielten, regelte mein Gehirn die aufrechte Haltung meines Körpers.

Olaf nahm meine Hand und zog mich durch einen Ausgang auf die Straße. Wo waren denn die langen Gänge hin?

Draußen war es kühler geworden. Die Kälte fuhr sofort in meinen Körper. Ich fühlte mich wie eine Statue aus Eiskristallen.

„Hast du überhaupt irgend etwas von dem Film mitbekommen?" wollte Olaf wissen.

Welcher Film?

Ich schlingerte hinter Olaf her. Keine Ahnung, wo er mich hinführte. Hauptsache, ich hatte jemanden, der mich vorantrieb, sonst wäre ich auf der Stelle wieder eingeschlafen. Irgendwann kehrten wir in einen Pub ein. Die Wärme erzeugte in mir kurz den Zweifel, ob ich mich jetzt auflösen würde, wenn die Eiskristalle in meinen Adern schmelzen.

Wieso eigentlich Eiskristalle?

Olaf bestellte etwas zu trinken. Ich nippte an einer süßen Flüssigkeit und hatte keine Ahnung, was ich trank. Es war mir auch egal. Mit halb geschlossenen Lidern hing ich auf einem Stuhl in irgendeinem Pub und ließ die Welt an mir vorbeiziehen.

„'Tschuldige, wenn ich heute nicht zum Unterhalten geeignet bin", formulierte ich und hatte sogleich wieder vergessen, was ich gerade gesagt hatte.

„Ist schon okay", sagte Olaf nur und nahm einen großen Schluck aus seinem Glas. Wir saßen ungefähr zehn Stunden in dem Pub. Als wir ihn verließen, war es aber immer noch dunkel draußen. Vielleicht waren es auch nur zwei Stunden gewesen. Ich wäre jedenfalls sitzengeblieben, wenn Olaf mich nicht irgendwann nach Hause gebracht hätte.

2

Ich verschlief den halben Tag. Als ich aufwachte, fing mein Gehirn an
dort anzuknüpfen, wo ich am Abend zuvor die Wohnung verlassen
hatte. Vernebelt hatte ich in Erinnerung, daß ich gestern irgendwo
war und auch irgendwie von dort wieder nach Hause gekommen
war - ich wußte nur nicht mehr wie. Ich stand auf. Es war Samstag.
Saskia und Ha-Em waren nicht zu Hause. Wir wohnten zusammen
in einer Wohngemeinschaft.
Saskia und ich waren schon lange befreundet. Sie arbeitete als Alten-
pflegerin, war dreiundzwanzig Jahre und insgesamt das Gegenteil
von mir. Sie war eine ausgeglichene Person und strahlte oft die
Ruhe aus, die mir fehlte. Sie nahm keine Drogen, akzeptierte aber
meine Lebensweise. Wir redeten nicht oft darüber. Wir akzeptierten einander wie wir waren. Das trug viel zu einem harmonischen
Zusammenleben und zu einer ausnahmslosen Freundschaft bei.
Saskia war seit einem Jahr mit Michi zusammen. Er war zwei Jahre
jünger als sie. Michi war häufig bei uns. Er wohnte noch bei seinen
Eltern, war aber auf der Suche nach einem WG-Zimmer oder einer
eigenen kleinen Wohnung. Saskia hatte allerdings nicht die Absicht,
mit ihm zusammenzuziehen. Wir brauchten alle irgendwie unsere
Unabhängigkeit.
Ha-Em hieß eigentlich Hans-Martin. Weder er noch wir mochten
seinen langen Namen, und in Einzelteilen gefiel ihm weder der
eine noch der andere Name, deswegen nannten ihn alle einfach nur
Ha-Em. Er war vierundzwanzig und studierte Germanistik und Phi-
losophie - jedenfalls manchmal. Zwischendurch jobbte er bei einem
Kurierdienst oder lebte einfach sein Leben.
Saskia und ich hatten Ha-Em erst bei der Wohnungsbesichtigung
kennengelernt. Er hatte händeringend nach einer Unterkunft gesucht,
und da die Wohnung groß genug war und Ha-Em uns sympathisch
erschien, versuchten wir spontan unser Zusammenleben zu dritt.
Wir hatten uns schnell aneinander gewöhnt. Die Regeln, die wir für
ein gemeinschaftliches Zusammenleben aufgestellt hatten, hielten
wir ein. So vermieden wir unnötige Diskussionen. Ha-Em war sehr
ordentlich - mehr als Saskia und ich es waren - zumindest was Küche,
Bad und Gemeinschaftswohnzimmer betrafen. In seinem eigenen
Zimmer sah es oft chaotisch aus - aber das war seine Sache. Ha-Em
hatte keine feste Beziehung. Er brachte ab und zu mal eine Frau mit

nach Hause, die aber höchstens noch ein zweites oder drittes Mal auftauchte und dann auch schon wieder verschwunden war.

Ich kurierte mich gerade von dem schmerzhaften Verlust zweier Freundschaften aus. Die eine war die Beziehung mit Boris, den ich irgendwie geliebt hatte, der mich dann aber mit meiner Freundin betrogen hatte. Die andere Freundschaft war eben diese Freundin. Nun hatte ich sie beide verloren - Boris und meine Freundin. Das hatte ich noch nicht ganz verarbeitet. Ich lenkte mich aber ab, ging viel aus und nahm vielleicht einen Tick zu viel Drogen zu mir. Nicht, daß ich drogenabhängig war oder zum gefährdeten Kreis zählen würde. Ich erweiterte nur hin und wieder gern mein Bewußtsein und rauchte einen Joint. Andere Drogen nahm ich selten. Und harte Drogen rührte ich überhaupt nicht an. Wahrscheinlich gibt es keinen kontrollierten Drogenkonsum, aber ich glaubte, dergleichen zu betreiben, denn ich verlor den Bezug zur Realität nicht und kannte meine Grenzen. Momentan hatte ich keine Lust auf eine neue Beziehung. Ich wollte erst einmal leben, und wenn irgendwann das Gefühl von Liebe wieder hochkommen sollte, könnte ich mir immer noch überlegen, ob ich mich darauf einlassen wollte.
Zwischendurch ging ich arbeiten. Es war finanziell nicht der Reißer, aber der Job machte Spaß, und die Kollegen waren nett. Ich arbeitete bei *Brainstorm,* einem Versandhaus für Bücher, Videos und Tonträger aller Art. Dort nahm ich Aufträge entgegen und schrieb Rechnungen. Wenn mich eine Motivationsphase überkam, arbeitete ich an meinen Englischkenntnissen. Ich träumte davon, irgendwann einmal nach Amerika auszuwandern oder zumindest Dolmetscherin zu werden.

Ich heiße übrigens Joanne, aber alle nennen mich Jo. Ich bin vierundzwanzig Jahre, einsachtundsechzig groß und wiege um die dreiundfünfzig Kilo. Meine Haare färbe ich seit einigen Jahren schwarz. Mit einundzwanzig bin ich von zu Hause ausgezogen. Meine Eltern wohnen in einem kleinen Ort in der Nähe von Frankfurt. Ich habe Frankfurt nie gemocht. Aber ich habe trotzdem - gezwungenermaßen - einen Großteil meines bisherigen Lebens dort verbracht. Marc, mein kleiner Bruder, lebt noch dort. Er ist neunzehn und macht gerade Abitur. Danach muß er zum Bund. Obwohl ich mir vorstellen kann, daß er Zivildienst machen wird. Wir telefonieren häufig. Eigentlich ist Marc der einzige, den ich richtig vermisse. Die Beziehung zu meinen Eltern war nie sehr innig. Sie haben ihre festen Vorstellungen, was aus ihren Kindern werden soll und ich glaube kaum, daß ich diesen Vorstellungen entspreche. Sybille, meine Schwester, paßt sehr gut in ihre Vorstellungen. Sie ist neunundzwanzig und seit fünf Jahren mit einem Anwalt verheiratet. Eigentlich hätten meine Eltern Sybille selbst gern als Anwältin gesehen. Diesen Gefallen konnte sie ihnen aber nicht tun. Sie hatte die Schule beendet und eine Ausbildung zur Arzthelferin angefangen. Dann hat sie Manfred kennengelernt und ihn geheiratet - wohl auch, weil das erste Kind unterwegs war. Jetzt ist Sybille Hausfrau, liebende Ehefrau und Mutter von mittlerweile drei Kindern. Mir würde das nicht passieren.

Zu Sybille habe ich wenig Kontakt. Uns verbindet nicht viel - außer, daß sie - biologisch gesehen - meine Schwester ist. Eigentlich hatte Sybille schon einen Teil unserer elterlichen Vorstellungen erfüllt. Für die anderen Teile waren Marc und ich zuständig. Ich entzog mich diesen, als ich von zu Hause auszog, um in Hamburg Fuß zu fassen und meinen eigenen Weg zu gehen. Marc würde mir sicher bald folgen. Er wollte studieren, aber ich konnte mir kaum vorstellen, daß er den Weg meines Vaters einschlagen und nach einem erfolgreichen Studium der Betriebswirtschaftslehre in seine Firma einsteigen würde. Ich tippte darauf, daß Marc Zivildienst in Hamburg machen und dann etwas aus dem naturwissenschaftlichen Bereich studieren würde. Nun, man würde sehen.

Ich habe jedenfalls meine Ausbildung zur Industriekauffrau geschafft und dann noch eine Sekretärinnenprüfung hingelegt, die sich sehen lassen kann. Mir war aber klar, daß ich niemals die typische Sekretärin sein könnte. Als ich die Stelle bei *Brainstorm* in Hamburg bekam, seilte ich mich von zu Hause ab. Meine Eltern wären beinahe vom Sessel gefallen, als sie erfuhren, wie und wo ich zukünftig für mich selbst sorgen würde. Mein Vater wollte sogar noch einige seiner Hebel in Bewegung setzen, um mich in einem großen Konzern unterzubringen, aber ich lehnte dankend ab. Ich wollte leben. Und ich wußte, ich würde gnadenlos verkümmern, wenn ich den Weg einschlagen würde, den meine Eltern für mich ausgewählt hatten.

Saskia war vor acht Jahren mit ihrer Mutter nach Hamburg gezogen. Ihre Eltern hatten sich damals getrennt. Wir waren seit unserer Schulzeit die besten Freundinnen, die man sich vorstellen konnte. Ich hatte es damals sehr bedauert, daß Saskia Frankfurt verlassen mußte. Als ich mich dann dazu entschlossen hatte, nach Hamburg zu ziehen, nahmen Saskia und ihre Mutter mich erst einmal bei sich auf. Drei Monate später hatten Saskia und ich dann unsere eigene Wohnung

- im vierten Stock eines Fünffamilienhauses. Die Wohnung hatte vier Zimmer, eine große Küche und ein kleines Bad. Das größte Zimmer wurde zum Gemeinschaftszimmer. Die anderen drei Zimmer hatten annähernd die gleiche Größe, was perfekt in unsere Vorstellung paßte. So konnte man die Miete bequem durch drei teilen. Obwohl Saskia und ich die wichtigste Zeit unseres Heranwachsens nicht miteinander verleben konnten, und sich unsere Wege in gewissen Dingen in unterschiedliche Richtungen entwickelt hatten, waren wir noch eng miteinander verbunden. Und das sollte sich auch nicht ändern. Wir akzeptierten einander so, wie wir waren. Gemeinsamkeiten hatten wir trotzdem noch genug. Wie dem auch sei - Saskia, Ha-Em und ich wohnten zusammen und genossen unsere gemeinsame Zeit mit allen Höhen und Tiefen.

Ich schmierte mir Marmelade auf eine Scheibe Toast und setzte mich mit einer dampfenden Tasse Kaffee vor den Fernseher. Ich fühlte mich so ausgeschlafen wie schon lange nicht mehr. Rohypnol hatte mir einen tiefen, langen Schlaf gebracht.
Nachdem ich den Kaffee ausgetrunken hatte, begab ich mich in die Küche. Das Geschirr stand ordentlich aufgestapelt im Spülbecken und wartete darauf, gespült zu werden. Ich hatte diese Woche Küchendienst. Es wurde Zeit, daß ich mich daran erinnerte, denn viel mehr Geschirr paßte nicht ins Spülbecken, und die Schränke waren quasi leer. Ha-Em hätte es niemals soweit kommen lassen! Und bevor ich es auf morgen verschieben würde und mir dafür Ha-Ems Moralpredigt anhören müßte, ließ ich heißes Wasser ins Becken laufen. Ich stellte den kleinen Kassettenrecorder an und schrubbte im Rhythmus zu grungiger Gitarrenmusik das Geschirr. Warum gibts hier eigentlich keine Spülmaschine?
Nach einer halben Stunde verließ ich die Küche und überlegte, was ich mit dem angebrochenen Tag nun anfangen sollte, als mein Blick auf den überfüllten Wäschekorb fiel. Ich sollte wohl die Zeit nutzen, meine Klamotten in Ordnung zu bringen, bevor Ha-Em oder Saskia auf die Idee kamen, die Waschmaschine in Beschlag zu nehmen! Während die Waschmaschine lief, blätterte ich lustlos in einigen Zeitschriften. Der Tag gefiel mir nicht so recht. Irgendwie wußte ich nichts mit mir anzufangen. Dann fiel mein Blick auf eine Anzeige für einen Englischkurs als Fernstudium. Interessant! Vielleicht sollte ich mich dort anmelden?!
Ich riß die Seite aus der Zeitschrift heraus, um nähere Angaben zu diesem Studium anzufordern. Das Telefon klingelte. Olaf war dran.

Ob ich Lust hätte, abends auf eine Party zu gehen? Jana und Vico würden auch mitkommen.

„Ja, klar!" gab ich etwas gleichgültig von mir.

„Wir treffen uns um zehn Uhr an der U-Bahn Sternschanze."

„Okay. Bis dahin", beendete ich das kurze Telefongespräch und setzte mich wieder ins Wohnzimmer.

Jana ist meine Arbeitskollegin. Sie ist so alt wie ich und hat ähnliche Interessen. Außerdem ist sie Olafs jüngere Schwester. Wir verstehen uns prächtig und unternehmen viel zusammen. Vico ist ein Freund von Olaf. Er spielt Gitarre in einer Band. Bisher hatten sie aber nur kleine Auftritte und stehen noch weit entfernt von einem Plattenvertrag. Ich kannte Vico flüchtig aus meiner Zeit mit Boris. Mit den Freunden von Boris hatte ich seit ein paar Monaten wenig zu tun. Trotzdem freute ich mich darauf, Vico wiederzusehen.

Ich hörte, wie sich ein Schlüssel im Haustürschloß drehte. Kurz darauf stand Ha-Em im Wohnzimmer.

„Hi", begrüßte er mich und ließ sich in einen Sessel fallen.

„Hast du heute gearbeitet?" wollte ich wissen.

„Hmhm", murmelte Ha-Em und blätterte in einer Zeitung. „War total anstrengend. Ich bin richtig fertig. Und was hast du heute so gemacht?"

„Nichts."

„Soso", sagte Ha-Em grinsend. „Rausch ausgeschlafen, hm?"

„Eher den Schlaf ausgeschlafen", gab ich lächelnd zurück und erzählte im von dem Abend mit Olaf, von dem ich ja nicht mehr viel wußte.

Ha-Em raucht ab und zu einen Joint. Es kommt aber wirklich selten vor. Dafür konnte man sich herrlich mit ihm betrinken.

3

Meinen ersten Joint hatte ich mit achtzehn geraucht. Sandra, zum damaligen Zeitpunkt meine beste Freundin in Frankfurt, rauchte öfter Joints. Irgendwann hatte ich auch mal Lust dazu, und da Sandra immer ein *Piece* bei sich hatte, setzten wir uns eines Abends vor unsere Stammdisco und rauchten einen Joint zusammen. Ich merkte nichts. Meine Beine waren schwerer als sonst, aber mein Kopf war klar. Ich dachte, das kann doch nicht alles gewesen sein! Also probierte ich es noch einmal aus. Es wirkte. Ich mußte ständig grinsen. Ich fühlte mich total wohl und konnte stundenlang in einer Ecke der Disco sitzen und Leute beobachten. Es erschien mir wie ein Schauspiel; wie ein Kinofilm, den ich mir von meinem *Wohnzimmersessel* aus ansah. Ich existierte nur in mir selbst, und alles um mich herum war nicht wirklich; glitt nur sanft vor mir her; spielte sich ab, ohne daß ich etwas tun mußte. Ich fand alles gut und fühlte mich entspannt und fröhlich. Ich bekam beinahe einen Krampf ins Gesicht vom ständigen Grinsen, da ich meine Mundwinkel nicht mehr beeinflussen konnte. Das war der Anfang. Aber ich habe es nie übertrieben.

„Was machst du heute abend?" fragte Ha-Em in das Schweigen meiner Gedanken hinein.
„Olaf und Co. gehen auf eine Party. Ich weiß nicht, wo die ist. Aber ich gehe mit. Und du?"
„Eigentlich bin ich viel zu k.o., als daß ich etwas unternehmen möchte. Aber ich hab Karten für *Bob Geldof.*"
Ha-Ems Musikgeschmack traf nicht unbedingt den meinen, manchmal kreuzte er sich, aber Bob Geldof zählte nicht dazu.
„Gehst du allein zum Konzert?"
„Nee, Bernd kommt mit." Bernd studiert mit Ha-Em Germanistik.
„Hast du schon was gegessen?" fragte Ha-Em.
Ich schüttelte den Kopf.
„Pizza oder Blumenkohl?" Ha-Em sah mich abwartend an.
„Pizza", entschied ich, stand auf und ging mit Ha-Em in die Küche. Wir holten die Zutaten herbei und setzten uns an den Tisch. Die Arbeiten waren gerecht aufgeteilt. Ich haßte es, den Teig herzustellen und auszurollen, während Ha-Em nichts lieber tat als das und es auch wie ein Pizzabäcker beherrschte. Sein Pizzaboden war immer

genau richtig. Nicht zu dick, nicht zu dünn - außen knusprig, innen saftig. Ich brachte die Zutaten für den Belag in die richtige Größe.

„Marc hat gestern abend angerufen, als du unterwegs warst", bemerkte Ha-Em nebenbei.

„Hey! Wieso sagst du das nicht früher?" rief ich erfreut und ließ das Messer sinken. „Was wollte er denn? Soll ich zurückrufen?"

„Sein Antrag auf Zivildienst ist durch, und er will sich hier in Altenheimen bewerben."

„Klasse!" rief ich begeistert. Ich hatte gehofft, daß Marc nach Hamburg kommen würde. Wir hatten schon oft darüber gesprochen. Er mochte Hamburg. Ich hatte es ihm bei seinen wenigen Besuchen schmackhaft gemacht. Ich stand auf und eilte zum Telefon.

„Du brauchst nicht zurückrufen. Marc ist heute nicht zu Hause", rief Ha-Em hinter mir her.

Gut zu wissen. Auf ein Gespräch mit meinen Eltern hatte ich nämlich überhaupt keine Lust! Ich setzte mich wieder zu Ha-Em an den Tisch und schnippelte weiter Gemüse in kleine Stücke. Als wir die Pizza gerade in den Ofen geschoben hatten, hörten wir die Haustür klippen.

„Halloho", rief Saskia und kam mit Tüten beladen in die Küche.

„Mann, bin ich genervt", sagte sie und ließ sich auf einen Küchenstuhl fallen. „Das war 'n Tag! Zwei Kolleginnen sind krank. Deshalb wurde ich für drei weitere Patienten eingeteilt, die zudem auch noch recht schwierig im Umgang sind. Und morgen erwartet mich das gleiche noch einmal!"

„Wieso warst du denn dann auch noch einkaufen?" fragte Ha-Em mit einem Blick auf die Tüten.

„Ich wollte Fondue machen, aber wie ich sehe und rieche, kann ich euch nicht davon überzeugen, hm?" stellte Saskia fest.

„Wie wärs denn heute mit Pizza und morgen mit Fondue?" schlug ich vor und entnahm Saskias Lächeln ihr Einverständnis.

Die Party fand in einer kleinen Wohnung statt: dekorierte, niedrige Räume; gedämpftes Licht; junge Leute - Leute, die irgendwo saßen oder standen und über irgend etwas redeten. Wir tranken Wein und standen mittendrin. Aus der Anlage dröhnte Musik, die vor drei Jahren aktuell gewesen war. In den Pausen zwischen den Liedern wurde das Stimmengewirr deutlicher. Jemand lachte. Alkohol floß. Ich kannte niemanden. Viele der Anwesenden waren jünger als wir. Jugendliche auf dem Weg zum Erwachsen werden.

Wo bin ich hier nur hingeraten? Ich schenkte Wein in unsere leeren Gläser.

Was mache ich eigentlich hier? Und wie komme ich hier wieder weg?

Diese Veranstaltung erschien mir weit entfernt von meinem wirklichen Leben - ein Film, den ich mir anschaute. Doch ich saß im falschen Kino. Jana warf mir einen gelangweilten Blick zu. Ich zuckte mit den Schultern.

„Ist nicht gerade prickelnd hier, hm?" fragte mich Vico. Ich bestätigte seine Frage mit einer kleinen Erklärung meiner Empfindungen.

„Wollen wir ins *Basic?*" mischte sich Olaf ein. Drei Augenpaare schauten ihn erleichtert an. Disco war immer noch besser als diese Party!

„Wir dachten schon, es gefällt dir hier", bemerkte Jana.

Wir leerten unsere Gläser und verließen die Wohnung - wem auch immer sie gehören mochte.

Auf dem Weg zum *Basic* rauchten Vico, Jana und ich einen Joint. Nach dem Erlebnis auf der Party kam aber auch auf Drogen keine rechte Stimmung auf.

Im *Basic* verzog ich mich mit Jana in eine Ecke und beobachtete die Leute. Dabei wanderte mein Blick immer wieder zu Vico. Ich mochte ihn - irgendwie. Ich mochte ihn schon zu Boris' Zeiten gern und vielleicht auch ein bißchen mehr. Aber ich hatte nie weiter darüber nachgedacht. Vico stand mit Olaf an der Tanzfläche. Ab und zu wechselten sie ein paar Worte miteinander. Der Joint machte mich müde. Ich driftete gerade in meine Gedanken ab, als Vico mit einem Glas Wein vor mir stand. Ich schaute ihn an und nahm dankend den Wein in Empfang. Vico setzte sich neben mich und schloß sich unserem Schweigen an. Und schon war ich wieder meinen Gedanken ausgeliefert, die quer im Kopf hin und her schossen und ihren eigenen Film drehten, als ich Vico etwas sagen hörte. Er hatte seinen Kopf zu mir herüber gebeugt, damit ich ihn durch die Musik hindurch verstehen konnte. Ich spürte seinen Atem an meinem Hals. Plötzlich lief ein Prickeln durch meinen Körper, und ich erschauerte leicht.

„Was?" fragte ich verwirrt und schaute Vico an.

„Ob du noch lange hier bleiben möchtest?" wiederholte er.

„Mir egal", antwortete ich. „Eigentlich bin ich müde. Zu müde, um irgendwo anders hinzugehen."

„Wie wärs mit 'nem Kaffee?" schlug Vico vor.

„Gute Idee." Ich streckte mich und informierte Jana über unser Vorhaben. Sie nickte nur und blieb sitzen. Vico und ich verschwanden

in der Kaffeebar über der Disco. Der Kaffee putschte mich wieder
ein bißchen auf.

„Und? Noch 'nen kleinen Joint?" fragte Vico, als ich meine leere Tasse
absetzte.

„Aber nur einen Klitzekleinen! Ich hoffe, er reißt mich nicht wieder
in die Müdigkeit." Wir verließen die Kaffeebar und bogen ein paar
Meter entfernt in eine Seitenstraße ein. Dort setzten wir uns auf eine
Treppe vor einem Schreibwarengeschäft, und Vico bastelte das Objekt für unsere Sinneserweiterung. Dabei erzählte er irgend etwas.
Seine Stimme hatte einen angenehmen Klang. Sie war weich und
ruhig, so daß ich plötzlich das Bedürfnis hatte, mich an Vico zu kuscheln. Er zündete feierlich den Joint an und reichte ihn mir, nachdem
er selbst einen tiefen Zug genommen hatte. Vorsichtig nahm ich ihn
aus seiner Hand. Dabei streiften sich unsere Finger. Ich inhalierte nur
kurz, um erst einmal die Wirkung zu testen. Sie war gut - langsam
und sanft. Also zog ich noch einmal intensiver daran, gab dann Vico
den Joint zurück - wobei sich unsere Finger wieder sacht berührten
- und lehnte mich an die Hauswand. Mit halb geschlossenen Augen
beobachtete ich Vico. Er schien es zu bemerken.

„Was?" fragte er.

„Nichts", antwortete ich leise, nahm aber den Blick nicht von ihm.
Vico widmete sich wieder dem Joint. Ich hatte für einen Moment das
Gefühl, nur wir beide seien auf dieser Welt. Ich beobachtete immer
noch Vico, nahm aber nicht wahr, daß er mir den Joint vor die Nase
hielt.

„Jo, willst du noch einmal?" flüsterte er. Ich schüttelte den Kopf, und
Vico drückte den Joint aus. Dann lehnte er sich an die Hauswand mir
gegenüber. Ab und zu trafen sich unsere Blicke. Wir schwiegen und
verloren uns in unseren eigenen Gedanken, bis Vico plötzlich anfing
zu grinsen. Als ich es bemerkt hatte, mußte ich ebenfalls grinsen.
Sicherlich hatten wir nicht die gleichen Gedanken, dachten aber
voneinander, daß uns die gleichen Gedanken belustigten.
Irgendwann stand Vico auf und reichte mir die Hand. Ich ließ mich
von ihm hochziehen und landete dabei in seinen Armen.

„Hey, nicht so stürmisch", flüsterte er mir ins Ohr und half mir, mein
Gleichgewicht wiederzufinden.
Ich drehte meinen Kopf zu ihm. Meine Augen blitzten ihn an. Vicos
Griff lockerte sich und umfaßte meinen Rücken. Er hielt immer noch
meine Hand, an der er mich hochgezogen hatte. Ich spielte vorsichtig
mit seinen Fingern und sah ihm dabei in die Augen. Seine Lippen
näherten sich langsam meinem Mund und berührten ihn sacht.

Dann sah er mich fragend an, um festzustellen, ob ich etwas dagegen einzuwenden hatte. Hatte ich aber nicht. Und ehe wir etwas gegen unser plötzliches Verlangen tun konnten, fanden wir uns in einem leidenschaftlichen Kuß wieder.

Die Nacht mit Vico war schön - sanft, zart und prickelnd. Wir waren noch am Strand, um dem sonntagmorgendlichen Getümmel zu entfliehen und unsere Zweisamkeit beim Aufgehen der Sonne noch für ein paar Stunden für uns zu bewahren. Wir stellten uns keine Fragen, die auf eine Zukunft schließen ließen. Wir gaben uns auch keine Versprechungen, als wir uns voneinander verabschiedeten.

Sonntagabend war Fondue-Essen angesagt. Zu fünft saßen wir um den Tisch im Wohnzimmer. Jana war am Nachmittag vorbeigekommen, und Michi war schon seit dem Frühstück bei Saskia. Mittags hatte ich Marc angerufen. Ich versprach ihm, für die Bewerbungen Adressen von Alten- und Pflegeheimen zu schicken. Saskia wollte ihre Chefin fragen, ob sie eine Zivildienststelle frei hätte.
Ich schenkte mir das dritte Glas Rotwein ein. Meine Gefühle waren ein wenig durcheinander geraten. Ich hatte nur kurz über das Erlebnis mit Vico nachgedacht. Ich liebte ihn nicht. Ich fühlte mich aber trotzdem zu ihm hingezogen. Nun hatte ich Angst, daß das Erlebnis unsere Freundschaft gefährden könnte. Aber so eng waren wir ja nicht befreundet. Also hatte ich auch nicht viel zu verlieren. Trotzdem verwirrte es mich. Durch dieses Erlebnis war Boris noch ein Stück weiter nach hinten gerutscht. Eigentlich empfand ich sowieso nur Wut und Haß Boris gegenüber. Aber solange man selbst Negatives empfindet, empfindet man noch etwas, das einst aus Liebe entstanden war. Außerdem sah ich Boris und meine ehemalige Freundin Sandra nur selten. Vico hatte gestern ein paar Worte über die beiden verloren und ich muß zugeben, es hatte mich nicht so berührt, wie noch einige Tage zuvor.

Sandra und Boris hatten sich kennengelernt, als ich noch mit Boris zusammen war. Sandra hatte mich damals in Hamburg besucht, kurz nachdem ich mit Saskia in die neue Wohnung gezogen war. Es war nicht zu vermeiden, daß Boris und Sandra sich kennenlernten - ich war praktisch Tag und Nacht mit Boris zusammen. Und Sandra war in diesen zwei Wochen immer dabei - zumindest tagsüber. Anfangs fand ich es schön, daß die beiden sich gut verstanden; daß daraus aber mehr werden könnte, hätte ich niemals für möglich gehalten.

Als Sandra wieder in Frankfurt war, hatte sich zwischen Boris und mir etwas verändert. Ich konnte damals noch nicht sagen, was es war, aber wir sahen uns nicht mehr täglich. Vier Wochen später wollte Boris mit Vico und Co. für ein Wochenende an die Ostsee fahren. Ich hatte aber Karten für *The Cure* ergattert und wollte auf keinen Fall das Konzert verpassen. Da Boris nicht zu dem Konzert mitkam, nahm ich kurzerhand Jana mit. Am gleichen Abend war Saskia im *Basic* und erwischte Boris mit Sandra in flagranti. Noch in der gleichen Nacht erzählte Saskia mir davon. Sie war schon zu Hause, als ich vom Konzert kam, saß in der Küche und wartete ungeduldig auf mich. Im ersten Moment nahm ich nicht ganz wahr, was Saskia mir erzählen wollte - die Euphorie des Konzerts und der Alkohol, den ich getrunken hatte, trugen dazu bei, daß die Tatsache nur langsam durchsickerte. Doch dann traf es mich wie ein harter Faustschlag. Ich taumelte zu Bett und heulte mich in den Schlaf, während Saskia neben mir lag und mich tröstend im Arm hielt, bis ich eingeschlafen war. Die Erinnerung an diesen Moment traf mich monatelang wie ein Messerstich.

Heute streifte sie mich nur flüchtig. Ich hatte trotzdem keine Lust mehr, noch weiter in der fröhlichen Fondue-Runde zu sitzen und zog mich in mein Zimmer zurück. Ich rauchte einen kleinen Joint, legte mich aufs Bett und ließ mich von psychedelischen Klängen in eine andere Welt treiben. Langsam wurde ich *breit*. Die Musik fraß sich in meinem Gehirn fest. Ein Gedankenblitz durchfuhr mich und drang bis zu meiner Seele vor. Endlos lang waren manche Stellen in den Songs, so daß ich vom Thema der Gedanken abkam, die meine Vorstellungskraft bis aufs Äußerste reizten. Ich dachte nur noch über meine Gedanken nach und konnte sie nicht fassen, weil der nächste Gedanke schon vor der Tür stand und ohne anzuklopfen herein kam. Mein Gehirn versank im Chaos. Ich schloß meine Augen und hörte der Musik zu. Die Töne wurden sofort zu Bildern verarbeitet, und ich befand mich in einer Schmiede, in der der Hammer in monotonem Takt beständig auf einen Amboß einschlug. Auf einmal wurde alles langsamer - ich hörte ein Echo.

Was würde passieren, wenn plötzlich alles stehenbliebe?

Ich war nur noch ein einziger Gedanke, weggedriftet in eine Welt, in der meine Gefühle vergessen waren. Wie ein Geist bewegten sich meine Gedanken außerhalb meines Körpers und ich sah ihnen nach - es war wie eine Art Traum, den ich nicht aufschreiben konnte, weil ich diese Bilder niemals mit Worten wiedergeben könnte. Ich dachte über den Sinn des Lebens nach, was in dieser Verfassung keine

Substanz hatte. Ich war ein gebranntes Kind in einem verlorenen Leben auf diesem kalten Planet. Und das Leben war ein Bilderbuch im Spiegel der Wahrheit.

Ich raffte mich auf und kroch durchs Zimmer, um mir Papier und Stift zu holen. Ich hatte so viele Gedanken, die ich gern aufschreiben wollte, die ich aber nicht so schnell aufs Papier bekam, wie sie mir einfielen, weil mein gesamtes Handeln langsamer als die Wirklichkeit war.

Wo ist die Reihe? Ich finde sie nicht.

Meine Augen fielen zu, und ich war weg vom Thema...

4

Die folgende Woche verlief ruhig. Ich fing morgens um neun an zu arbeiten und hörte nachmittags um fünf wieder auf. Die Woche war sogar so ruhig, daß ich noch nicht einmal Lust hatte, Drogen oder Alkohol zu mir zu nehmen.

Es war Anfang des Monats - die ruhigste Zeit im Versand. Die erste Postflut würde uns in ungefähr acht Tagen erreichen, wenn jeder Kunde seinen Katalog erhalten hatte und vielleicht auch etwas auf die beigefügte Bestellkarte kritzelte oder den Telefonhörer zur Hand nahm, um persönlich zu bestellen. In dieser Zeit kamen wir mit dem Bearbeiten der Aufträge kaum nach. Dieser Streß hielt ungefähr vierzehn Tage lang an und ging dann ohne Unterbrechung über in die Zusammenstellung des neuen Kataloges.

Jana war den ganzen Monat über damit beschäftigt, den Katalog zusammenzustellen, aber ein paar Tage vor dem Druck kamen doch immer wieder einige Neuzugänge an Büchern und CDs hinzu, die dringend noch in den Katalog eingearbeitet werden mußten. Manchmal half ich Jana, und wir verbrachten oftmals einen ganzen Abend im Büro. Peter, unser Chef, bestellte dann meistens für die komplette Belegschaft Pizza oder Pasta. Ich muß zugeben, daß diese Überstunden überhaupt kein Streß waren. Sie waren sogar gemütlich. Jeder wußte, was noch getan werden mußte, und Peters lockere Art nahm uns nie die Motivation.

Am Wochenende kam Marc nach Hamburg. Er hatte zwei Vorstellungsgespräche bei möglichen Zivildienststellen. Saskias Chefin hatte momentan leider keinen Bedarf an Zivis.

Ich holte Marc mittags vom Hauptbahnhof ab. Nachdem wir bei mir einen Kaffee getrunken und ein paar familiäre Neuigkeiten ausgetauscht hatten, fuhr Marc zu seinen Vorstellungsgesprächen. Er mußte quer durch Hamburg, da das eine Altenheim in Niendorf und das andere in Billstedt war. Gegen sieben war er wieder zurück.

„Und, wie wars?" wollte ich gleich wissen, als ich ihm die Tür geöffnet hatte.

„Naja", sagte er nur, während er die Jacke auszog und auf den Haken hängte. Dann folgte er mir ins Wohnzimmer.

„Jetzt erzähl schon", drängte ich.

„In Niendorf hat es mir nicht gefallen. Das in Billstedt dagegen ist klasse", sprudelte es aus Marc heraus. „Ich hätte große Lust, dort zu arbeiten, aber die Leiterin muß sich erst noch mit der Hauptstelle in Verbindung setzen und klären, ob noch jemand eingestellt werden kann."

„Das hört sich doch gut an." Ich war begeistert.

„Warten wirs ab!" sagte Marc nur.

Den Abend und die halbe Nacht verbrachten Marc und ich in verschiedenen Pubs. Bevor wir nach Hause fuhren, machten wir noch einen Abstecher ins *Basic*. Marc gefiel es dort, aber an jenem Samstagabend war die Musik nicht nach unserem Geschmack. Wir hatten, bis auf wenige Ausnahmen, den gleichen Musikgeschmack.

Zu Hause hatte ich für Marc eine Matratze in meinem Zimmer aufgebaut. Wir unterhielten uns noch bis zum Morgengrauen, bevor wir erschöpft einschliefen.

Marc hatte vor einigen Wochen mit seiner Freundin Diana Schluß gemacht. Diana war seine erste feste Beziehung. Sie waren ein knappes Jahr zusammen gewesen. Irgendwann hatte Marc sich von ihr eingeengt gefühlt. Und er fühlte sich noch nicht reif genug für eine feste Bindung. Er wollte noch viel erleben. Diana gefiel das nicht. Die letzten Wochen hatten sie nur noch getrennt etwas unternommen, und auch nur, weil Marc sich das erkämpft hatte. Irgendwann wurde es ihm zu stressig, und er zog den Schlußstrich.

„Es fiel mir nicht leicht", erzählte Marc. Er war ein sehr gefühlsintensiver Mensch - genau wie ich.

„Manchmal fehlt sie mir unheimlich. Aber dann denke ich wieder, es ist besser so. Sie hat völlig andere Vorstellungen vom Zusammensein als ich. Es war manchmal verdammt schwierig, etwas allein zu unternehmen, weil Diana immer dabei sein wollte. Oft bin ich dann mit Diana zu Hause geblieben, anstatt mit ein paar Freunden auszugehen. Ihr zuliebe, weißt du?"

„Hmhm." Ich nickte. Wir saßen vor meinem Bett. Ich hatte Musik aufgelegt, die leise in den Raum rieselte.

„Meinst du, es war eine falsche Entscheidung?" Marc sah mich an.

„Nein", sagte ich. „Ich glaube nicht. Du bist neunzehn. In naher Zukunft ändert sich so viel in deinem Leben. Glaubst du, Diana hätte das gefallen?"

Marc schüttelte den Kopf. „Wenn wir davon sprachen, daß ich in Hamburg Zivildienst machen möchte, konnte Diana mich überhaupt

nicht verstehen. Sie war sogar manchmal eifersüchtig auf dich und dachte, ich würde das nur tun, um dir nahe zu sein."
Ich lächelte. „Und, ist das etwa nicht so?" entgegnete ich spielerisch erstaunt. Wir lachten.
„Ach, Schwesterchen. Ich freue mich darauf, hier eine Zeitlang mit dir zu verbringen."
„Ich weiß. Ich freue mich auch. Wir werden 'ne Menge Spaß haben. Und Diana wirst du hier schnell vergessen."
Marcs Miene verfinsterte sich wieder ein wenig.
„Ich weiß nicht, ob ich sie vergessen will. Vielleicht versuchen wir es später noch einmal..."
Ich kannte Diana nur flüchtig. Marc hatte mir viel von ihr erzählt. Ich hatte sie aber nur einmal gesehen, um mir einen eigenen Eindruck zu verschaffen. Sie hat Marc durch ihre Art oft weh getan, und er war zu gutmütig, um ihr in grundlegenden Dingen widersprechen zu können. Marc hatte eine Bessere verdient. Aber konnte ich das überhaupt beurteilen? Er war mein Bruder, und ich liebte ihn - logisch, daß ich nur das Beste für ihn wollte.
„Träum nicht von unnötigen Dingen. Laß los und erlebe Neues!" munterte ich ihn auf. Am nächsten Tag fuhr er nach dem Frühstück zurück nach Frankfurt.

Am folgenden Wochenende fuhr ich mit Jana, Olaf und Ha-Em nach Flensburg auf ein Konzert. Vico und seine Band hatten einen Auftritt in einem größeren Pub. Das wollten wir uns nicht entgehen lassen. Mit Vico lief übrigens alles normal weiter - so, als wäre zwischen uns nichts geschehen. Und wir empfanden es beide als das Beste. Mit leicht gemischten Gefühlen stieg ich zu Ha-Em ins Auto. Sicherlich würde ich in Flensburg auch Boris und Sandra treffen. Auch sie würden unseren gemeinsamen Freund nicht ohne Unterstützung dort auftreten lassen. Jana unterstützte mich aber positiv in meinen Gefühlsschwankungen, und letztendlich konnte ich ihnen nicht immer aus dem Weg gehen. Recht hatte sie!
Als ich die beiden während des Konzerts sah, traf mich der erwartete Schmerz nicht im geringsten. Es störte mich nicht einmal. Obwohl ich *breit* war. Ziemlich *breit* sogar. Und normalerweise steigern sich dann meine Gefühle ins Intensivste.
Nach dem Konzert saß ich mit Jana und Vico hinter dem Pub und rauchte noch einen Joint. Als ob ich nicht schon genug gehabt hätte!
Und dann erinnerte ich mich nur noch nebelhaft an Bruchstücke...

Wir fahren auf irgendeiner Autobahn durch die Nacht. Wir kommen von irgendwo her. Ich warte seit mindestens einer Stunde auf eine Raststätte. Es kommt aber keine. Ich bin fest davon überzeugt, vor mindestens einer Stunde ein Schild gesehen zu haben, das auf eine Raststätte verwiesen hatte. Wir fahren und fahren, und ich habe das Gefühl, ich müßte eigentlich gleich aussteigen, weil die Raststätte kommt. Doch sie kommt nicht.

Ich will eine Zigarette rauchen. Ich habe aber keine mehr. Ich glaube, keiner hier im Auto hat noch Zigaretten. Deswegen müssen wir an einer Raststätte anhalten. Ich halte schon den Türgriff fest, um schnell aussteigen zu können, wenn wir endlich auf der Raststätte sind. Ich konzentriere mich so stark auf die Zigaretten, die ich an der Raststätte kaufen will, daß ich schon gar nicht mehr weiß, warum ich überhaupt in diesem Auto sitze.

Wo ist denn diese verdammte Raststätte? Warum stellen die denn ein Schild auf, wenn dann doch keine Raststätte kommt?

Ich werde mich beschweren, wenn ich irgendwann einmal irgendwo ankommen werde - und sei es auf der Raststätte!

Außerdem sind wir bestimmt schon an mindestens zwei Raststätten vorbeigefahren, so lange, wie wir jetzt schon unterwegs sind! Aber ich habe noch keine weiteren Schilder entdecken können. Dabei gibt es auf dieser Strecke alle paar Kilometer eine Raststätte. Jedenfalls war es auf der Hinfahrt so, an die ich mich leicht vernebelt erinnere. Auf der Hinfahrt haben wir alle paar Kilometer auf Raststätten angehalten, weil immer irgend jemand von uns pinkeln mußte. Und jetzt scheint es keine Raststätten mehr zu geben. Außerdem fährt Ha-Em ganz schön schnell. Kein Wunder, wenn er an einer Raststätte vorbeigefahren ist, die ich nicht bemerkt habe. Aber ich habe ihm ja gesagt, daß er an der nächsten Raststätte halten soll. Also brauche ich nicht auf die Schilder achten.

Ich habe jetzt wirklich keine Lust mehr, hier zu sitzen und auf so eine blöde Raststätte zu warten! Ich will eine Zigarette rauchen. Ein Kaffee wäre eigentlich auch nicht schlecht... Ich sage Ha-Em am besten noch einmal Bescheid.

Ha-Em murmelt irgend etwas von einer Raststätte.

Hey, das ist doch genau das, was ich will!

Aber es kommt immer noch keine Raststätte. Draußen fängt es an zu regnen. Die Musik wird unterbrochen, und der Verkehrsfunk schaltet sich ein.

Was sagt der da? Ein Geisterfahrer? Wo?

Es ist eigentlich egal, ob der Typ vom Verkehrsfunk erzählt, auf welcher Autobahn sich der Geisterfahrer befindet, denn ich weiß sowieso nicht, wo wir gerade sind. Ich hoffe, Ha-Em weiß es. Ich hoffe allerdings auch, daß nicht *wir* der Geisterfahrer sind! Vielleicht sollten wir endlich auf eine Raststätte fahren. Dann könnten wir auch feststellen, ob wir in die richtige Richtung fahren. Als ich aus dem Fenster blicke, sehe ich, daß alle anderen Autos vor und neben uns in die gleiche Richtung fahren wie wir. Also sind *wir* nicht der Geisterfahrer. Hat ja irgendwie etwas Beruhigendes an sich. Trotzdem wäre jetzt eine Raststätte nicht schlecht.

Mittlerweile muß ich auch schon wieder pinkeln. Wir sind bestimmt schon zwei Stunden auf dieser Autobahn gefahren, ohne einer Raststätte zu begegnen. Draußen regnet es immer noch. Vielleicht haben wir ein paar Schilder übersehen. Vielleicht haben aber auch ein paar Chaoten die Schilder geklaut!

Ich habe den Türgriff mittlerweile wieder losgelassen, weil ich davon ausgehe, daß wir bald zu Hause sein werden, ohne auf einer Raststätte angehalten zu haben.

Ha-Em fährt wirklich schnell. Bestimmt kann er die Raststättenschilder nicht sehen.

Da!

War da nicht ein Schild? Tausend Meter oder so.

Ha-Em setzt den Blinker.

Oh, geil! Endlich eine Raststätte! Ich habe den Türgriff schon wieder in der Hand.

Ha-Em hält an. Ich springe aus dem Auto und stolpere über den Gurt, der nicht zurückgeschnellt ist, kann mich aber noch fangen. Ich laufe über den Parkplatz und trete ein in künstliches Licht. Ich blinzele und versuche, mich zu orientieren. Da vorn ist die Kasse. Dahinter die Zigaretten. Ich kaufe welche und zünde mir noch im Hinausgehen eine an. Dann suche ich die Toiletten. Ich schaffe all das, was ich mir vorgenommen habe und finde mich irgendwann im Auto sitzend wieder.

5

Was ist das für ein Abend - was für eine Nacht?

Ich bin ohne Erwartung ausgegangen, und es erwartet mich auch nichts. Seltsame Typen, vertraute Umgebung in ungewöhnlicher Stimmung. Zwei bis drei Leute, die ich kenne. Discomusik. Drogenmusik. Aber ich bin nicht in der Stimmung, um das anzunehmen.

Ich setze mich hin, lehne mich zurück und trinke ein Bier, mit dem Ziel vor Augen, irgendwann einigermaßen betrunken zu sein, um das Nichts der Nacht ertragen zu können.

Leute laufen an mir vorbei. Im Dunkeln assoziiere ich Gesichter in sie hinein, die mir bekannt erscheinen. Beim genauen Hinsehen ist der Spuk allerdings schon wieder vorbei. Ich kenne sie nicht. Niemand kommt, um mein Herz zu erwärmen; um meinen Puls in die Höhe zu treiben; um mir einen Reiz zu vermitteln. Ich rauche eine Zigarette nach der anderen und warte darauf, daß sich die Nacht verabschiedet. Dabei hoffe ich auf die nächste Nacht, die nur besser werden kann.

Die Zeit vergeht. Neue Leute kommen, andere gehen. Im Grunde hat sich nichts verändert, außer daß ich mittlerweile einigermaßen betrunken bin. Betrunken von Bier. Ein warmes Betrunken sein.

Ich nehme jede Bewegung in entfernter Nähe wahr. Das Geschehen läuft außerhalb meiner Gegenwart ab und beeinflußt sie in keiner Weise. Ich sitze hier und keiner sieht mich, aber ich sehe sie alle - ein angenehmer Zustand.

Und dann sehe ich an der Theke einen Typ stehen. Blonde Haare; nicht allzu groß. Ich beobachte ihn.

Er hat was.

Er ist süß!

Verdammt süß!

Ich gehe zur Theke, um ein weiteres Glas Bier zu holen und stelle mich neben ihn, als er gerade seinen Drink bezahlt.

Er schaut kurz in meine Richtung. Unsere Augen treffen sich für einen winzigen Bruchteil einer Sekunde.

Wow!

Und dann ist der Augenblick schon wieder vorbei. Er verläßt die Theke. Ich trete wieder in die Wirklichkeit ein - heraus aus dem Schatten seiner Ausstrahlung, der mich für Sekunden gefangen gehalten hatte.

Die Bedienung steht vor mir und schaut mich fragend an. Ich schenke ihr einen verwirrten Blick und erinnere mich dann wieder, warum ich hier stehe.

„Ein Bier, bitte!" höre ich mich sagen. Während ich warte, drehe ich mich um und suche die Disco nach dem süßen Typ ab. Ich sehe ihn nicht mehr.

Die Bedienung steht mit dem Bierglas vor mir und wartet darauf, daß ich bezahle. Ich zücke mein Portemonnaie und lege einen Schein auf den Tresen. Dann nippe ich an dem Glas und warte auf mein Wechselgeld. Noch einmal suche ich mit schnellem Blick die Disco nach *ihm* ab. Doch es sind zu viele Leute da, als daß ich ihn ausfindig machen könnte. Ich kehre zurück an meinen Platz und trinke das Bier aus.

Auf einmal geht *er* an mir vorbei. Er schaut mich kurz an, schaut durch mich hindurch. Plötzlich übernehmen die Gefühle die Macht über meine Gedanken. Ich bin traurig. Ich bin schwach. Ich bin betrunken, müde und gleichzeitig euphorisch. Ich bin frei und doch gefangen. Ich bin trotzdem zufrieden, auch wenn die Unzufriedenheit versucht, dies zu verdrängen. Ich bin ein einziges Gefühlsknäuel. Eine wandelnde Hülle geballter Empfindungen, die mich überströmen, ohne daß mein Ich seinen Einfluß darauf ausüben kann. Ich werde in diesen Strudel hineingezogen und gebe kraftlos den Kampf auf, mein Selbstbewußtsein über Wasser zu halten. Der Typ hat mich total verwirrt.

Alles, was ich erreichen will, liegt geöffnet vor mir und wartet auf meine Initiative, die ich nicht zu fassen kriege. Ich warte auf die Freiheit, in der ich mich austoben möchte. Den passenden Schlüssel zu diesem Tor halte ich in der Hand, kriege ihn aber momentan nicht ins Schloß.

Eine Woche später ging ich wieder ins *Basic*. Es war noch nicht viel los, als ich ankam, denn die Disco hatte erst vor einer guten Stunde die Türen geöffnet. Der unvergleichliche Geruch schlug mir entgegen. Er war genauso vertraut wie die Räumlichkeiten und die Atmosphäre. Es war wie Heimat. Egal, was für Leute dort waren; egal, ob ich gut oder schlecht drauf war; ich empfand hier immer das Gefühl, zu Hause zu sein und so sein zu dürfen, wie ich bin.

An der Theke begrüßte mich die Bedienung und stellte mir den Drink hin, den ich für gewöhnlich zu mir nahm. Ich nahm das Glas und verzog mich zur Tanzfläche. Ich saß allein inmitten der Musik. Ein zufriedenes Gefühl überkam mich, in dem ich mich völlig loslassen konnte. Für einen Moment genoß ich das Alleinsein in dem großen Raum. Ich zündete mir eine Zigarette an.

Langsam füllte sich die Disco, und die Atmosphäre veränderte sich. Sie paßte sich den Leuten an, die sie gestalteten. Ich war nicht mehr der Besitzer des Moments. Nun teilten sich all diese Leute den Raum und den Augenblick und erlebten gemeinsam den Abend - Seite an Seite - und trotzdem jeder für sich. Ich holte mir einen neuen Drink, um mein Gehirn auf ein leicht alkoholisiertes Level zu bringen.

Halb zwei - die Musik sandte gnadenlos Töne in den Raum, die Herzschmerzen auslösen.

Mein drittes Bier - ich war ziemlich klar im Kopf. Und ich wußte, ich war nicht allein mit meinem Gefühl einer fernen Liebe. Jeder kennt das. Jeder hat das irgendwann erlebt - ausgelebt - verlebt. Und niemals vergessen.

Gefühle regieren uns alle. Oft sind wir ihnen machtlos ausgeliefert. Aber irgendwann kommen wir alle darüber hinweg - ob positiv oder negativ.

Meine Gefühle zu Boris waren schon lange bevor ich es selbst gemerkt hatte, verarbeitet gewesen. Ich hatte nur noch nicht losgelassen. Vielleicht weil es zu bequem war, die ab und zu hochkommenden Gefühle auf jemanden zu übertragen. Doch die Nacht mit Vico hatte mir gezeigt, daß ich schon lange bereit war, mich auf jemand anderen einzulassen. Ich hatte gehofft, den Blonden von vergangener Woche wiederzusehen. Doch ich sah ihn erst mehrere Wochen später wieder in der Disco.

Da ich mich schon längst damit abgefunden hatte, ihn nicht wiederzusehen, war ich an jenem Abend viel zu überrascht, um irgend etwas zu tun, was mich ihm näher bringen könnte. Ich beobachtete ihn den ganzen Abend und blieb so lange, bis er die Disco verlassen hatte.

Marc bekam die Zivildienststelle in Billstedt. Mittlerweile hatte er sein Abi auch in der Tasche. Im Herbst würde er nach Hamburg umziehen.

Der Sommer schlich vor sich hin, ohne daß irgend etwas Bemerkenswertes passierte. Saskia war mit Michi in den Urlaub gefahren, und Ha-Em besuchte seine Eltern in München. Die Wohnung war leer, und manchmal übertrug sich diese Leere auch auf meine Stimmung. Ich war antriebslos und träge. Jana hatte drei Wochen Urlaub und war ebenfalls verreist. Die letzte Woche wollten wir gemeinsam verbringen. Aber im Moment konnte mir diese Aussicht keine neue

Kraft vermitteln. In Janas Abwesenheit übernahm ich ihre Arbeit bei *Brainstorm* und arbeitete sogar am Wochenende. Ich hatte sowieso gerade keine anderen Perspektiven. Ohne meine Freunde war die Stadt für mich wie ausgestorben. Ich traf mich ab und zu mit Olaf in einem Pub. Er war genauso antriebslos wie ich. Wir hingen in einer Ecke herum, tranken Longdrinks oder Bier und warteten darauf, daß der Abend verging. Eine nachdenkliche, trübe Stimmung lag in der Luft. Wir hatten auch keine Lust auf Drogen.

Irgendwann erreicht man im Leben einen Punkt, an dem man nicht mehr weiß, was da eigentlich noch kommen soll. Tage und Wochen verkümmern in schnödem Alltag. Manchmal frage ich mich, ob meine Zeit verstrichen ist, ohne daß ich bemerkt habe, daß eine andere Zeit begonnen hat, in der ich nichts mehr zu suchen habe. Ein Film im Kino, der schon lange zu Ende ist - und ich bin einfach sitzen geblieben. Ein neuer Film hat angefangen, und ich weiß nicht mehr, worum es eigentlich geht.

Ich hatte keine Ahnung, wie ich etwas verändern sollte, um wieder einen Sinn in meinem Leben zu finden. Und ich wußte schon gar nicht, *was* ich verändern sollte.

Oft schaute ich des Nachts aus meinem Fenster. Die Lichter der Stadt leuchteten mir entgegen. Manchmal erschien mir die Stadt zu groß - zu groß für mich. In solchen Momenten sehnte ich mich nach einer Kleinstadt, in der man den Überblick behält. Doch ich saß hier, weil ich hier und die Stadt dort war. Manchmal haßte ich sie sogar, diese Stadt. Irgendwie fehlte meinem Leben ein gewisser Kick. Ein berauschendes, aufregendes, alles umkrempelndes Erlebnis, das mit einem riesigen Knall in mein Leben platzt und es für kurze Zeit auf den Kopf stellt. Ein Ereignis, das mein Blut in Wallungen und mein Herz zum Rasen bringt, und zusätzlich massenhaft Adrenalin ausschüttet. Ja, danach dürstete mir...

Zwei Tage später fand ich mich kurz entschlossen beim Friseur wieder. Zwei Stunden später fragte ich mich, ob es das wert war.

Wer ist diese Person dort, die mich aus den Augen anschaut, die mir so vertraut sind? Augen, die dasselbe ausdrücken, wie die meinen. Wer ist diese Person, die mit leicht veränderter Ausstrahlung dasselbe vermittelt wie ich selbst? Ich glaubte, sie zu kennen, sie zu fühlen - sie zu sein. Sie ist Ich. Doch ich bin nicht sie. Ich hatte meine ursprüngliche Identität abgelegt und mußte mir eine neue suchen. Plötzlich fühlte ich mich verlorener und einsamer als jemals zuvor.

Das Telefon klingelte.

„Hallo, ich bin wieder da!" ertönte Janas fröhliche Stimme aus dem Hörer. Sie war bei ihren Großeltern in Hannover gewesen.

„Und, wie wars?" Meine Stimme überschlug sich fast vor Freude. So hatte ich mich seit Tagen nicht mehr angehört!

„Naja. Ganz nett. Ich bin jedenfalls froh, wieder hier zu sein."

„Und ich erst! Es war so öde. Das kannst du dir gar nicht vorstellen."

„Sehen wir uns heute?"

„Klar, komm vorbei, wann immer du Zeit hast", schlug ich vor und spürte eine spontane Antriebskraft und neue Lebensfreude. Kurz nachdem ich den Hörer aufgelegt hatte, klippte die Haustür.

„Hallo! Jemand zu Hause?" rief Ha-Em.

„Ha-Em!" rief ich erfreut und kam mit dem Telefon unter dem Arm aus meinem Zimmer. Ha-Em ließ die zwei Koffer fallen und umarmte mich.

„Gut siehst du aus", bemerkte Ha-Em und deutete auf meine kurz geschnittenen und frisch gefärbten schwarzen Haare mit dünnen blauen Strähnchen.

„Danke. Das brauche ich jetzt." Ich drückte ihn an mich. Mein Leben füllte sich langsam wieder mit Lebendigkeit.

„Hattest du 'ne schöne Zeit ohne uns?" wollte Ha-Em wissen.

„Oh ja! Keine Drogen, keinen Sex. Dafür 'ne mittelschwere Depression", sagte ich lachend.

„Hört sich spannend an!" Ha-Em ging in sein Zimmer und räumte seine Koffer aus. Ich setzte Kaffee auf, blieb dann im Flur stehen und schaute dem zwischen Bad und Zimmer hin- und herlaufenden Ha-Em zu. Kurz darauf hörte man die Waschmaschine ihre Runden drehen.

„Wann kommt Saskia eigentlich wieder?" rief Ha-Em zwischen ungewaschenen T-Shirts und geöffneten Schranktüren aus seinem Zimmer.

„In einer Woche, glaube ich." Ich blieb am Türrahmen seiner Zimmertür stehen und schaute mir das Chaos auf dem Fußboden an. Koffer ausräumen heißt für Ha-Em, den Inhalt auf den Boden ausleeren, um ihn dann nach und nach an den richtigen Platz zu räumen. Die Kaffeemaschine räusperte sich. Ich ging in die Küche und kehrte mit zwei dampfenden Tassen wieder zurück.

„Magst du 'nen Kaffee?"

„Hmhm." Ha-Em überließ das Chaos in seinem Zimmer sich selbst und folgte mir ins Wohnzimmer. Das Telefon klingelte erneut. Olaf wollte wissen, was ich am Abend vorhätte.
„Komm doch vorbei. Jana und Ha-Em sind wieder da."
„Ja, okay. Bis nachher."

Nachdem Ha-Em und ich wieder eine Pizza gezaubert hatten, saßen wir zu viert im Wohnzimmer.
Jana und ich wollten die kommende Woche in Berlin verbringen.
Olaf bedauerte sich selbst. Er mußte arbeiten. Er hatte seinen Urlaub aber auch so unsinnig geplant, daß er ihn mehr oder weniger allein verbringen mußte. Denn dann mußten wir wieder arbeiten.
Der Abend war so gemütlich wie schon lange nicht mehr. All meine Depressionen der vergangenen zwei Wochen verabschiedeten sich, und ich vergaß schnell, wie sie sich angefühlt hatten.

6

Alkohol floß durch meine Adern und verdünnte das Blut - ich hatte bestimmt doppelt so viel Körperflüssigkeit in mir als für gewöhnlich. Mein Gehirn reagierte auf diesen einfachen Cocktail, indem es mein Denken verringerte. Ich tat nur noch das, was ich gerade wollte - obwohl ich noch nicht einmal wußte, ob ich noch einen Willen hatte, oder ob ich mich nur instinktiv leiten ließ.

Angestachelt durch ein Bedürfnis an Zärtlichkeit oder auch nur von dem Bedürfnis, an die Grenze eines Reizes zu stoßen, lehnte ich an Daniel. Vielleicht tat ich das auch nur, um nicht umzukippen. Eine unvorhergesehene Bewegung Daniels brachte die Koordination meiner aufrechten Haltung durcheinander, und ich drohte wegzurutschen. Reflexartig umklammerte ich ihn und bat ihn, besser auf mich aufzupassen. Er sah mir tief in die Augen, und ich spürte sein Kribbeln, das aber noch nicht auf mich überging. Doch seine anfängliche Zurückhaltung gemischt mit schüchterner Lust, vergrößerte den Reiz und weckte mein Interesse. Ich konnte kaum noch gerade stehen, aber mein Blick war direkt auf Daniel gerichtet, den ich langsam in meinen Bann zog. Ich hoffte, daß er die Nacht für mich gestalten würde. Ich merkte nicht, daß ich auch von meiner Seite aus viel dazu beitrug. Ohne Kontrolle setzte ich das um, was mein Gehirn sich gerade ausgedacht hatte. Ich merkte erst, was ich getan hatte, wenn es schon geschehen war. Und da es dann sowieso zu spät war, es rückgängig zu machen, vergaß ich es gleich wieder.

Durch eine ruckartige Bewegung seines Körpers verlor ich erneut meinen Halt. Daniel fing mich auf.

Die aus dem Alkohol herausgefilterte Flüssigkeit hatte sich bis zu meiner Blase vorgearbeitet, und ich machte mich auf den Weg zur Toilette. Daniel verspürte das gleiche Bedürfnis und folgte mir.

Nach ein paar Metern durch die Disco drehte ich mich um und lächelte Daniel verschwörerisch zu. Ich hatte gerade festgestellt, daß im Gang das Licht ausgefallen war, und die Dunkelheit kam mir gerade recht für eine traute Zweisamkeit.

Ein paar Minuten später fand ich mich in Daniels Armen wieder, ohne daß ich es steuern konnte. Unsere Hände arbeiteten sich ohne Grenzen voran und erkundeten alles, was sie erkunden wollten.

Wir ließen uns dabei nicht viel Zeit und dachten im ersten Moment nur an uns selbst, bis wir merkten, daß der andere darauf ansprach.

Wir wurden behutsamer und stellten langsam einen Zauber von Zärtlichkeit her, der aber nicht lang anhielt. Ein unterdrücktes Verlangen explodierte, und unsere Hemmungen fielen von uns ab. Ich spürte seine Hände auf meiner nackten Haut, die sich in meine Hose vorarbeiteten. Sein Atem ging schnell. Ich schloß die Augen und war dankbar, nicht sofort, vom Schwindel überwältigt, umzukippen. Ich riß sein Shirt aus der Hose und zog ihn an mich.

Ein Freund von Daniel kam auf uns zugelaufen und redete auf uns ein. Wir hatten beide nicht kapiert, was er eigentlich wollte. Er war auch so schnell wieder verschwunden, wie er aufgetaucht war, aber seine Erscheinung reichte aus, unsere Zweisamkeit derart aus dem Konzept zu bringen, daß Daniel verwirrt von mir abließ und sich ein Bier holte. Ich folgte ihm und hörte mehrmals die Worte *Das gibt Ärger!* aus seinem Mund. Das schlechte Gewissen seiner Freundin gegenüber hatte sich kurz gemeldet, als Daniels Freund ihn wieder in die Realität zurückgeholt hatte. Doch ich überzeugte Daniel davon, daß es völlig in Ordnung sei, was passiert war. Sein Verlangen war zu groß, um zu widersprechen. Er zog mich gleich wieder in die dunkle Ecke, und wir machten da weiter, wo wir aufgehört hatten.

Kurz darauf kam Janas Freundin Heike und rief mir zu, daß sie jetzt nach Hause fahren würde. Ich löste mich aus Daniels Kuß.

„Ich bin gleich da!" versicherte ich Heike, doch sie war schon wieder weg. Nach zehn Minuten und einigen weiteren Küssen zog ich Daniel hinter mir her zum Ausgang, um Heike nicht länger warten zu lassen. Doch Heike und Jana waren schon weggefahren. Eigentlich eine Frechheit - mich einfach hier stehen zu lassen!

'Aber egal! Dann habe ich wenigstens noch ein bißchen Zeit', dachte ich und zog Daniel wieder zurück in die dunkle Ecke. Er riß mich sofort wieder an sich. Wir waren beide total angestachelt von unserem Verlangen und putschten uns gegenseitig noch mehr auf. Ich strich über seinen Po und drückte ihn fest an mich. Meine Hände wanderten über seine Lenden hinab zu seinen Schenkeln und streichelten ihn mit zartem Druck.

Er geriet immer mehr in Fahrt. Er öffnete meine Hose, und im nächsten Moment spürte ich seine Hände an den Stellen, die einen Schauer nach dem anderen über meinen Körper rieseln ließen. Ich preßte ihn enger an mich und zog ihn an eine Wand. In dem Moment kam Daniels Freund wieder zu uns.

„Hat noch jemand Geld?" rief er. Daniel ließ nicht von mir ab, zog aber einen Schein aus seiner Tasche und drückte ihn seinem Freund in die Hand, damit er verschwinden würde.

„Ich will dich jetzt", sagte Daniel dann leise zu mir.

Ich sah ihn kurz an. Sein Blick verlangte nach Zärtlichkeit. Ich küßte ihn sanft und sah ihn noch einmal an.

„Willst du wirklich?" fragte ich. Er blickte mich ernst an.

„Ja", hauchte er und streichelte mir zart über den Rücken.

Unsere Körper fingen an, sich aneinander zu bewegen. Seine Hände arbeiteten sich auf meine Haut unter meinem Slip vor. Wir küßten uns, erst sanft, dann fordernder. Ich spürte seine Erektion, als mein Verstand sich plötzlich einschaltete, und ich schob Daniel behutsam von mir weg.

„Warte", flüsterte ich. „Nicht hier!" Wir standen schließlich in einer Disco. Auch wenn wir uns in einer verborgenen Ecke aufhielten, war dieser Ort doch für jeden zugänglich.

„Ich gehe mal schnell auf Toilette", sagte ich zu Daniel. Er holte tief Luft und nickte. Mein Verstand war halb in die Realität zurückgerufen worden, schwebte aber zur anderen Hälfte noch in meinem Begehren. Ich überlegte, wo wir hingehen konnten, um unser Verlangen zu stillen.

„Ich weiß was", sagte ich zu Daniel, als ich wieder zurück war.

„Vielleicht sollten wir es besser sein lassen", flüsterte er mir ins Ohr.

„Vielleicht!" sagte ich nur, küßte ihn und zog ihn so wieder in den Bann seines Verlangens. Meine Hand suchte in seiner Hosentasche nach dem Autoschlüssel. Ich fand ihn und hielt ihn fest umschlossen, während ich Daniel langsam rücklings zum Ausgang der Disco schob. Er ließ es geschehen. Draußen regnete es.

„Wo steht dein Auto?" fragte ich leise.

„Komm mit", sagte er, umarmte mich von hinten und schob mich vorwärts, während seine Lippen über meinen Hals wanderten. Ein Kribbeln legte sich über meinen Körper. Regen fiel auf uns nieder und benetzte unsere Gesichter mit erfrischender Kühle. Vor seinem Auto lehnte ich mich mit dem Rücken an die Tür. Daniel hielt mich immer noch umschlungen, als hätte er Angst, daß ich weglaufen könnte. Er werkelte mit dem Schlüssel an der Autotür herum, während er mich weiter küßte. Sein Atem ging schnell, und ich spürte wieder seine Erektion. Als er die Tür aufgeschlossen hatte, öffnete ich dieselbe und setzte mich ins Auto. Daniel kippte den Sitz nach hinten und kniete sich über mich. Unsere Kleider waren schnell vom Leib. Wir liebten uns in wilder Leidenschaft und sanfter Lust. Ich schwebte in Zärtlichkeit und genoß jede Sekunde seiner Liebe. Erschöpft sank Daniel Minuten später auf mich nieder, und wir blieben eine Weile völlig ruhig liegen. Dann fing er an, mich wieder zu küssen, und wir steigerten uns erneut in die Lust hinein. Als er zum zweiten Mal in mich eindrang, überströmte mich ein Gefühl von sanfter Explosion. Wir ertranken in der Verschmelzung unserer Körper. Für den Augenblick waren wir eine einzige Einheit der Hingabe, und nur dieser Augenblick zählte. Die Zukunft war unwichtig und beeinflußte uns in keiner Weise. Es war nur eine Nacht in Berlin. Eine Nacht, die von Alkohol und Lust gezeichnet wurde. Mit Anbruch der Morgendämmerung würde wieder jeder in sein eigenes Leben zurückkehren.

Vier Tage Berlin waren eine von Nebel durchzogene Erlebnistour durch den Spiegel einer tief verborgenen Wahrheit, die an der Grenze unserer Existenz auf die Wirklichkeit stieß. Doch weder Jana noch ich konnten uns an diese Wahrheit erinnern. Wir waren der Wirklichkeit entflohen, und am nächsten Tag freuten wir uns unbewußt doch, daß wir noch lebten...
Daniel hatte ich nicht wiedergesehen. Ich wollte ihn auch nicht wiedersehen. Er war nur eine schattenhafte Gestalt in meinem Drogentraum - ein Moment im Gestern.
Wir waren für ein paar Tage bei Heike untergekommen, Janas Freundin in Berlin.
Heike war mir unsympathisch. Ich konnte nicht verstehen, was Jana und sie verband. Heike hatte eine oberflächliche Art an sich und zudem eine ganz andere Vorstellung vom Leben als ich, oder als ich sie bei Jana vermutete. Sie strahlte oft Gleichgültigkeit aus. Partymäßig konnte man zwar eine Menge mit ihr anstellen, sofern sie selbst daran interessiert war. Aber auch nur dann.
Am letzten Abend unseres Berlinaufenthalts zogen Jana und ich allein um die Häuser, weil Heike völlig genervt war von Dingen, die wir nicht nachvollziehen konnten. Am nächsten Tag waren Jana und ich wieder in Hamburg.

Am gleichen Abend standen Olaf und Vico vor meiner Tür. Verschlafen ließ ich sie herein. Ich war kurz zuvor eingeschlafen, noch erschöpft vom Nachtleben Berlins. Müde setzte ich mich ins Wohnzimmer und schaute die beiden abwartend an.
„Was?" fragte Vico.
„Was stellt ihr euch denn so vor?" fragte ich zurück.
Antriebsloses Schulterzucken war die Antwort. Ich rief Jana an und schlug ihr vor, sich an unserem trägen Nichtstun zu beteiligen. Eine halbe Stunde später saß sie in unserer Runde. Wir tranken Bier. Der

Abend hatte nichts Vielversprechendes zu bieten. Wir waren alle in einer lauen Stimmung und konnten uns nur schwer aufraffen, etwas loszumachen. Lustlos saßen wir in den Ecken meines Zimmers verteilt und starrten abwechselnd uns oder die Wände an. Ab und zu fiel auch mal ein Wort.

„Wie wärs mit 'nem *Trip*?" fragte Olaf in die immer größer werdende Stille hinein. Wir sahen ihn etwas verwundert aber auch gleichgültig an und nickten langsam. Eigentlich hatte ich keine Lust darauf. Ich hatte bisher erst einmal einen *Trip* genommen und konnte mich nur noch vage daran erinnern.

Olaf verteilte ein mit LSD getränktes Stückchen Papier an Jana und Vico, die jeder ein Halbes nahmen. Olaf dagegen steckte sich ein ganzes Papiereckchen in den Mund. Ich nahm nichts und nippte an meinem Bier. Wir saßen in meinem Zimmer und warteten darauf, daß etwas passieren würde. Es passierte nichts. Die Stille kroch die Wände entlang, hinunter zum Fußboden und wälzte sich dort herum.

„Kannst du dich noch an den Abend im *Limax* erinnern, als Ha-Em seinen Schlüssel verloren hatte?" fragte Olaf irgendwann unvermittelt.

Vico sah ihn stirnrunzelnd an.

„Ha-Ems Autoschlüssel!" erinnerte Olaf.

„Als wir stundenlang durch die Stadt geirrt sind, weil wir nicht ins Auto konnten?" erkundigte sich Vico.

Olaf nickte. „Ha-Em hatte noch versucht, sein Auto aufzubrechen, *breit* wie er an jenem Abend war. Aber du hattest ihn davon abgehalten", erzählte Olaf.

Vico grinste. Olaf ebenfalls. Die beiden hatten ihre eigenen Erinnerungen an diesen Abend und tauschten sie telepathisch durch Blicke aus, denen ich nicht mehr folgen konnte.

„Jana!" rief Olaf plötzlich.

Jana schreckte hoch.

„Gibst du mir mal 'n Bier?"

Jana saß neben dem Bierkasten und griff nach einer Flasche. Sie griff daneben. Sie griff noch einmal in den Kasten und holte eine Flasche heraus, die sie dann Olaf reichte.

„Die ist aber leer", beschwerte er sich und gab sie Jana zurück.

Jana sah die Flasche ungläubig an, stellte sie umständlich wieder in den Kasten zurück, kniete sich dann vor denselben und suchte nach einer vollen Flasche.

Ich merkte, daß die drei langsam *drauf* kamen. Nun verspürte ich doch das Bedürfnis, mich ihrer Welt anzuschließen. Ansonsten würde ich den Abend zwar mit ihnen, aber auf einer völlig anderen Sinnesebene verbringen. Diese Vorstellung bereitete mir keine große Freude. Genauso *drauf* zu sein, wäre dann doch lustiger! Also bat ich Olaf um eine Fahrkarte, die mich in ihren Zug einsteigen lassen würde. Großzügig und erfreut zugleich hielt mir Olaf sein Döschen unter die Nase. Ich griff nach einer Papierecke, und teilte sie in zwei Hälften. Eine davon legte ich in das Döschen zurück, die andere schob ich in den Mund. Langsam löste sich das Stückchen Papier mit seinen Inhaltsstoffen unter meiner Zunge auf. Ich lehnte mich an die Wand zurück und wartete; wartete darauf, daß etwas passieren würde. Ich hatte keine Vorstellung davon, was passieren sollte. Die anderen waren schon in verwirrende Gespräche verwickelt, denen ich nicht mehr folgen konnte. Mein Kopf war klar.

Jana ließ die Bierflasche fallen, die sie mir gerade reichen wollte. Zuvorkommenderweise hatte sie sie schon geöffnet. Jana hatte es heute aber auch mit den Bierflaschen!

Der goldfarbene Gerstensaft tröpfelte über meine Hand auf den Boden und bildete eine kleine, schäumende Pfütze, die langsam im Teppich versickerte. Ich stand auf, um mir die Hände zu waschen. Im Bad schaute ich in den Spiegel und suchte in meinem Gesicht nach Merkmalen, die auf meinen Zustand schließen lassen sollten, da ich noch immer völlig klar im Kopf war. Währenddessen drehte ich den Wasserhahn auf und hielt meine Hände unter den Strahl. Dann griff ich nach der Seife. Sie flutschte mir aus der Hand und sprang munter im Waschbecken umher. Ich schnappte sie und schäumte mir die Hände ein. Der Schaum war angenehm zart. Ich drehte die Seife rund und rund und rund in meinen Händen. Fasziniert betrachtete ich den Schaum, der mehr und mehr wurde und sich sanft um meine Hände schmiegte. Dann legte ich die Seife wieder zurück in die Schale, aus der sie aber wieder heraus flutschte. Widerspenstiges Ding!

Ich ließ sie im Waschbecken liegen und kümmerte mich lieber um den Schaum. Ich drehte meine Hände minutenlang um sich selbst, um das zarte und zugleich glitschige Erlebnis auszukosten. Ich konnte gar nicht genug davon kriegen! Noch nie zuvor hatte ich Seife so beeindruckend gefunden!

Ich schien lange Zeit im Bad verschwunden gewesen zu sein, denn plötzlich stand Olaf hinter mir und beobachtete mich. Es dauerte ein paar Sekunden, bis ich ihn bemerkte.

„Was, um alles in der Welt, tust du denn da?" fragte er und betrachtete neugierig den Schaumberg auf meinen Händen.

„Ich wasche mir die Hände", verkündete ich, als sei es das normalste auf der Welt. War es ja auch!

„Aha."

„Das ist ein total schönes Gefühl", schwärmte ich und drehte meine Hände schneller. Olaf sah mich nur verständnislos an.

„Was geht denn hier ab?" Vicos Kopf schaute um die Ecke.

„Sie wäscht sich die Hände", erklärte Olaf mit ausdrucksloser Miene.

„Ihr solltet das auch mal versuchen", rief ich entzückt. Vico kam näher und ließ seine trockene Hand durch die Schaumpracht meiner Hände gleiten.

„Mach sie vorher naß", wies ich ihn an. Er ließ ein paar Wassertropfen über seine Hände laufen und verwickelte sie dann mit den meinen. Nun streichelten wir uns gegenseitig die eingeseiften Hände. Olaf stand hinter uns und betrachtete skeptisch das Schauspiel. Als er aber merkte, wieviel Spaß wir dabei hatten, nahm er das Seifenstück selbst in die Hand. Ich überließ Olaf und Vico das Waschbecken und lief mit Seife überzogenen Händen zu Jana.

„Hey, komm, das macht Spaß!" rief ich und zog sie am Arm hoch.

„Iiihh! Was ist das denn?"

„Seife! Los, komm!" Ich sah Jana überzeugt an.

„Langsam, langsam", ächzte sie und erhob sich unsicher. Mit vorsichtigen Schritten folgte sie mir ins Bad, wo Olaf und Vico darin vertieft waren, ihre Hände einzuseifen. Ich schob die beiden beiseite und schäumte Janas Hände ein. Aus dem Spiegel blickten mir zwei grinsende Gesichter entgegen, die von dort herauszuspringen drohten. Das Licht im Raum erschien wie ein dunkles Gelb und strömte eine warme Ruhe aus.

„Ich muß mal pinkeln", hörte ich Vicos Stimme im Hintergrund. Das war wohl die Aufforderung an uns alle, das Badezimmer zu verlassen. Olaf hatte vergessen, seine Hände von der Seife zu befreien. Er merkte es erst, als er sich eine Zigarette anzünden wollte.

„Die ist ja voller Seife!" rief er.

„Kein Wunder!" lachte Jana.

Fluchend ging er in die Küche. Wir hörten den Wasserhahn laufen. Vico kam aus dem Badezimmer heraus und sah uns erwartungsvoll an. Wir standen im Flur und wußten nicht recht, worauf wir eigentlich gewartet hatten.

„Und jetzt?" fragte Vico.

„Wollen wir ’ne Runde durch die Stadt ziehen?“ rief Olaf aus der Küche. Wir stimmten begeistert zu. Doch keiner bewegte sich vom Fleck. Wir standen wie angewurzelt im Flur und warteten auf eine führende Hand. Olaf ging an uns vorbei in mein Zimmer. Ich dachte, er sei die führende Hand und folgte ihm. Vico und Jana taten es mir nach.

„Was machen wir denn hier?“ hörte ich mich sagen.

„Ich wollte noch ’n Bier mitnehmen“, erklärte Olaf und rief kurz darauf: „Wo ist denn der verdammte Kasten?“

Mein Blick schweifte durchs Zimmer und suchte den Bierkasten. Ich konnte mich nicht erinnern, wo er vorhin gestanden hatte, da es kein Vorhin in meiner Gedankenwelt gab. Außerdem war ich niemals zuvor in diesem Zimmer gewesen. Die Zimmerdecke war gigantisch hoch. Der Stuck bewegte sich an der Decke entlang auf die Wände zu. Plötzlich hatte ich Panik, daß der Stuck zu uns herunter gekrochen kommen könnte, sich über unsere Körper legen und uns alle in Statuen verwandeln würde. Ich zog Vico, der meiner Stuckphantasie am nächsten stand, ein Stück beiseite. Er warf mir einen fragenden Blick zu.

„Der Stuck...“, stammelte ich nur und schaute ängstlich an die Decke, den Lauf des Stucks beobachtend.

„Da steht doch der Bierkasten“, rief Jana und holte mich aus meiner Halluzination zurück. Ich folgte ihrem Zeigefinger und sah den Bierkasten vor meinem Bett schweben. Er war seltsam dreieckig geformt und bewegte sich auf Olaf zu, der sich eine Flasche schnappte.

„Will noch jemand Bier?“ fragte er.

„Der Kasten kommt doch sowieso gleich hier vorbei“, sagte ich und wartete.

„Was hast du denn für ’n Film?“ Olaf sah mich überrascht an.

„Sieh doch selbst“, sagte ich und griff nach einer Flasche Bier. Daß ich mich selbst zum Bierkasten hin bewegt hatte, hatte ich nicht gemerkt. Ich setzte mich aufs Bett; Jana ebenfalls.

„Ich dachte, wir wollten los“, murmelte Vico.

„Wohin denn?“

„Weiß nicht.“

„Ach so.“

Olaf stand wieder neben dem Bierkasten. Vico lehnte an der Wand und starrte ins Leere.

„Ach du Scheiße!“ rief er plötzlich und zeigte auf die Wand hinter Olaf. Olaf duckte sich, weil er erwartete, daß gleich irgend etwas über ihn herfallen würde. Ich konnte nichts entdecken.

„Hol doch mal einer irgend so 'n Ding!" Vico war ganz aufgeregt.

„Was denn für 'n Ding?" wollte Jana wissen. Sie stand schon neben der Tür und wollte Vico das holen, was er haben wollte.

„Na, um das Ding an der Wand wegzumachen!"

Die Wand war weiß. Ein klares, reines, sauberes Weiß strahlte uns an.

„Da ist doch gar nichts", sagte ich.

Olaf hockte auf dem Fußboden und traute sich nicht, nach oben zu sehen, da er etwas Monströses erwartete, wovon wir alle nicht wußten, was es sein sollte.

„Doch!" Vico war fest davon überzeugt, daß dort etwas war.

„Ja, was denn?" Jana wollte endlich wissen, was für ein Ding sie holen sollte, um das Ding an der Wand beseitigen zu können. Obwohl sie das Ding an der Wand noch nicht ausfindig gemacht hatte.

„Na, so 'n ... so 'ne *Fliegenspinne*", stammelte Vico.

Jana stellte sich neben Vico, um vielleicht von seiner Position aus die *Fliegenspinne* sehen zu können. Sie sah aber nichts. Im nächsten Moment hatte Vico schon eins meiner Bücher in der Hand und lief auf das Objekt seiner Halluzination zu, um es zu erschlagen.

Olaf wußte nicht, wie ihm geschah. Er hatte die vergangenen Minuten auf dem Boden gekauert, unser Gespräch verfolgt und dabei gehofft, wir würden ihn von dem vermeintlichen Objekt befreien, das über ihm zu schweben drohte.

Vicos Bewegungen erschienen mir extrem schnell. Als er sich neben Olaf setzte, mußte ich seine Extremitäten erst neu zusammenfügen, um sie in meinem Gehirn wieder zu einem Vico zusammenzuformen. Dann fiel mein Blick auf Jana, die immer noch neben der Tür stand.

„Wo kommst du denn her?" fragte ich erstaunt, als hätte ich Jana seit langer Zeit nicht mehr gesehen.

„Ich glaube, ich wollte Vico helfen", erinnerte sie sich.

„Hast du den Staubsauger mitgebracht?"

„Der ist nicht da."

„Wo ist er denn?"

„Ich weiß es nicht. Vico hat ihn zuletzt benutzt."

In diesem Moment veränderte sich Janas Gesicht zu einer Puppenmaske. Ich schaute schnell in eine andere Richtung, um dieser Halluzination zu entfliehen, bevor sie sich festbohren würde.

Der Raum veränderte seine Form. Die Wände bewegten sich und kamen auf mich zu. Die Ecken verschmolzen zu einer runden Einheit und verschluckten Vico und Olaf. Ich wollte den beiden zurufen, daß sie das Zimmer verlassen müßten, bevor es unterginge, aber ich konnte meinen Stimmbändern keinen Laut entlocken. Der Raum hatte keine geometrische Form mehr. Hinter mir waren die Wände so hoch, daß ich die Decke kaum noch sehen konnte. Vor mir war der Raum so klein geworden, daß man nur noch gebückt hindurchgehen konnte. Ich saß immer noch auf dem Bett und schaute hektisch hin und her. Weiche Wellen durchzogen den Fußboden und kamen auf mich zu gerollt. Noch fand ich es nicht bedrohlich. Doch die Wellen wurden stärker. Bald brodelte das Zimmer, und mein Bett schwankte wie ein Schiff. Ich hielt mich am Bettkasten fest und schaute vorsichtig über die Seite nach unten. Gleich würde ich versinken.

„Kann mich mal einer hier rausholen?" rief ich.

Olaf tauchte aus der Wand auf und kam auf mich zu. Er war extrem groß. Seine Hände waren noch größer. Er packte mich am Arm und zog mich hoch. Ich wehrte mich gegen seinen Griff, denn ich wollte nicht ins Wasser fallen.

„Hey, Jo, willst du nicht mit?" fragte Olaf mich.

„Ich muß hier raus. Das Schiff geht gleich unter", rief ich ängstlich.

Olaf merkte, daß ich in meinem eigenen Film gefangen war und von dem Entschluß, nun doch durch die Stadt zu ziehen, noch nichts mitbekommen hatte.

„Jana und Vico sind schon untergegangen!" rief ich.

Olaf setzte sich neben mich. Plötzlich hatte er wieder seine normale Größe. Mein Bett hörte auf zu schwanken.

„Was?" fragte ich und sah Olaf verwirrt an.

„Wir wollen jetzt los", sagte er nur, nahm meine Hand und zog mich hoch. Ich setzte vorsichtig einen Schritt vor den anderen. Der Boden war weich wie Moos. Ich wollte auch die Blumen auf meinem Teppich nicht zertreten. Wieso wuchsen hier überhaupt Blumen?

Kurz darauf sprangen mir die Farbkleckse vom Teppich ins Gesicht. Was war hier eigentlich los? Ich hatte noch nie so leuchtende Farben auf meinem Teppich gehabt. Soweit ich mich erinnern konnte, war der schwarze Teppich mit dünnen Farbstrichen durchzogen. Naja, egal.

Wo führte Olaf mich eigentlich hin?

Im Flur standen Vico und Jana. Erleichtert atmete ich auf. Ich war froh, sie wiederzusehen. Wo waren sie eigentlich die ganze Zeit gewesen?

„Gehen wir jetzt endlich los?" Jana hatte schon die Hand an der Türklinke. Wir folgten ihr. Doch wir kamen nicht weit. Jana öffnete die Tür, und wir traten in einen dunklen Raum ein. Es war eng. Aber wir paßten alle vier hinein.

„Wieso gehts hier nicht weiter?" Olaf schaute uns verzweifelt an.

„Wo ist denn die Treppe?" Vico schien verwirrt.

„Jetzt laßt uns doch endlich losgehen", drängte Jana.

Ich stand wie eine willenlose Kreatur zwischen ihnen und ließ einfach alles geschehen. Ich wußte nicht, wo wir waren, und wo wir eigentlich hin wollten.

„Was macht denn der Besen hier im Hausflur?" Olaf nahm ihn vom Haken und schaute ihn ungläubig an.

„Da ist ja auch der Staubsauger!" rief Jana.

Staubsauger? Hatten wir das nicht schon mal?

„Ich glaube, wir sind hier falsch", bemerkte Olaf und verließ den dunklen Raum. Wir folgten ihm.

Vico gab der Tür einen Schubs, und sie fiel zu. Dann schaute er sich in der Wohnung um und steuerte auf eine andere Tür zu. Kurz darauf standen wir in Ha-Ems Zimmer.

„Falsch!" rief Olaf nur und drehte sich wieder um. Wir sahen ihm hinterher. Er ging wieder auf die Tür des dunklen Raums zu, öffnete sie und rief: „Hier gehts lang!"

Um uns selbst davon zu überzeugen, ob Olaf recht hatte, folgten wir ihm erneut. Der Ort kam uns bekannt vor. Irgendwann waren wir hier schon einmal gewesen. Aber soweit ich mich erinnern konnte, waren wir nicht weit gekommen. Die Wand versperrte uns den Weg nach draußen.

„Hier stimmt was nicht", stellte Jana fest.

„Wir kommen hier nicht mehr weg. Es gibt überhaupt keinen Ausgang!" Langsam verzweifelte ich.

Der dunkle Raum fing an, sich zu bewegen. Ich hatte eine Vorahnung, daß sich die Wand gleich öffnen würde, und daß das unsere einzige Chance wäre, von hier fortzukommen. Der Boden bewegte sich wellenförmig und schien uns wie auf einem Förderband vorwärts zu schieben.

„Jetzt geh doch mal vor!" wies ich Jana an und schob sie zur Wand.

„Es geht aber doch nicht!" wehrte sie sich und entzog sich meinem Griff.

Plötzlich öffnete sich die Haustür und Ha-Em trat in die Wohnung.

„Hallo!" begrüßte er uns, nicht ahnend, was mit uns los war.

Gebannt schauten vier Augenpaare in seine Richtung und analysierten die neue Figur, die nicht in unseren Film hinein gehörte.

„Was macht ihr denn in der Besenkammer?" Ha-Em musterte uns kurz.

„Besenkammer? Wir wollen durch die Stadt ziehen", erklärte Vico.

„Na dann, viel Spaß", sagte Ha-Em belustigt, nachdem er unseren Zustand diagnostiziert hatte und ging in sein Zimmer.

Mein Blick fiel auf die Tür, durch die Ha-Em in die Wohnung gekommen war. Ich ging auf sie zu. Der Weg dorthin erschien mir endlos weit, weil der Boden uneben erschien und sich immer noch bewegte. Letztendlich erreichte ich die Tür und öffnete sie vorsichtig. Mein Blick fiel auf den Hausflur und auf die Tür zur gegenüberliegenden Wohnung.

„Wow!" rief ich aus.

Die anderen wurden neugierig und traten hinter mich. Erstaunt starrten wir in den Hausflur. Der Ausgang!

Wir schoben uns nacheinander durch die nur einen Spalt offen stehende Tür und standen kurz darauf vor der Treppe. Olaf ging voran. Ich wußte nicht genau, wie ich die Treppe hinuntergehen sollte. Das Geländer schien in meinem Drogentraum instabil zu sein. Ich wollte mich nicht daran festhalten, weil ich dachte, es würde dann durchbrechen. Eng an die Wand gedrückt stieg ich die Treppe hinab, blieb aber nach einigen Stufen stehen. Jana stand immer noch vor der Wohnungstür.

„Was ist?"

„Ich kann nicht."

„Wieso nicht?"

„Die Treppe schwankt!"

Kurz entschlossen kroch ich die Treppe auf allen Vieren wieder nach oben, packte Jana am Arm und zog sie die Treppe hinunter. Vico folgte uns ohne Probleme.

„Da seid ihr ja endlich!" rief Olaf erleichtert, als wir unten ankamen. „Ich dachte schon, ich finde euch niemals wieder und hatte Panik, allein zu sterben."

Die Nacht empfing uns mit hell leuchtenden Straßenlaternen und lauer Sommerluft. Das Haus, aus dem wir heraustraten, kam uns unbekannt vor. Was haben wir denn dort drinnen gemacht? Ich konnte mich nicht mehr erinnern.

Olaf zündete sich eine Zigarette an. Dann gingen wir los. Wohin auch immer. Jeder von uns folgte den anderen, ohne zu wissen wohin. Wir konnten uns nur auf den jeweils anderen verlassen, weil wir selbst keinen Orientierungssinn mehr hatten. Nachdem wir - mindestens eine Stunde - die Straße entlang gelaufen waren, kehrten wir auf den nur wenige Meter von meiner Wohnung entfernten Spielplatz ein. Es war ein überdimensional großer Spielplatz. So erschien er uns zumindest.

Jana setzte sich auf eine Schaukel, Olaf auf den unteren Rand der Rutsche. Ich entdeckte eine Drehscheibe und legte mich rücklings darauf. Vico setzte sich neben mich.

Über mir leuchteten die Sterne in dieser klaren, aber drogengeschwängerten Sommernacht. Die Stille verwandelte die Dunkelheit in eine schwarze, fließende Masse, die vom leisen Quietschen der Schaukel unterbrochen wurde. Ich konnte mich nicht mehr bewegen. Meine Gedanken sogen alle Kraft aus meinen Gliedmaßen heraus. Ich lag in einem Bilderbuch und wartete darauf, daß jemand die Seite umblättern würde. Ein Stillstand war eingetreten. Und dann stand Vico plötzlich auf und blätterte die Seite um. Er fing an, die Drehscheibe, auf der ich lag, langsam zu drehen. Ich wollte mich zuerst dagegen wehren, war aber zu schwach.

„Nicht so schnell", murmelte ich.

„Ich drehe dich ganz langsam", versprach Vico.

Ich schloß vorsichtshalber die Augen, um nicht den Halt zu verlieren. So spürte ich wenigstens noch die tragende Fläche unter meinem Rücken.

„Öffne deine Augen!" wies Vico mich mit sanfter Stimme an.

Ich gehorchte, weil ich gerade wieder neues Vertrauen geschöpft hatte, und Vico die Drehscheibe wirklich nur langsam drehte. Der Himmel kreiste um meinen Kopf herum. Ich wußte nicht, wo ich hinschauen sollte. Meine Augen versuchten, den Kreisen zu folgen, verloren sich aber in ihren Bewegungen und mir wurde schwindelig. Dann richtete ich meinen Blick auf einen festen Punkt - ein hell leuchtender Stern - und ließ mich im schwachen Windzug der Drehungen treiben. Ich streckte meine Arme aus und ließ mich fallen. Mein Körper war aus Zuckerwatte - leicht und ohne Konsistenz. Ich war gerade dabei, im Himmel zu versinken, als Vico die Drehscheibe anhielt.

„Weitermachen", forderte ich ihn leise auf. Vico fuhr fort, die Scheibe zu drehen. Ich schwebte eine Viertel Ewigkeit und zwanzig Minuten durchs All, flog an den Sternen vorbei und umarmte die Welt. Dann holte Vico mich sachte in unseren Film zurück.

„War genial, hm?"

„Hmhm", seufzte ich verträumt.

Als ich mich aufgerichtet hatte, brauchte ich ein paar Minuten, um die Orientierung wiederzufinden und vor allem, um meine Körperteile wieder zueinanderzufügen und funktionsfähig zu machen. Meine Beine waren aus Gummi und sackten zusammen, nachdem ich aufgestanden war. Vico hielt mich fest. Ich schaute mich um und entdeckte Jana, die vor einem bunten Häuschen im Sand kniete.

Das Häuschen schien uns einen perfekten Schutz vor der beginnenden Morgendämmerung zu bieten, da wir uns im Licht des Tages wie nackte Überbleibsel der Nacht vorgekommen wären.

Vico und Jana krochen in das Häuschen. Olaf saß schon drin. Ich stand davor und wußte nicht, wie ich dort noch hineinpassen sollte. Es war ja furchtbar klein! Ich hockte mich davor und schaute in drei erwartungsvolle Gesichter.

„Komm rein!" forderte Jana mich auf.

„Wie denn?" Ich begutachtete die Öffnung und zwängte mich dann letztendlich doch hindurch.

Drinnen war das Häuschen riesengroß. Wir saßen zu viert gemütlich im Kreis und hatten viel Platz. Ich fing sofort an, Sand durch meine Hände rieseln zu lassen. Wieder und wieder häufte ich Sand in die eine Handfläche und schüttete ihn in die andere und wieder zurück - so lange, bis sich die kleinen Körnchen im Sand verloren hatten. Es war ein angenehmes Gefühl - weich und rieselnd.

Das Häuschen nahm ständig an Größe zu. Ich schaute ab und zu auf die Innenseite des Daches und fühlte mich bald klein wie ein Zwerg. Ich schien zu schrumpfen. Gleich würde ich nur noch ein Sandkorn sein. Aber solange die anderen genauso klein waren wie ich, beunruhigte mich diese Illusion keineswegs.

Draußen dämmerte es. Die Farben wurden stechend hell. Im Dunkeln waren sie auch intensiv gewesen, aber sie hatten sich warm *angefühlt*. Im Sonnenlicht leuchteten sie nun lebendiger und irgendwie sprunghaft. Und sie wurden kalt. Das dunkelgelbe Häuschen verfärbte sich in helles Gelb, das Schatten auf unsere Gesichter warf und sie entstellte.

Jedes Lachen wirkte wie eine Grimasse. Unsere Köpfe hoben sich vom Körper ab und waren der Abschluß langer Giraffenhälse. Tatsächlich schienen unsere Köpfe an die Decke des Häuschens zu stoßen, während unsere Körper weit unter uns verweilten. Da das Häuschen mir in meiner Halluzination aber nur hoch und nicht breit erschien, hatte ich die Befürchtung, daß unsere langen Hälse sich miteinander verknäulen könnten, wenn wir sie nach rechts oder links bewegen würden.

Der Sand rieselte immer noch durch meine Hände. Jana tat es mir mittlerweile gleich.

Abwechselnd sprach einer von uns. Wörter schwebten im Raum. Manchmal verkuddelten sich die Wörter auch in der Luft, wenn wir gleichzeitig sprachen. Aber keiner wußte, was der andere gesagt hatte. Und keiner ging darauf ein. Wir waren gegenseitig aus den Gedanken der anderen ausgesperrt. Und doch waren wir nicht allein. Wir brauchten einander gegenseitig. Allein wäre über jeden von uns sofort eine hysterische Panik hereingebrochen.

Ein lautes Knurren durchbrach plötzlich die leisen Wörter, die durch den Raum strömten. Erschrocken drehte sich Jana um.

„Dort steht ein riesiger Hund vor dem Häuschen!" rief sie ängstlich. Olaf, der in der Nähe des Ausgangs saß, beugte sich vor und schaute hinaus.

„Nee", sagte er nur und lehnte sich wieder zurück.

Es knurrte erneut.

„Doch", beharrte Jana. Olaf stand auf und verließ das Häuschen. Er lief einmal darum herum und steckte dann seinen Kopf durch ein Fenster, direkt hinter Jana. Sie schrie erschrocken auf und warf sich auf die andere Seite.

„Mußt du sie so erschrecken?" fragte ich gelassen.

Vico schaute plötzlich hektisch in die Runde.

„Hier fehlt einer", rief er aufgeregt. Seine Augen wurden groß und ich glaubte, seine Gedanken sehen zu können, die krampfhaft danach suchten, wer in unserer Runde fehlte. Ich verfolgte gerade eine klare Linie der Realität und klärte ihn auf, daß Olaf draußen stand. Vico verstand das nicht.

Wieder durchzog ein Knurren den Raum. Ängstlich kauerte sich Jana an Vico, der sie aber nicht beruhigen konnte. Er hatte gar nicht mitbekommen, was Jana für einen Film durchlebte.

„Wir sollten vielleicht gehen", schlug ich vor. Momentan kam ich mir äußerst klar vor. Ich schien den kompletten Durchblick zu haben.

„Wohin?" Olafs Kopf kam durch die Tür.

„Der Hund!" schrie Jana und zeigte auf Olaf.

„Wir gehen nicht ohne Olaf", befahl Vico.

„Hallihallo", sagte ich und wedelte mit meiner Hand vor Vicos Gesicht. „Jemand zu Hause?"

„Wieso ist Olaf zu Hause?" gab er irritiert zurück.

Ich gab auf und kroch aus dem Häuschen. Die Helligkeit übermannte mich und drehte einen neuen Film. Ich fühlte mich plötzlich genauso verloren und allein wie Vico, der noch immer im Häuschen nach Olaf suchte. Verstört trat ich neben Olaf.

„Du läßt mich jetzt aber nicht allein, oder?"

„Was?" Olaf sah mich lachend an und ging ein paar Schritte vorwärts.

„Warte!" Ich hielt seinen Arm fest. „Die anderen müssen auch mit."

„Welche anderen?" Olaf schaute in das Häuschen hinein und grinste Vico an. Dieser freute sich wie ein Kind, Olaf wiederzusehen und ließ Jana fallen, die immer noch ängstlich in seinen Armen gelegen hatte.

Die Einsamkeit ergriff auch sie, und sie hechtete panisch hinter Vico her. Am Ausgang stolperte sie über ihn. Beide steckten kurze Zeit in der kleinen Tür fest, bis Vico sich befreien konnte.

Dann standen wir endlich wieder auf dem Spielplatz und betrachteten das kleine Häuschen im Sandkasten. Es war ja sowas von klein! Und dann knurrte es wieder.

„Ich muß jetzt was essen." Jana strich über ihren knurrenden Magen und schritt voran. Wir schauten ihr hinterher. Ihre plötzliche Aktivität auf ein Ziel hinzuarbeiten, verwirrte uns, und wir blieben stehen. Nach wenigen Metern drehte sich Jana zu uns um und betrachtete den Abstand zwischen uns und sich. Dann kam sie zurückgelaufen.

„Wieso kommt ihr nicht mit?"

„Wohin denn?"

„Wir wollen etwas essen."

Ich konnte mich nicht erinnern, daß wir das beschlossen hatten, folgte ihr aber. Allein zurückgelassen zu werden, war eine grauenhafte, Angst einflößende Vorstellung, so daß ich mich allem anschließen würde, was einer von uns tun würde - nur, um nicht allein zu sterben.

Wir liefen durch die Straße, vorbei an Häusern und kleinen Geschäften, die gerade die Türen aufschlossen. Ich hatte keine Ahnung, wo wir waren. Aber wir schienen ins Leben zurückgekehrt zu sein. Die Leute, die durch die Straßen liefen oder in ihren Autos an uns vorbeifuhren, machten mir Angst. Sie waren so anders. Und sie waren in der Mehrheit. Ich hatte das Gefühl, nicht hier sein zu dürfen, weil ich nicht so war wie sie. Plötzlich bohrte sich ein Gedanke in meinem Gehirn fest, der mich panisch gefangen hielt. Ich würde niemals wieder so sein wie sie!

Aufrecht hielt mich dabei noch die Anwesenheit meiner Freunde, die ja im selben Zustand wie ich waren. Was, wenn sie wieder normal werden und ich nicht?

Ängstlich drängte ich mich zwischen Vico und Olaf und hakte mich unter, als wollte ich ihren Zustand festhalten. Mein Blick huschte immer wieder über die Gesichter der entgegenkommenden Leute. Ich befand mich auf dem falschen Planeten.

Nachdem wir eine Ewigkeit in eine Richtung gelaufen waren, bogen wir um eine Ecke. Der Duft frischer Brötchen stieg in meine Nase und verwandelte mich in ein ausgehungertes Geschöpf, das zielstrebig auf die Bäckerei zuging. Die Tür öffnete sich, und eine Frau trat heraus. Erschrocken über diese Gestalt aus der anderen Welt zuckte ich zusammen.

‚Jetzt sieht sie mir an, daß ich total abgedreht bin und wird mich einliefern lassen!' schoß es mir durch den Kopf. Schutzsuchend wollte ich zu Olaf, Vico und Jana zurück laufen. Sie standen aber schon hinter mir. Ich rannte in sie hinein. Die Frau, die aus der Bäckerei gekommen war, sah uns nur kurz an und schüttelte den Kopf.

Ich hätte mich am liebsten versteckt. Aber der frische, warme Duft der Backwaren durchströmte die Luft und weckte ein fesselndes Verlangen, dem ich mich nicht entziehen konnte.

„Ich hole jetzt Brötchen", verkündete Jana überzeugt und schritt auf die Tür zu. Sie war schon beinahe im Laden, als sie sich zu uns umdrehte und mit einem entsetzten Blick wieder zu uns zurückkehrte.

„Was ist?" fragte Vico.

„Ich kann nicht", stammelte Jana.

„Wieso nicht?"

„Ich weiß nicht, wie das geht. Ich kriege das allein nicht hin."

Vico und ich konnten nachvollziehen, was in Jana vorging. Olaf fand das absurd. Er ließ uns stehen und ging in die Bäckerei. Drinnen reihte er sich in die wartende Schlange ein. Ab und zu drehte er sich zu uns um. Wir fanden ihn extrem mutig!

Drei Leute standen noch in der Reihe vor ihm. Plötzlich packte es Olaf, und er lief aus der Bäckerei heraus.

„Das geht wirklich nicht", sagte er atemlos.

So standen wir vor der Bäckerei und schauten sehnsüchtig durch die Vitrine. Durch unser Verhalten hatten wir die Aufmerksamkeit einiger Passanten auf uns gezogen. Aber solange wir zusammen waren, störten uns die anderen nicht. Zusammen waren wir stark. Nur einzeln waren wir erbarmungslose Opfer in der genormten Welt der *Normalen* und waren ihrem vorgegebenen Verhalten gnadenlos ausgeliefert.

„Wißt ihr, wir gehen einfach alle zusammen in die Bäckerei", schlug Olaf vor, als der Laden sich geleert hatte.

Die Verkäuferin stand hinter dem Tresen und beobachtete uns. Keine Ahnung, was sie von uns hielt. Vielleicht dachte sie, daß wir sie ausrauben wollten.

Vom Hunger getrieben gingen wir auf Olafs Vorschlag ein. Als Jana die Tür geöffnet hatte, hielt sie einen Moment inne.

„Aber ihr kommt wirklich mit hinein?!" vergewisserte sie sich. „Ich gehe auf keinen Fall allein."

Wir nickten bestätigend, und Olaf schubste sie voran.

„Hey!" rief sie.

Die Verkäuferin verfolgte jeden unserer Schritte. Dann standen wir vor dem Tresen.

„Bitte schön!" Die Verkäuferin schaute uns an. Ihre Stimme hallte durch den Laden, in dem sich außer uns nur noch ein kleiner Junge befand.

Wer von uns würde jetzt sprechen? Ich hoffte, daß niemand erwartete, ich würde das tun. Die anderen schienen die gleichen Gedanken zu haben. Betreten sahen wir uns an, abwartend, daß einer von uns etwas sagen würde.

„Nun?" Die Verkäuferin beugte sich vor. Wir blieben still. Jetzt musterte uns auch der kleine Junge. Ich fühlte mich nicht sehr wohl in meiner Haut. Warum sagt denn keiner was?

Olaf setzte gerade zum Reden an, als sich die Verkäuferin dem kleinen Jungen zuwandte. Gespannt starrten wir ihn an.

„Fünf Vollkornbrötchen, bitte", hörte ich eine zarte Kinderstimme sagen.

Erleichterung breitete sich aus. Der kleine Junge hatte uns gerade in das Geheimnis des Brötchenkaufs eingeweiht.

Olaf verfolgte jede Handlung, die nun zwischen der Verkäuferin und dem kleinen Jungen stattfand, um es ihm danach gleichzutun.

Mit der Brötchentüte in der Hand verließ der Junge den Laden. Plötzlich standen wir wieder im Mittelpunkt des Geschehens.

„Haben Sie sich jetzt entschieden?" fragte uns die Verkäuferin und musterte uns von oben bis unten.

„Eine Tüte Brötchen", bestellte Olaf und strahlte die Verkäuferin überglücklich an. Doch er hatte nicht mit einer Gegenfrage gerechnet.

„Wieviel Brötchen sollen denn in die Tüte?" tönte es hinter dem Tresen hervor.

Olaf schaute uns fragend an.

„Fünf Brötchen, bitte", mischte sich Vico ins Geschehen ein, dem gerade die Worte des kleinen Jungen eingefallen waren.

„Was für Brötchen?" hörte ich wieder die Stimme der Verkäuferin.

„Vollkorn, Mehrkorn, Sesam, Mohn, Käse, Schrippen, Baguette, Rosinen oder Bauern?"

Bauern? Was sollte denn das? Wollte die uns veralbern?

Wir waren so stolz auf uns, daß wir es fertig gebracht hatten, Brötchen zu bestellen, doch diese penetrante Verkäuferin brachte uns mit ihren ständigen Gegenfragen völlig aus dem Konzept.

Mittlerweile hatte sich die Bäckerei wieder gefüllt. Hinter uns hatte sich eine Schlange von Leuten gebildet, die amüsiert unsere Vorstellung verfolgten.

„Geben Sie uns acht von diesen Brötchen dort." Olaf zeigte auf einen Korb hinter der Verkäuferin, indem sich französische Bauernbrötchen befanden.

„Ich denke fünf?" gab sie zurück und schaute abwechselnd Olaf und Vico an. Konnte die nicht einmal aufhören, Fragen zu stellen und einfach das tun, was wir ihr anwiesen?

„Nein, acht bitte." Olaf reagierte schnell und ließ das Gespräch nun fließen. Während die Verkäuferin die Brötchen abzählte und in die Tüte packte, überlegte ich angestrengt, wie es nun weitergehen würde. Irgend etwas fehlte noch, bevor wir den Laden verlassen konnten. Da zückte Olaf auch schon sein Portemonnaie und holte einen Geldschein hervor. Als er ihn der Verkäuferin über den Tresen gereicht und Vico die Brötchentüte in Empfang genommen hatte, drehten wir uns wie auf Kommando um und wollten gehen. Doch die uns mittlerweile bekannte Stimme der Verkäuferin rief uns zurück.

„Sie kriegen noch Wechselgeld wieder!"

Wie vom Blitz getroffen blieben wir stehen. Olaf ging zum Tresen zurück.

„Danke", sagte er und nahm das Geld. Kopfschüttelnd sah uns die Verkäuferin hinterher. Wir drängten uns durch die wartende Schlange hindurch und kämpften uns zur Tür vor.

Auf der Straße atmeten wir erleichtert auf. Dann verließen wir schnellen Schrittes den Ort des peinlichen Geschehens.

Ein paar Meter weiter öffnete Vico die Tüte und reichte jedem von uns ein knusprig warmes Brötchen. Ich riß einzelne Stücke ab und aß sie gierig auf. Auch Jana verschlang ihr Brötchen in Sekundenschnelle und griff nach einem weiteren.

Wir standen mitten auf dem Gehsteig in der Straße, die zu meiner Wohnung führte. Leute gingen an uns vorbei. Einige schauten uns verwundert an, andere nahmen keine Notiz von uns. Es störte uns nicht mehr. Wir waren so vertieft in diesen geschmackvollen Genuß, daß es uns gleichgültig war. Wir blieben so lange auf der Stelle stehen, bis die Brötchentüte leer war.

Eine halbe Stunde später lag ich auf meinem Bett. Vico saß auf der Bettkante. Olaf saß auf dem Fußboden. Jana werkelte in der Küche herum. Ein angenehmer Duft von Kaffee stieg in meine Nase. Die Helligkeit des Tages drängte sich mir unweigerlich auf. Die Gardine war noch offen und ließ eine strahlende Sonne ins Zimmer scheinen. Alles um mich herum leuchtete. Die Farben waren so grell, daß ich sie kaum ertragen konnte. Ich empfand das Licht als äußerst *laut*. Ich hielt mir die Ohren zu und schloß meine Augen, doch das Licht drang durch meine Lider hindurch und dröhnte wie ein Preßlufthammer in meinem Gehirn.
„Olaf, bitte..." flüsterte ich gequält. Olaf hob den Kopf.
„Bitte..., das Licht..., es ist so *laut*..."
Vico zog die Decke über meinen Kopf. Schwach wehrte ich mich dagegen, denn eingehüllt in die Decke verlor ich die Verbindung zu den anderen.
„Nein!" rief ich leise und tauchte wieder unter der Decke auf. „Olaf!"
Olaf schaute mich mit müden Augen an.
„Die Gardine..., mach doch bitte die Gardine..."
Olaf war schon dabei, sie zuzuziehen. Das Zimmer verdunkelte sich ein wenig. Aber die Wände waren immer noch zu weiß für mich. Eine frische Kühle wurde von der Farbe der Wände ausgestrahlt, die mich erschauern ließ. Ich fröstelte und war todmüde. Zusammengekauert kuschelte ich mich an Vico, dem das alles nichts auszumachen schien.
„Findest du es nicht viel zu weiß hier?" fragte ich ihn. Er schüttelte den Kopf.
„Das Zimmer ist so extrem weiß und furchtbar kalt", fügte ich hinzu. „Merkst du das nicht?"
„Du kommst gerade runter", beruhigte Vico mich. „Das ist bald vorbei."
„Aber es hört nicht auf. Es wird immer kälter und weißer. Die Wände sind so nackt. Wieso merkt ihr das denn nicht?" Hilflos sah ich erst Olaf, dann Vico an.

„Ich habe überhaupt nicht gemerkt, wie ich *runtergekommen* bin", erzählte Vico. „Es muß wohl noch draußen auf der Straße passiert sein, während wir Brötchen aßen."

„Bei mir hats einfach *klick* gemacht, und ich war wieder nüchtern", berichtete Olaf gähnend.

Plötzlich fühlte ich mich hilflos und allein gelassen. Mein Körper zitterte. Ich fror fürchterlich.

„Schlaf ein bißchen. Wenn du aufwachst, ist alles vorbei." Vico streichelte beruhigend über meinen Arm.

„Es geht nicht. Meine Augen bleiben nicht zu."

„Bald ist es vorbei", wiederholte Vico. „Manchmal dauert es ein paar Stunden, manchmal auch nur ein paar Minuten."

Da die Minuten schon verstrichen waren, konnte es bei mir also Stunden dauern - welch beruhigende Aussicht!

Das Schlimmste daran war allerdings, daß die anderen wieder nüchtern zu sein schienen, während ich mich noch durch eine Welt außerhalb ihrer Atmosphäre hindurch schlängelte; eine Welt, in der es nur mich gab und sonst niemanden. Das war ein beunruhigendes Gefühl, und Angst stieg in mir hoch.

Jana öffnete die Tür und kam mit einem Tablett herein. Licht fiel durch den Türspalt und erleuchtete das Zimmer. Die weißen Wände sprangen mir ins Gesicht und überschütteten meinen Körper mit einer neuen Kältewelle.

„Tür zu!" schrie ich und wickelte die Decke enger um mich. Jana kniete sich vor mein Bett und schenkte Kaffee ein. Sie reichte mir eine Tasse, die ich, vor Kälte zitternd, nur mit Mühe halten konnte. Vico nahm sie mir aus der Hand und führte sie an meinen Mund. Ich spürte, wie ein heißer Strom durch meine Kehle floß und zischend in meinem Magen landete. Das fröstelnde Zittern ließ nach. Ich nahm die Tasse und wärmte meine Hände an ihrer Außenseite. Mein Kopf brummte. Ich fühlte mich betäubt. Ein Kribbeln durchlief meinen Körper - so, als ob durch eingeschlafene Körperteile langsam wieder Leben zu fließen beginnt. Das Kribbeln war nur um ein Vielfaches stärker. Ich glaubte, durch die Hölle zu gehen. Und dann war plötzlich alles vorbei.

Vier Stunden später wachte ich auf. Ich rieb mir die Augen und brauchte ein paar Sekunden, um festzustellen, wo und wer ich überhaupt war.

Jana lag zusammengerollt auf der Matratze und schlief. Neben meinem Bett fand ich einen Zettel von Vico.

Ich hoffe, Du hast gut geschlafen. Wir sehen uns.

Es war kurz nach sieben. Dem Stand der Sonne nach zu urteilen, schien es Abend zu sein. Ich konnte nur nicht feststellen, welcher Tag heute war. Mein Zeitgefühl war völlig durcheinandergeraten. Es kam mir vor, als hätte ich mindestens zwei Tage durchgeschlafen. Trotzdem fühlte ich mich ausgepowert und leer. Leise stahl ich mich aus dem Zimmer, um Jana nicht zu wecken und schlich durch die Wohnung. Ich klopfte an Ha-Ems Zimmertür. Nichts passierte. Ich öffnete sie leise. Das Zimmer war leer. Auf dem Bett lag eine Tageszeitung - Freitag. Ich ging einfach mal davon aus, daß es die aktuelle Zeitung war. Während ich ins Wohnzimmer ging, fiel mein Blick auf die Besenkammer, und verloren geglaubte Erinnerungsfäden verstrickten sich zu einem abstrakten Bild, das bunte Empfindungen in mir hervorrief. Ich hatte nur wenig reale Bilder der vergangenen Nacht in meinem Kopf, erinnerte mich aber intensiv an die Gefühle, die ich in den verschiedenen Situationen empfunden hatte. Die Farben dieser Wohnung erschienen - nüchtern betrachtet - fahl und ausgewaschen. Ich schaltete den Fernseher ein.

Janas Schatten huschte an der Wohnzimmertür vorbei ins Bad. Kurz darauf kam sie herein und legte sich auf die Couch.

„Hi", begrüßte sie mich. Dunkle Ränder zeichneten sich unter ihren Augen ab und verrieten ihre Lebensweise der vergangenen Woche.

„Na, du siehst ja nicht sehr frisch aus", kommentierte ich.

„Danke schön." Sie räkelte sich kurz, kuschelte sich dann in die Embryostellung und schaute gelangweilt auf den Fernseher.

„Aber war gut gestern, oder?"

„Hmhm", stimmte sie mir zu und ein leichtes Leuchten blitzte in ihren Augen. „Aber ich könnte das nicht oft durchziehen."

„Sollst du auch gar nicht."

„Ich könnte jetzt noch 'ne Woche Urlaub gebrauchen, um mich von unserem Urlaub zu erholen", sagte sie gähnend.

„Hast du Hunger?" wechselte ich das Thema.

„Nicht wirklich."

„Auf was hast du Appetit?"

„Ich könnte irgend etwas breiiges essen. Und süß müßte es sein."

„Wie wärs mit Reisbrei?" schlug ich vor. Darauf hatte ich auch Lust.

„Oh ja! Und dann kuscheln wir uns hier auf die Couch und schauen einen schönen Film."

Während der Reisbrei in der Küche köchelte, durchstöberten wir Saskias Videoregal und entschieden uns für einen Film, der uns eine heile Welt vorspielte, und in dem Probleme oder gar Drogen

eine weit entfernte Illusion zu sein schienen. Da sich die Couch als
zu unbequem entpuppte, kuschelten wir uns nach dem Genuß des
Reisbreis in mein Bett und schliefen nach der Hälfte des Films ein.

7

Dienstag ging ich mit Saskia ins *Basic*. Als sie am Sonntag nach zwei Wochen Urlaub mit Michi nach Hause gekommen war, brauchte sie dringend eine Abwechslung und etwas Abstand von Michi. Wir hatten uns eine Menge zu erzählen.

Im *Basic* betranken wir uns langsam mit Rotwein, tanzten ausgelassen zu guter Musik und flirteten mit ein paar Typen, die uns vielversprechende Blicke zuwarfen. Wir waren natürlich nicht ernsthaft an einem von ihnen interessiert.

Und dann fiel mein Blick plötzlich auf den blondhaarigen Typ, der mir schon zuvor im *Basic* aufgefallen war, und der mein Herz höher schlagen ließ. Meine Ausgelassenheit verschwand im Nebel meiner mich plötzlich überfallenden Gefühle, und ich verstummte im Gespräch mit Saskia. Meine Blicke verfolgten den Typ, da er gerade an unserem Tisch vorbeigegangen war. Er hatte mich nicht beachtet. Warum auch? Wir hatten schließlich noch nie ein Wort miteinander gewechselt.

Ich war unfähig zu handeln. Normalerweise hatte ich keine Probleme damit, Männer anzusprechen. Aber dieser Typ hatte eine so umwerfende Ausstrahlung, die mich völlig aus der Bahn warf. Vielleicht war es die Angst vor einer Abfuhr, die mich verschüchtern ließ. Er schien wohl mehr als wichtig für mich zu sein!

Aber egal, ich wollte ihn unbedingt kennenlernen. Über Gefühle konnte ich mir hinterher immer noch Gedanken machen. Doch der Abend war vorbei, ohne daß ich ihn angesprochen hatte.

Was dann zwei Abende später geschah, war so unwirklich wie unglaubwürdig. Ein Traum in einem Märchen - und ich war die Prinzessin. Obwohl es zunächst nicht so schien!

Ich hatte nicht damit gerechnet, *ihn* so schnell wiederzusehen. Ich stand mit Olaf im Biergarten eines Pubs. Die Nacht schwebte schon seit einigen Stunden über uns. Es regte sich kein Lüftchen, aber es war eine recht kühle Sommernacht. Ich trank mein zweites Bier an diesem Abend, mein Kopf war klar, frei von Drogen, und ich fühlte mich gut.

Der Typ aus dem *Basic* stand unmittelbar vor uns, als mein Blick ihn traf. Vertrauensvoll erzählte ich Olaf von ihm.

Plötzlich ging Olaf auf ihn zu, packte ihn am Arm und zog ihn zu mir. Ich konnte gar nicht so schnell reagieren, wie es geschah.

„Hey du, die Frau steht auf dich", sagte Olaf und zeigte dabei auf mich. In jenem Moment wäre ich gern im Boden versunken. Wie konnte Olaf mir das nur antun? Eine blödere Anmache gab es ja nun wirklich nicht!

Ich war zu nüchtern, um über dieser Situation stehen zu können.

„Glaub ihm kein Wort", sagte ich und zog Olaf ein Stück beiseite. Dann war es mir aber auch schon egal, denn ich merkte, daß der Typ nicht negativ auf diese plumpe Anmache reagierte.

„Ich bin Leon", sagte er warm lächelnd und streckte mir seine Hand entgegen. Verwirrt begrüßte ich ihn mit einem leichten Hände-druck.

„Ich hol nur mal schnell ein Bier und komme dann gleich wieder. Magst du auch etwas trinken?" fragte Leon. Ich nickte überrascht, und er verschwand. Die Peinlichkeit der Anmache wurde schlagartig von einer ungeduldigen Freude verdrängt. Trotzdem hatte ich es Olaf noch nicht verziehen, was er sich gerade geleistet hatte.

„Du bleibst jetzt wenigstens hier stehen, bis Leon wieder zurück-kommt", wies ich Olaf an.

„Ja, ja. Ist ja schon gut!" Er grinste bis über beide Ohren.

„Was soll ich denn jetzt mit ihm anfangen?" fragte ich Olaf.

„Dir wird schon etwas einfallen", sagte er immer noch grinsend.

„Eigentlich könnte ich dir dafür eine runterhauen, aber wenn ich richtig darüber nachdenke, war es vielleicht gar nicht so übel", gab ich zu. „Denk aber bloß nicht, daß ich mich dafür bei dir bedanken werde!"

Leon kam zurück, und wir suchten uns einen freien Platz im Bier-garten.

„Schönen Abend noch", verabschiedete sich Olaf und winkte uns grinsend zu. Ich schnitt eine Grimasse.

Leon setzte sich neben mich, und wir fingen an, uns zu unterhal-ten.

„Ich habe dich schon öfter im *Basic* gesehen", erzählte ich sofort.

„Ja, manchmal fahre ich dort mit meinen Freunden hin."

„Und was machst du sonst so?"

„Ich studiere."

„Was denn?"

„Germanistik."

Ich lächelte und dachte kurz an Ha-Em.

„Wieso lachst du?" fragte Leon.

„Ich dachte nur gerade an einen Bekannten", erwähnte ich.

„Und du? Was machst du?"

Ich erzählte ihm ein bißchen aus meinem Leben. Leon hörte mir interessiert zu. Während ich erzählte, spielte ich mit dem Feuerzeug, daß neben meiner leeren Zigarettenschachtel auf dem Tisch lag.

„Magst du?" Leon hielt mir seine Zigarettenschachtel hin. Ich nahm dankend eine Zigarette und gab ihm Feuer. So langsam wurde mir bewußt, daß ich hier wirklich mit ihm saß. Daß sein Äußeres mich ansprach, hatte ich ja in der Disco bereits festgestellt. Nach einer Stunde Unterhaltung war ich dann auch in ihn selbst verliebt. Er war ja sowas von süß! Obendrein auch noch nett und höflich. Nicht übertrieben höflich - eher charmant. Seine Art wurde von einem Hauch Arroganz unterstrichen. Alles in allem wirkte er sehr reizvoll.

Saskia und Michi kamen an unseren Tisch. Sie hatten mich drinnen im Pub schon vermißt.

„Wo ist denn Olaf?" fragte Saskia.

„Ich glaube, er ist schon gegangen", antwortete ich.

Saskia warf mir einen verschwörerischen Blick zu, als sie erkannte, daß neben mir der Typ aus dem *Basic* saß. Ich strahlte sie an. Am liebsten hätte ich ihr sofort von Olafs unverschämter Vorgehensweise erzählt. Ich hielt mich aber zurück.

Michi unterhielt sich schon angeregt mit Leon. Das Gespräch verlief aber auf keinem intellektuellen Niveau, da wir alle schon leicht angetrunken waren. Wir alberten herum und tranken Bier. Ich griff nach Saskias Zigarettenschachtel, holte eine Zigarette heraus und sah Leon an.

„Hast du Feuer für mich?" fragte ich ihn.

„Ob ich Feuer für dich habe?" wiederholte er die Frage leise und rückte näher zu mir. „Ich denke schon", flüsterte er, nahm meinen Kopf in seine Hände und küßte mich vorsichtig auf den Mund. Dann schaute er mir in die Augen und hauchte: „Hast du auch Feuer?"

Anstatt zu antworten schloß ich meine Augen und entführte Leon in einen sanften, langen Kuß. Sofort versank ich in der weichen Zärtlichkeit. Seine Hände zogen mich nah zu ihm heran. Die Lust zum Küssen überkam uns und ließ uns keine Chance, uns voneinander zu lösen. Sein Mund öffnete sich, und ich spürte seine Zunge, die die meine vorsichtig anfing zu erkunden. Ich knabberte zärtlich an seiner Oberlippe. Ein Kribbeln lief durch meinen Körper, als er sanft an meiner Unterlippe saugte, bis sich unsere Zungen wieder trafen und in ein wildes Spiel übergingen. Ich zog seinen Körper noch näher an meinen und streichelte ihm durchs Haar, das weich in sein Gesicht fiel. Leon löste sich aus diesem Kuß und verdrehte die Augen.

„Mir wird schwindelig", stöhnte er.

Ich lächelte. „Wahrscheinlich bist du zu betrunken zum Küssen!"

„Egal." Sein Blick fing sich wieder, und er sah mir in die Augen. Er fing an, behutsam meine Nase zu küssen. Dann arbeitete er sich zu meinen Wangen und meiner Stirn vor. Ich schloß die Augen und spürte seine weichen Lippen auf meinen Augenlidern. Seine Finger wanderten durch mein Haar, meinen Nacken hinunter über meinen Rücken, und sein Mund suchte den meinen, um mich mit einem leidenschaftlichen Kuß endgültig der Realität zu entreißen. Ich ließ mich von seiner Zärtlichkeit entfesseln und trieb machtlos mit dem Strudel meiner Gefühle dahin. Atemlos ließen wir nach einigen Minuten voneinander ab.

„Ich sollte dich vielleicht warnen", fing Leon an. „Ich bin eher gefühlskalt."

„Davon merke ich aber gerade nichts", flüsterte ich und entführte ihn in einen weiteren, langen Kuß.

Der Pub hatte sich geleert. Saskia und Michi hatten sich schon vor einiger Zeit verabschiedet. Wir hatten sie auch mehr oder weniger vernachlässigt. Die Kellner hatten angefangen aufzuräumen. In der beginnenden Morgendämmerung fingen die Vögel an zu zwitschern.

„Die schließen gleich, hm?" stellte Leon fest.

„Kann sein", sagte ich nur.

„Und jetzt?"

„Komm mit, wir gehen irgendwo anders hin", schlug ich vor, nahm seine Hand und stand auf. Wir verließen den Pub und schlenderten die Straße entlang. Nach ein paar Metern blieb Leon stehen, schloß mich in seine Arme und küßte mich. Es regnete. In der Nähe entdeckte ich eine überdachte Treppe vor einem Kaufhauseingang, die mir in diesem Moment sehr einladend erschien, uns dort niederzulassen, um dem Regen zu entfliehen. Ich zog Leon hinter mir her und setzte mich auf die oberste Stufe. Er setzte sich neben mich und fing an, ein bißchen von sich zu erzählen. Ich hörte ihm zu. Seine Stimme war sehr angenehm.

„Ganz schön kalt hier", sagte Leon irgendwann.

„Hmhm", erwiderte ich, „aber dagegen gibts ein Mittel."

„So! Welches denn?" fragte er und rückte näher zu mir. Seine Finger, die mit einer leichten Berührung über meine Wangen glitten, ließen meinen Körper erschauern. Ich schob ihn sanft von mir weg und hockte mich vor ihn.

„Gleich wirds wärmer", sagte ich lächelnd, setzte mich auf seine Oberschenkel und schlang meine Beine um seine Hüften. Er zog mich eng zu sich heran, und wir umarmten uns, um uns gegenseitig Wärme zu spenden. Ich spürte, wie seine Lippen sacht meinen Hals berührten und seine Hände langsam unter meinem wärmenden Pulli verschwanden. Eine Gänsehaut, die nicht von der Kälte ausgelöst wurde, bedeckte mich und löste ein Verlangen in mir aus, das meine Sinne betäubte. Ich arbeitete mich ebenfalls unter seinen Pulli vor, um seine Haut zu spüren. Wir gelangten durch unsere Zärtlichkeiten in ein immer größeres Verlangen nach mehr - mehr Küsse, mehr Haut, mehr Berührung - und die sanfte Vorsicht verwandelte sich in ein forderndes Mehr. Ich merkte, daß ihm seine Hose bald zu eng werden würde, als sich plötzlich mein Verstand wieder einschaltete, und ich von ihm abließ. Verwirrt setzte ich mich neben ihn. Er war ebenfalls durcheinander, und etwas verlegen versuchten wir, uns in einer Unterhaltung der uns unkontrolliert überkommenen Leidenschaft zu entziehen.

Eine Bäckerei gegenüber öffnete gerade die Türen, um die Lieferung der frisch gebackenen Brötchen und Brote entgegenzunehmen.

„Wie wärs mit ‚nem Kaffee und ‚nem warmen Brötchen?" fragte ich Leon.

„Gute Idee", sagte er, stand auf und zog mich hoch, um mich in seinen Armen aufzufangen und in einem weiteren Kuß zu fesseln. Ich entzog mich diesem, denn gerade hatte mein Magen das Kommando über meine Sinne übernommen.

„Ich habe Hunger. Komm!" sagte ich und ging zur Bäckerei. Der Lieferwagen stand noch vor der Tür, und der Fahrer brachte die frischen Backwaren in den Laden. Der Duft der knusprigen Leckereien hatte nach einer Nacht wie dieser noch einen viel größeren Reiz. Leon fing mit dem Fahrer ein Gespräch an. Es beinhaltete mehr Unsinn als Sinn, aber der Fahrer ging fröhlich darauf ein, während er weiter die Kisten hin und her trug. Ich beobachtete diesen Vorgang, der mir in meinem nüchtern werdenden Hirn und der aufsteigenden Müdigkeit wie ein Film vorkam. Kaffeeduft, der aus der Bäckerei drang, stieg in meine Nase. Der Fahrer verabschiedete sich, stieg in den Wagen und fuhr davon. Die geöffnete Ladentür lud dazu ein, unseren Bedürfnissen nachzugeben, und wir betraten den hellen, behaglich warmen Raum. Leon holte zwei knusprige Brötchen sowie zwei Tassen des duftenden schwarzen Gebräus. Sofort legte ich meine kalten Hände um die heiße Tasse. Beschäftigt, mich diesen köstlichen Genüssen zu widmen, hörte ich Leons sich unaufhörlich bewegendem Mund zu, aus dem Worte sprudelten, die mir zu anstrengend erschienen, um sie bewußt aufzunehmen.

Ich fühlte mich ausgepowert, wurde aber durch die Tatsache, das ich mich mit Leon durch diese Nacht bewegte, wach gehalten, um nach diesem Frühstück auf eine Fortsetzung der Erfüllung unseres Verlangens zu hoffen. Das Feuer war noch nicht erloschen - es war vorübergehend auf Sparflamme gestellt, wartete aber nur darauf, wieder entfacht zu werden.

Ich brachte die leeren Kaffeetassen zum Tresen zurück, während Leon ordentlich die Krümel vom Tisch wischte. Wir verließen die Bäckerei und wurden von einem sonnigen, aber noch kalten Morgen empfangen.

„Und jetzt?" fragte Leon.

„Vielleicht sollte ich langsam nach Hause gehen", sagte ich und sah ihn fragend an.

„Allein?"

„Allein - das heißt, du mußt ja in die gleiche Richtung, also könnten wir zusammen gehen", schlug ich vor, wobei mir in diesem Moment nicht klar war, ob ich wirklich allein nach Hause wollte.

„Wir könnten auch zu mir fahren", sagte Leon.

„Nach Großhansdorf? Das ist aber weit! Zu mir ist es näher."

„Wir könnten trampen?!"

„Nee, dazu habe ich keine Lust", sagte ich ehrlich. „Oder stört es dich, daß ich in einer WG wohne?"

Leon wohnt allein in einer kleinen Wohnung in Großhansdorf, die seinen Eltern gehört.

„Nee, stört mich nicht. Laß uns einfach losgehen - irgendwo kommen wir schon an", sagte er, um die Diskussion zu beenden.

Wir schlenderten nebeneinander durch die Stadt, die langsam aus ihrem Schlaf erwachte und vereinzelte Frühaufsteher aus ihren Häusern lockte. Die Geschäfte hatten noch geschlossen. Wir hätten auch die U-Bahn zu mir nehmen können, aber ich fand es reizvoller, die Strecke mit Leon zu Fuß zurückzulegen.

Wir bogen in eine kleine Seitenstraße ein, als Leon mich an sich zog, um mich zu küssen. Zärtlich drang seine Zunge in meinen Mund und verzauberte mich erneut. Ich zog ihn an eine Hauswand, die uns Halt bot, damit wir nicht auf den nassen Asphalt niedersanken.

Er sah mich an. „Du bist total süß! Ich frage mich, warum du mir nicht schon im *Basic* aufgefallen bist!"

„Danke", sagte ich verwirrt über sein unerwartetes Kompliment.
Wir liefen ein Stück weiter die Straße entlang, als Leon mich erneut
an sich zog, um mich zu küssen.

„Du küßt wahnsinnig gut", sagte er beeindruckt. „Ich kann gar nicht
genug davon kriegen!"

Ich lächelte und näherte mich wieder seinen Lippen, ließ aber einen
Kuß nicht zu, um den Reiz der süßen Verlockung zu steigern. Auch
ich war verzaubert von seinen Küssen, die eine tiefe Leidenschaft
ausdrückten, der man sich nur schwer entziehen konnte.

Nach einer halben Stunde erreichten wir endlich die Hauptstraße, die
durch den starken Verkehr das Ende des Morgens ankündigte und
den Vormittag anfingen ließ. Die Stadt war nun zum Leben erwacht,
und wir waren die einzigen Überlebenden des Vortags. Wir kamen
aus der Vergangenheit und waren die, die durch ihre Zärtlichkeiten
durch die Nacht getragen wurden, um dem neuen Tag zu erzählen,
wie schön das Vergessen der Zeit durch Nachgeben des Verlangens
sein konnte. Die Nacht hatte uns allein gehört, und nur sie kannte
das Geheimnis unseres süßen Erlebnisses.

Der Trubel, der uns nun empfing, wirkte viel zu bunt, viel zu laut,
viel zu extrem. Wir waren dem nicht gewachsen und wollten lieber
in den stillen Zauber unseres Begehrens flüchten. Wir liefen an einem
Hauseingang vorbei, der uns kurzfristig Unterschlußf für unsere
Sehnsucht bot. Der lange Gang bis zur Eingangstür gab uns Schutz
und die Möglichkeit, unsere Nacht zu verlängern.

Leon nahm meine Hand, zog mich in die beschützende *Höhle* und fing
an, mein Gesicht mit Küssen zu bedecken. Ich spürte seine Hände
unter meinen Pulli gleiten und sanft meinen Rücken massieren. Mein
Mund berührte seine Lippen und hielten ihn in einem zärtlichen Kuß
gefangen. Unsere Zungen spielten miteinander, und unsere Hände
waren damit beschäftigt, den Körper des anderen zu erkunden
- ihn durch sanfte Berührungen zum Erschauern zu bringen oder
den Rausch durch leichtes Massieren zu steigern. Eng aneinander
gepreßt verschmolzen wir in unserer Glut. Sein Atem ging schneller.
Seine Haut fühlte sich weich und glatt an. Wir vergaßen die Außenwelt und existierten nur noch in uns selbst. Seine Hände arbeiteten
sich zu meinen Brüsten vor. Blitzartig lief ein Zittern durch meinen
Körper, und ich verlor langsam die Kontrolle. Ich drückte Leon fest
an mich. Unsere Kleidung hielt uns nicht davon ab, uns der Nähe
hinzugeben, und wir bewegten unsere Körper im Rhythmus dieses
Verlangens. Seine Hände wanderten in meine Hose, während meine
noch außerhalb seiner Hose auf seinem Po verweilten. Wir sahen uns

an. Leon drückte mich sanft aber kraftvoll an die Wand. Keiner von uns hatte noch Kontrolle über diese Situation. Wir ließen uns unaufhörlich treiben und konnten nicht mehr voneinander lassen.

Plötzlich öffnete sich die Haustür und eine ältere Frau trat heraus. Erschrocken über unsere Freizügigkeit schimpfte sie *Schämt euch!* und verschwand so schnell, wie sie erschienen war. Leon und ich sahen uns betreten an und hielten es für besser, diesen Ort zu verlassen, der nun nicht mehr den Schutz bot, den er zu Anfang aufgewiesen hatte. Wir kehrten auf die Straße zurück und setzten den Weg zu mir nach Hause fort. Wir kamen nur langsam voran, denn alle paar Meter überkam uns erneut die Lust zum Küssen, und wir waren unfähig, weiterzugehen, bevor wir nicht dieses Verlangen gestillt hatten. Nach ungefähr dreihundert Metern erreichten wir einen Park - für diese kurze Strecke hatten wir allerdings eine gute halbe Stunde benötigt. Leon verschwand im Park, um sich eines natürlichen Bedürfnisses zu entledigen. Als er zurückkam, sahen wir uns nur kurz an und wußten beide sofort, daß dieselbe Idee in uns herumspukte. Hand in Hand verschwanden wir im Park, um die traute Zweisamkeit wiederherzustellen. Die verführerisch weiche Wiese hielt uns nur deswegen davon ab, uns darauf niederzulassen, weil sie durch den Regen am frühen Morgen noch naß war.

Wir setzten uns auf eine Bank. Um die aufsteigende Kälte wieder zu verdrängen, begaben wir uns in die gleiche wärmende Position, wie ein paar Stunden zuvor - auch, um langsam wieder den Zauber zwischen uns herzustellen, der während der Situation im Hauseingang verlorengegangen war. Ich saß auf Leons Beinen und umschlang seinen Körper. Unsere Hände wanderten unter unsere Jacken, um sich zu wärmen, bevor sie sich auf die nackte Haut vorwagten. Ich verhakte meine Füße in der Banklehne und beugte meinen Oberkörper nach hinten, was mich in eine verführerisch reizvolle Haltung fallen ließ. Leons Hände wanderten über meinen Bauch und meine Brust, bis er mich wieder an sich heranzog, um mich zu küssen. Ich streichelte sanft durch sein Haar. Seine Hände berührten meinen Körper überall. Ich fing an, Leons Gesicht zu küssen. Langsam tasteten sich meine Lippen voran. Behutsam streiften sie seine Wange und bewegten sich dann aufwärts zu seinen Augenlidern, seiner Stirn und wieder abwärts zu der anderen Wange. In kreisenden Bewegungen fuhren meine Lippen zärtlich über sein Gesicht und trafen dabei immer wieder seinen Mund, verweilten aber nicht lange darauf, um erneut Kreise zu ziehen. Leon hatte die Augen geschlossen und ließ sich in die Empfindungen fallen, die ich in ihm auslöste.

Er war abgehoben und ertrank in der weichen Zärtlichkeit meiner liebkosenden Lippen.

Berauscht lehnte Leon sich zurück. Ich hielt inne und sah ihn an.

„Wahnsinn! Ich bin noch nie schwindelig geküßt worden!" flüsterte er verzaubert. Ich lächelte, streichelte durch sein Haar und spielte mit einzelnen Strähnen.

„Du hast wunderschöne, weiche Haare", murmelte ich.

Seine Finger fuhren durch mein Haar, und fasziniert verloren wir uns in dieser Geschmeidigkeit. Dabei sahen wir uns in die Augen. Der Zauber hatte uns schon längst wieder eingefangen. Wir nahmen nur noch uns beide wahr - die Straße hinter dem Park existierte für uns nicht mehr. In Verlangen und Sehnsucht gehüllt blickten mich Leons Augen verliebt an.

„Ich kann einfach nicht genug von deinen Küssen kriegen", murmelte er, schloß die Augen und zog uns beide wieder in die Leidenschaft. Ich spürte seine Hände auf meiner Haut. Wir verloren langsam die Kontrolle.

„Wenn die Wiese nicht so naß wäre, würde ich dich jetzt auf der Stelle vernaschen", flüsterte er mir ins Ohr und sein Atemhauch ließ ein Kribbeln über meinen Nacken gleiten. Aber die Vorstellung des kühlen Grases auf unserer Haut hielt uns davon ab, dem Begehren nachzugeben.

Ich weiß nicht, wie lang wir auf dieser Bank gesessen und uns einfach nur geküßt haben - es waren Stunden; für mein Zeitempfinden aber leider nur Minuten. Irgendwann standen wir auf und verließen die Bank. Wir liefen Hand in Hand einige Meter durch den Park - bis zur nächsten Bank, die für eine weitere halbe Stunde der einzige Zuschauer unserer Leidenschaft war.

Die wärmende Sonne erinnerte uns daran, daß der Tag schon vor einiger Zeit begonnen hatte, und da wir keine Zigaretten mehr hatten und sich unsere ausgenüchterten Körper langsam nach Flüssigkeit sehnten, beschlossen wir, uns nach Nahrung umzusehen. Wir verließen schweren Herzens den Park, um in ein nahegelegenes Kaufhaus zu gehen.

Ich wollte eigentlich nicht mit hinein. Ich kam mir fremd vor zwischen all diesen Leuten aus der *Zukunft*. Sie hatten eine Nacht länger geschlafen als ich, und irgendwie hatte ich das Gefühl, nicht auf ihrer Wellenlänge zu sein. Vor der Tür wollte ich aber auch nicht stehenbleiben, denn ich wollte nicht allein sein. Also begleitete ich Leon doch ins Kaufhaus.

Das grelle künstliche Licht prallte mir ins Gesicht. Bunte Farben fraßen sich in mein Gehirn. Die Produkte in den Regalen leuchteten zu bunt, zu vielfältig, zu aufdringlich und sprengten damit den Rahmen meiner Farbwahrnehmung.

Die Leute wuselten durcheinander, griffen nach Dingen, die sie meinten zu benötigen, fuhren geschäftig ihre Einkaufswagen auf den blank gewienerten Böden durch die Gänge oder stellten sich ordentlich hintereinander aufgereiht an den Kassen an. Kinder quengelten, Kinder schrien - genervte Mütter versuchten, sie mit oder ohne den verlangten Dingen zu beruhigen. Ein mit Leben gefüllter Alltag hob mich aus dieser Nacht heraus.

Ich trottete hinter Leon her, der mich durch diese reale Welt führte, mich aber trotzdem in dem Besonderen gefangen hielt, das uns verband.

Die Gesichter der Leute ließen erkennen, daß sie nicht wahrhaben wollten, was um sie herum passierte und es auch nicht an sich heran ließen. Damit sie nicht aus ihrem geregelten Konzept gebracht werden würden. Äußerliche Störungen könnten ihren Tagesablauf erheblich beeinflussen.

Ich fand mich in der Gemüseabteilung wieder und wußte nicht, was ich dort sollte. Leon schaute in die Regale und ging weiter. Ich folgte ihm ziellos. Er warf mir einen fragenden Blick zu.

„Ich dachte, wir wollen etwas zu trinken holen", sagte ich. Leon kam einen Schritt auf mich zu, umfaßte meine Hüften und küßte mich. Ein Reiz überflutete mich. Der Reiz, in dieser hell beleuchteten Öffentlichkeit das zu tun, wonach ich verlangte - ohne Rücksicht auf den Rest der Welt. Ich war ein Kind dieser Nacht, und Leon war mein Begleiter, ohne den ich nicht durch die vergangene Nacht hätte gehen wollen - ohne den ich diesen Tag nicht hätte beginnen wollen.

Ich nahm seine Hand und führte ihn zu den Regalen, wo wir Getränke verschiedenster Art fanden. Ich steuerte auf einen Orangensaft mit viel Vitamin C-Gehalt zu. Dieses Vitamin erschien mir in diesem Moment ein lebenswichtiger Stoff zu sein, den mein Körper dringend benötigte, um sich aufrecht halten zu können. Mein Inneres lechzte geradezu nach Vitamin C, und mein Gehirn schickte Geschmacksstoffe auf meine Zunge, die diesen Genuß erleben wollte. Leon beobachtete meinen Blick, der diese Begierde anscheinend widerspiegelte. Ich griff nach einer Flasche, als Leon mich beiseite zog, mich umarmte und mir einen sanften aber fordernden Kuß auf meine Lippen drückte. Sofort flammte mein Verlangen nach seiner Leidenschaft wieder auf, und ich ließ mich von den multivitamin-

gefüllten Regalen fortziehen. Küssend schob Leon mich in einen geschützten Treppenaufgang, der zur Warenannahme des Kaufhauses führte. An eine Wand gelehnt gab ich mich diesem Rausch hin, der durch den Reiz des Ortes gesteigert wurde. Ich spürte Leons Hände überall. Eine weiche Flutwelle von Gefühlen legte sich über meinen Körper und zog mich in einen Sog, dem ich mich nicht zu entziehen vermochte. Aber das grelle Licht des Kaufhauses schwebte über mir und ließ es um ein Vielfaches schwerer fallen, loszulassen. Meine Hemmschwelle ließ mich wieder in die Wirklichkeit zurückkehren. Ich griff nach Leons Hand, während seine andere weiterhin über meinen Rücken und Po wanderte und zog ihn zurück zu den multivitamingefüllten Regalen, um meinem ausgetrockneten Rachen möglichst bald eine Erlösung zukommen zu lassen. Leons Hände ließen nicht von mir ab und bewegten sich über die verschiedensten Stellen meines Körpers. Er zwickte mich in die Lenden, streichelte sanft über meinen Po, massierte meine Schultern und strich durch mein Haar. Doch ich gab nicht nach und versuchte, seine Hände beiseite zu schieben. Aber er war schneller. Meine Hände erreichten erst einen Sekundenbruchteil später die Stellen, die seine Hände kurz zuvor berührt hatten. Ich mußte lachen und versuchte, mit neckischem Verweigern seinen Berührungen Einhalt zu gebieten. Leon umkreiste mich und ließ mir keinen Schlupfwinkel zum Entkommen. Seine Augen blickten mich verführerisch an, und sein Mund verzog sich zu einem herausfordernden Lächeln. Ohne es zu merken, kämpften wir uns so langsam zu den Kassen vor. Plötzlich standen wir eingereiht in der ordentlich hintereinander aufgereihten Schlange von Menschen. Einige Leute beobachteten uns kopfschüttelnd. Andere schauten weg, und wieder andere taten, als bemerkten sie uns nicht, oder sie bemerkten uns tatsächlich nicht. Dann nahmen wir uns zusammen und fügten uns in das genormte Verhalten der an der Kasse Wartenden ein. Ich legte eine Flasche Vitaminsaft und eine Schachtel Zigaretten auf das Transportband und wartete auf meinen Auftritt, der meine komplette Konzentration fordern würde, um diese beiden Artikel in meinen Besitz übergehen zu lassen.
Leons Hände fingen schon wieder an, über meinen Po zu streicheln und zwickten mich dann sanft. Ich quiekte leise und wehrte seine Berührung sachte ab. Leons Hände verschwanden auf seinem Rücken, und er starrte unwissend in die Luft. Ich stieß ihn leicht mit der Schulter an, und bat ihn freundlich, mich kurzfristig in Ruhe zu lassen, damit ich mich auf das Bezahlen konzentrieren konnte, das gleich auf mich zukommen würde.

„Ich mache doch gar nichts", sagte Leon unschuldig und zwickte mich erneut in den Po. Kurz darauf spürte ich seine Hände über meine Schenkel gleiten, um sich den reizvollen Zonen zu nähern. Ich trat einen Schritt vor und stieß dabei fast die Kundin vor mir an. Die Kassiererin schenkte uns ein verständnisvolles Lächeln. Ich ging wieder einen Schritt auf Leon zu, um ihn mit einem kurzen Kuß zu besänftigen.

„Vier Euro achtundzwanzig", hörte ich die Stimme der verständnisvollen Kassiererin.

Ich erschrak, denn mein Portemonnaie steckte noch in meiner Hosentasche, und Leons Hände ruhten darauf. Ich versuchte, das Geld aus meiner engen Hosentasche herauszukramen. Die Kassiererin wartete verständnisvoll und blickte uns amüsiert an. Ich schenkte ihr ein verschämtes Lächeln und gab ihr das Geld. Als ich das Wechselgeld in Empfang genommen hatte, lief ich zielstrebig auf den Ausgang zu. Noch im Laufen öffnete ich die multivitamingeladene Flasche. Nachdem ich einen großen Schluck genommen hatte, hielt ich Leon die Flasche hin. Er trank ebenfalls einen großen Schluck und gab sie mir wieder zurück. Ich trank sie aus. Leons Hände suchten in meiner Jackentasche nach den Zigaretten. Er fand sie und befreite sie von der Zellophanverpackung, die er achtlos neben sich fallen ließ. Dann schob er mir zärtlich eine Zigarette zwischen meine Lippen. Seine andere Hand umschlang meine Taille.

„Hast du auch Feuer?" fragte ich mit einem zweideutigen Blick.

„Aber sicher doch", antwortete Leon mit blitzenden Augen und beugte sich zu mir vor. Im nächsten Moment spürte ich seine Lippen auf meinem Mund. Die Funken, die erneut zwischen uns sprühten, hätten ausgereicht, um eine Bombe zu zünden. Die Zigarette blieb aber aus und fiel zu Boden.

Wir standen auf dem Parkplatz vor dem Kaufhaus und vergaßen unsere Umgebung.

Ein Auto fuhr an uns vorbei und hupte.

„Idiot!" rief Leon, nahm meine Hand und führte mich auf den Bürgersteig. Wir liefen nebeneinander an der Hauptstraße entlang, bogen hier und dort in eine andere Straße ein und unterhielten uns dabei. Wir redeten den ganzen Weg über, der uns durch die Unterhaltung nur halb so lang vorkam, wie er in Wirklichkeit war.

Vor meiner Wohnung blieben wir kurz stehen und überlegten, ob wir uns nun voneinander verabschieden sollten. Doch der Abschiedskuß endete dann in meiner Wohnung, die ich rückwärts betrat, weil Leon mich in einer Umarmung voran schob und nicht aufhörte, mich zu küssen.

Wir landeten in meinem Zimmer. Ich schloß die Tür hinter mir ab und zog meine Jacke aus. Leons Hände versuchten schneller zu sein. Ich spürte sie schon unter meinem Pulli, doch ich wand mich aus seiner Umarmung, ging zum Fenster und zog die Vorhänge zu. Dann drehte ich mich um und sah Leon an. Er saß auf dem Fußboden und schaute zu mir hoch. Unsere Augen blitzten. Angezogen von seinem Blick ging ich langsam auf ihn zu, bis ich ganz nah vor ihm stand. Leon fixierte meinen Blick.

Meine Hände berührten seine Schultern, während ich mich langsam zu ihm herunter beugte. Seine Arme umschlossen meine Beine, und ich glitt behutsam zu Leon hinunter. Meine Haare streiften seine Stirn, und er verfolgte meine Bewegung, bis ich vor ihm kniete. Unsere Augen waren jetzt auf gleicher Höhe. Meine Lippen waren nur wenige Millimeter von den seinen entfernt. Ich spürte seinen Atem. Seine Finger tasteten über meine Haut und wanderten liebkosend auf und ab.

Leon hatte die Augen halb geschlossen und wartete auf den Kuß, der in unserer gegenseitigen Erwartung explodieren sollte. Meine Finger spielten mit einer Haarsträhne, die ihm ins Gesicht fiel. Ich beugte mich zu seinen Lippen vor und gab diesem Reiz nach. Wir küßten uns in wilder Leidenschaft und fanden uns kurze Zeit später auf dem Boden liegend wieder. Unsere Hände waren damit beschäftigt, die überflüssige Kleidung von den begehrten Körpern zu streifen, bis wir nur noch in unseren Slips auf dem Teppich lagen. Ich spürte Leons Lippen über meinen nackten Körper wandern. Seine Zunge glitt sanft über meine Brüste bis zu meinem Bauchnabel. Als er meine Lenden küßte, durchfuhr eine Welle der Lust meinen ganzen Körper, und ich erschauerte wohlig. Meine Hände vergruben sich in seinen Schultern. Leons Kopf näherte sich wieder dem meinen und unsere Augen trafen sich. Sein wilder und doch zärtlicher Blick erregte mich noch mehr. Ich streichelte über seine Hüften und bemerkte ein Zittern, das diese Berührung in ihm auslöste. In der nächsten Sekunde waren wir in einem Kuß versunken, der uns erbeben ließ. Unsere Lippen waren fest aufeinander gepreßt, und wir waren minutenlang nur noch darauf aus, daß unsere Zungen sich berührten.

Leons Atem ging schnell und schneller. Ich spürte seine Hände überall auf meiner Haut. Dann hielt er plötzlich inne. Sanft strich er mit einem Finger über meinen Bauch und sah mich dabei eindringlich an. Mit trockenen Lippen küßte er meine Brust, strich zärtlich mit der Hand über die gleiche Stelle und arbeitete sich auf diese Art und Weise ganz langsam zu meinem Unterkörper vor. Ich war gefangen in seiner Verführung und ließ mich verwöhnen. Ich lag bewegungslos auf dem Teppich und gab mich diesem Gefühl hin.

Ich spürte, wie Leons Finger meinen Slip abstreiften, und seine Hände behutsam an der Innenseite meiner Beine wieder hoch glitten. Mein wohlig zitternder Körper wurde von einer Welle abgelöst, in der ich versank, um kurz darauf wieder aufzutauchen und in das wohlige Zittern überzugehen. Ich war ein einziger magnetisierter Pol, der in Berührung explodieren wollte.

Leon zog mich hoch. Er lehnte am Fußende meines Bettes, und sein Kopf beugte sich zurück. Ich küßte seinen Hals, seine Brust und seine Lenden. Er hatte die Augen geschlossen und ließ sich nun seinerseits von meinen Berührungen verwöhnen.

Meine Hand schob sich in sein noch einziges Kleidungsstück, das ich ihm auch sogleich sanft von der Hüfte streifte. Gleichzeitig zog ich ihn wieder auf den Boden. Ich beugte mich über ihn und fixierte seinen Blick, der von seinem Verlangen gekennzeichnet war. Er streichelte über meine Haut und zog mich näher zu sich heran. Seine Zunge drang in meinen Mund und wurde in ihren sanften Bewegungen immer wilder, bis wir uns beide verschlingen wollten. Dann packte er mich und rollte mich auf den Boden. Nun hatte er die obere Position eingenommen und bewegte sich behutsam über meinen Körper hinweg. Wir sahen uns in die Augen und erkannten darin die sich steigernde Lust. Unsere Beherrschung hing nur noch an einem seidenen Faden. Ich spürte seine Erektion zwischen meinen Beinen. Die zarte Berührung dieses festen Körpers erzeugte noch mehr Lust, und ich zog Leon an mich, um das betäubende Verlangen in einem weiteren Kuß zu steigern. Dann drang er in mich ein, und die Welt blieb eine Sekunde lang stehen, um uns kurz darauf in einem neuen Gefühlsrausch versinken zu lassen.

Langsam bewegten sich unsere Körper, bis sie einen Rhythmus gefunden hatten, der uns völlig wegdriften ließ. Mit Küssen versuchten wir, das brennende Verlangen zu zügeln und unseren Atem in Einklang zu bringen. Wir bestanden nur noch aus Lippen, Zungen und Gefühl. Ich war umhüllt von einer weichen Wolke, die mich durch einen fernen Horizont trieb. Unsere Körper bewegten sich mal sanft, mal wild, und wir verschmolzen in der Begierde der Lust. Mein Körper wand sich unter ihm, und ich zog ihn tiefer in mich hinein. Die Bewegungen wurden schneller und verlangten nach wilder Heftigkeit. Meine Hände vergruben sich in Leons Rücken, und ich preßte ihn an mich. Mein Inneres verglühte. Mein Körper explodierte, als wir beinahe gleichzeitig den Höhepunkt erreichten. Ich zitterte und ertrank in einer Welle, die sofort von der nächsten abgelöst wurde.

Leons Kopf ruhte an meiner Schulter. Unser Atem wurde ruhiger. Unsere Körper schimmerten im Glanz unserer Liebe. Ein leichter Lufthauch kühlte unsere heiße Haut. Entspannt ließ ich meine Hände über Leons Rücken gleiten. Er blickte mich erschöpft und zärtlich an. Ich küßte sanft seine Nasenspitze. Seine Finger streichelten über meine Wange, und er strich mir ein paar Haarsträhnen, die in meinem Gesicht klebten, beiseite. Dann hielt er mein Gesicht fest und küßte mich vorsichtig auf den Mund. Wir krabbelten zu meinem Bett und wickelten uns in die Decke. Zufrieden rollte Leon sich neben mich. Eng aneinander gekuschelt schliefen wir ein.

Einige Stunden später wachte ich auf, weil es an der Tür Sturm klingelte. Es war fünf Uhr nachmittags. Ich stand auf und öffnete die Tür.
„Ist Saskia nicht da?" Michi sah mich fragend an.
„Keine Ahnung. Habe geschlafen", sagte ich gähnend.
„Entschuldige, ich wollte dich nicht wecken."
„Schon gut", sagte ich und ließ Michi in die Wohnung, damit er sich selbst von Saskias An- oder Abwesenheit überzeugen konnte. Ich rieb mir die verschlafenen Augen und ging in die Küche, um Leon und mir einen Pulverkaffee aufzubrühen, den ich dann gähnend ans Bett brachte.
Leon wachte auf, als ich mich zu ihm unter die Decke kuschelte. Er blinzelte mich an. Seine Hand griff nach meiner Taille und zog mich zu ihm heran, um zu kuscheln.
„Magst du Kaffee?" fragte ich.
„Hmhm", antwortete er müde und drehte sich auf den Rücken.
Ich setzte mich auf und reichte ihm die dampfende Tasse. Dann griff meine Hand nach der Fernbedienung, die neben meinem Bett lag. Ich schaltete den Fernseher ein und holte uns einen Musikkanal auf den Bildschirm, der mit bunten Bildern und gewohnten Tönen das aktuelle Zeitalter der Musik ins Zimmer lieferte. Schweigend betrachteten wir eine Weile die flimmernden Farben und tranken Kaffee. Wir waren noch viel zu müde für lange Gespräche.
Eine halbe Stunde später wollte Leon nach Hause. Bevor er das Bett verließ, nahm er mich noch einmal in den Arm.

„Es war eine wunderschöne Nacht mit dir", sagte er liebevoll und küßte mich. Ich nickte bestätigend. Nachdem er Hemd und Hose übergezogen hatte, begleitete ich ihn zur Tür.

„Bis irgendwann einmal", sagte ich locker.

„Ja. Bis irgendwann - und dann gibt es eine Fortsetzung, okay?" antwortete er lächelnd. Wir verabschiedeten uns mit einem innigen Kuß, aus dem wir beide schlossen, daß unser Verlangen noch nicht gestillt war, und es bald eine Wiederholung geben mußte.

Ob ich verliebt war, konnte ich noch nicht deuten. Zunächst war es wohl die körperliche Anziehungskraft, die mich Leon nah sein lassen wollte. Die Nacht mit ihm war wunderschön und prickelnd gewesen. Andererseits wollte ich mich aber nicht zu tief in diese Affäre hinein stürzen, um vor möglichen Verletzungen geschützt zu sein. Und es sollte dem Zufall überlassen bleiben, wann wir uns wiedersehen würden...

8

Vier Gehirne geballter Erwartungen, die von der Hoffnung geschürt werden – hineingepreßt in Körper, die von Glückshormonen durchtränkt sind. Sie sitzen in diesem Auto, das unbewußt in die Nacht hinein gesteuert wird. Ungewiß dem, was auf sie zukommen mag. Angespannt, was der Abend bringen würde.

Vier verschiedene Gefühlsladungen, die, von verdrängten Enttäuschungen angestochen, unvorbereitet zerplatzen könnten. Gefühlsladungen, die Spannungen aus den Nerven hervorholen, die noch gar nicht abgegeben werden wollen.

Vier verschiedene Gehirne, aufgesetzt auf ihren Körpern, geleitet von ihren Gedanken - schwerelos und ungesteuert gleiten sie in uferlose Dimensionen, die jeder als engster Begleiter von sich selbst bewußt erlebt. Jeder Einzelne kann nur erahnen, was in den Köpfen der anderen vorgeht.

Sie steigern trotzdem gegenseitig ihre Erwartungen, weil die Atmosphäre im Auto aufeinander übergeht, und man sich durch eine unsichtbare Kraft verbunden fühlt.

Marc, Jana, Olaf und ich saßen in Olafs Auto. Der Weg führte uns direkt ins *Basic*. Olaf hatte dort eine Verabredung. Er nahm uns trotzdem mit. Uns war allerdings klar, den Rückweg ohne ihn anzutreten. Zu neunzig Prozent zumindest.

Marc verbrachte eine Woche in Hamburg. Er hatte sicherlich die unberührtesten Erwartungen. Er war einfach nur gut drauf und freute sich, mit uns die Nacht verbringen zu können.

Jana hatte Lust auf einen Flirt und war gespannt, was ihr der Abend bringen würde.

Ich hatte ähnliche Erwartungen - vielleicht traf ich ja zufällig Leon?!

Wie dem auch sei, unsere Erwartungen waren sicherlich verschiedenster Natur, und wir waren bis aufs Äußerste gespannt. Die Nacht war offen - so offen wie die Welt - und lag uns zu Füßen! Dort blieb sie dann auch liegen...

Zu fortgeschrittener Stunde trafen wir Ha-Em. Sonst niemanden. Olaf hatte sich mit seiner Verabredung abgeseilt. Jana und ich saßen an der Tanzfläche und schauten gelangweilt auf die ausgelassen Tanzenden. Marc versuchte uns aufzumuntern. Ich war aber schon zu deprimiert und wollte mich der Nacht entziehen. Irgendwann beschlossen wir, einen Joint zu rauchen. Wir verließen das *Basic* und schlenderten durch die Straßen bis hin zum Schanzenpark. Marc hatte noch nicht viele Erfahrungen mit Drogen gemacht. Er rauchte hin und wieder einen Joint. Unser Vorhaben würde ihn also nicht umhauen. Das war mir gerade recht. Der Joint riß mich nämlich nicht vom Hocker. Deswegen warf ich noch eine *Hypno* ein. Wir saßen in der Nähe der Wassertürme und schauten in die Nacht.

„Musik wäre jetzt nicht schlecht", sinnierte Ha-Em.

Was dann passierte, entzieht sich meiner Erinnerung. Ich glaube, wir waren noch in einem Pub. Das Geräusch klirrender Eiswürfel im Glas hatte sich in meinem Gedächtnis festgebrannt. Ja, da waren Eiswürfel! Sie klirrten furchtbar laut - ein alles übertönendes Geräusch. Überall, wo ich hinsah, saßen oder standen Leute mit Eiswürfeln in ihren Gläsern. Ich beobachtete sie und jedesmal, wenn sie ihr Glas bewegten, hörte ich schon im voraus den Klang der Eiswürfel.

Gegen Mittag wachte ich auf. Marc hatte Frühstück gemacht und servierte es auf einem Tablett an meinem Bett. Dann schlüpfte er zu mir unter die Decke. Ich trank zuerst eine große Tasse Kaffee.

„Du bist ja gestern ziemlich abgestürzt", bemerkte Marc mit vollem Mund.

„Ich kann mich nicht mehr erinnern", gab ich zu.

„Du bist irgendwann einfach aus dem Pub gelaufen. Wir wußten im ersten Moment gar nicht, was abgeht. Du hattest auch noch nicht bezahlt. Wir sind dir sofort gefolgt und fanden dich dann drei Häuser weiter auf einer Treppe sitzend."

„Die Eiswürfel", murmelte ich und griff schlaftrunken nach einem Brötchen.

„Eiswürfel?" Marc sah mich verständnislos an.

Ich erklärte es ihm, da ich eine lebendige Erinnerung an diese Eiswürfel hatte.

„An den Heimweg kann ich mich allerdings nicht mehr erinnern", fügte ich abschließend hinzu.

„Du bist in der U-Bahn schon eingeschlafen. Ha-Em und ich haben dich dann irgendwie ins Bett geschafft."

„Danke. Ich hab auch königlich geschlafen."

Marc lächelte.

Hypnos scheinen einen totalen Blackout zu erzeugen.

„Wird wohl Zeit, daß ich nach Hamburg ziehe und ein bißchen auf dich aufpasse, bevor du ganz untergehst, hm?" stellte Marc fest und legte beschützend den Arm um meine Schulter. Ich kuschelte mich an ihn.

„Danke, Marc. Aber noch habe ich mich unter Kontrolle. Ich habe auch nicht vor, mich völlig zu verlieren. Ich will nur ab und zu 'n bißchen Spaß", wehrte ich ab. Trotzdem fand ich Marcs Fürsorge angenehm. Unser geschwisterlicher Zusammenhalt war das Einzige, was mir emotional eine familiäre Bindung gab. Nicht, daß mir Familie wichtig war. Aber mit Marc war das etwas anderes. Er war mir sehr ähnlich, und wir hatten uns beide innerlich von dem genormten Familienstreß abgeseilt. Marc hing zwar noch an einem Faden, der zu unseren Eltern führte, was aber nur daran lag, daß er noch zu Hause wohnte und sich bestimmten Dingen unterordnen mußte. Bald würde auch für ihn die Freiheit beginnen.

Wir frühstückten fertig und fuhren dann mit der U-Bahn raus, um ein wenig Schwimmen zu gehen. Als wir zum Trocknen in der Sonne lagen, erzählte ich Marc von Leon.

„Oh, mein Schwesterchen ist verliebt!" bemerkte er lächelnd.

„So würde ich das nicht nennen", wehrte ich überzeugt ab.

„Ach so? Wie denn?"

„Es ist eher eine..., eine körperliche Anziehungskraft auf..., auf erotischer Basis", formulierte ich bewußt langsam und fragte mich insgeheim, ob Marc nicht doch recht hatte.

„Nun denn."

„Er ist 'n klasse Typ!" Ich schielte zu Marc hinüber. Wir lachten beide und ließen das Thema fallen.

Abends kam Jana vorbei. Meine Lieblingsband war in der Stadt. Jana hatte über *Brainstorm* Freikarten bekommen. Marc war total begeistert. Und ich erst!

Als wir auf dem Konzertgelände ankamen, war der Park noch relativ leer. Wir suchten uns ein Plätzchen am Hang mit guter Sicht zur Bühne und deckten uns mit Bier ein. Der Park füllte sich. Zwanzig Minuten später kam die Vorgruppe auf die Bühne. Die Menge bewegte sich nach vorn. Marc auch. Jana blieb mit mir am Hang stehen. Wir hatten ausreichend Sicht, und ich freute mich sowieso nur auf meine Lieblingsband. Aber die Vorgruppe war auch nicht schlecht. Besser als bei ihrem letzten Konzert, das ich vor zwei Jahren im *Basic* mitbekommen hatte. Vielleicht lag es auch am Bier. Ich meine, nicht daß die Band ohne Bier schlechter gewesen wäre, sondern vielmehr, daß ich das Konzert im *Basic* wirklich nur *mitbekommen* und nicht *miterlebt* hatte, da ich damals zu *stoned* gewesen war. Ich kannte die Vorgruppe und hatte sie schon immer gemocht.

Als die Vorgruppe die Bühne verlassen hatte, kam Marc zu uns zurück, um mir einen Platz zu zeigen, der nur wenige Meter vor der Bühne und trotzdem nicht im Gedränge war. Ich mochte kein Konzert-Gedränge. Marcs Platz war genial. Ich glaubte, den Sänger berühren zu können, so nah stand ich an der Bühne. Die Songs waren klasse. Die Menge wogte. Bier floß in Mengen. Leichte Marihuana-Wolken trieben durch die Luft. Die Abenddämmerung tauchte den Himmel hinter der Bühne in rot brennende Glut und schickte eine friedlich-euphorische Stimmung nach unten. Das Bier und die grungige Gitarrenmusik verwandelten mich in ein zeitloses Subjekt aus einer anderen Realität. Ich vergaß die Probleme von gestern und verbannte alle negativen Gefühle, die kurz um die Ecke lugten.

Das Konzert war viel zu schnell vorbei.

Wir gingen danach noch in einen Pub im Schanzenviertel, wo ein köstlich säuerlicher Likör angeboten wurde, den ich schnell zu meinem Lieblingslikör erklärt hatte. Ich trank aber nur ein Gläschen davon, um am nächsten Tag fit zu sein. Es war Marcs letzter Abend in Hamburg, und mein Urlaub neigte sich ebenfalls dem Ende zu.

Montagmorgen bekam ich nur mit Mühe die Augen auf. Mein Körper hatte sich auf Nachtleben eingestellt. Mein Drogen- und Alkoholkonsum hatte ein übriges dazu beigetragen, so daß ich ziemlich ausgebrannt im Büro erschien. Genau wie Jana zwei Wochen zuvor hätte auch ich jetzt noch eine Woche zur Erholung vom Urlaub gebrauchen können. In dieser Woche hätten wir allerdings auch nichts anderes getan, als in der übrigen Zeit.

Es war Mitte August. Normalerweise war die Mitte eines Monats die Hochsaison der Bestellungen. Aber da noch viele unserer Kunden im Urlaub waren, hielten sich die Aufträge in Grenzen.

Als erstes trank ich einen Kaffee. Als zweites holte ich mir ein paar Bestellungen an den Platz, damit ich wenigstens von weitem den Eindruck erwecken würde, zu arbeiten. Als drittes schaltete ich den Computer an. Und auf das Vierte kommt jetzt sicherlich keiner! Ich tippte in die Kundendatei Leons Name ein und blickte gespannt auf den Bildschirm. Seine Anschrift und sein Geburtsdatum erschienen - alles Informationen, die ich schon von Leon selbst erhalten hatte. Seine letzte Bestellung lag über drei Monate zurück.

Ich öffnete die Datei, um zu sehen, was er bestellt hatte. Eine CD von Smashing Pumpkins, eine von Gianna Nannini und eine von den Ärzten. Dazu noch ein Buch *Die Entwicklung der Sprache*.
Aha! Seltsame Mischung! Paßt aber irgendwie - ... zu ihm. Wieso war denn seine Telefonnummer noch nicht eingetragen?
Ich holte ein Telefonbuch hervor und blätterte darin. Aber ich fand keinen Eintrag. Schicksal. Naja, egal.
Ich schloß die Datei und widmete mich meiner Arbeit, merkte aber, daß meine Gedanken hin und wieder auf dem Weg nach Großhansdorf waren.
Ich benötigte eine ganze Woche, um meinen Rhythmus wiederzufinden. Ich arbeitete jeden Abend eine Stunde länger, da ich es morgens nicht schaffte, um neun an der Arbeit zu erscheinen. Meistens wurde es zehn oder sogar noch später.
Mein Chef begrüßte mich jeden Morgen mit einem zugedrückten Auge und einem unterdrückten Lächeln.
Wie gut, daß er mich verstand!

An den Abenden unternahm ich nicht viel. Genauer gesagt, ich unternahm nichts. Ich fühlte mich erschöpft und war den Anforderungen eines Arbeitstages noch nicht wieder gewachsen. Zu allem Überfluß hatte ich mich vor meinem Urlaub auch noch für das Fernstudium zur Dolmetscherin angemeldet. Das Studienmaterial war schon vor einer Woche eingetroffen. Ich hatte es nur kurz durchgeblättert und gleich wieder beiseite gelegt. Dort lag es immer noch und langweilte sich. Es sollte sich auch die nächsten Wochen noch langweilen. Ich war völlig überfordert.
Olafs Anrufe mit Aufforderungen zu Unternehmungen wimmelte ich ab. Jana hatte ihren Rhythmus schon lange wiedergefunden. Auch ihre Ideen zur Abendgestaltung lehnte ich ab. Sie schien kaum Schlaf zu benötigen. Ich dagegen hätte mehrere Tage am Stück schlafen können. Selbst Saskias Versuche, mich ins *Basic* zu entführen, wies ich zurück. Ab und zu trank ich mit Ha-Em ein Glas Rotwein - zu Hause. So schleppte ich mich durch die zwei kommenden Wochen und führte ein Leben wie die Mehrheit.
Und dann spürte ich plötzlich wieder Leben in mir. Frische Energie schoß durch meinen Körper, beträpfelte jede Faser, jeden Nerv mit enthusiastischem Tatendrang und hielt mich schon Donnerstagabend nicht mehr davor zurück, mit Saskia ins *Basic* zu gehen. Die Disco war enttäuschend leer. Doch selbst die grauenhafte Musik konnte meine schlechte Laune nicht hervorholen.

Freitag rief ich sofort bei Jana an und berichtete ihr von meiner *Wiedergeburt*. Kurze Zeit später saß sie schon in meinem Wohnzimmer. Als Olaf anrief, konnte er es kaum glauben, daß ich etwas unternehmen wollte.

„Ich dachte schon, du wechselst in eine gehobenere Gesellschaftsklasse über", witzelte er, als er eine halbe Stunde später mit Vico vor der Tür stand.

„So, was machen wir denn jetzt?" fragte ich erwartungsvoll und schaute in drei Gesichter, die auf meine Ideen warteten. Die drei verbreiteten eine ähnlich laue Stimmung wie an jenem Abend, an dem wir den *Trip* eingeworfen hatten. Ich grinste Olaf an.

„Wirklich?" fragte er, nachdem er mein Grinsen verstanden hatte. Jana und Vico hatten die Lage noch nicht ganz gecheckt. Olaf holte sein Döschen aus der Tasche.

Diesmal verließen wir die Wohnung, bevor wir *drauf* kamen. Dafür knallte es in der U-Bahn dann umso heftiger. Die bunten Farben in der U-Bahn bildeten ein Mosaik aus Legosteinen, das schillernd an die Grenzen der Nacht stieß, die in den dunklen U-Bahnschächten an uns vorbeifloß. Jana, Olaf und Vico vermischten sich in meinem Gehirn mit den Menschen in der U-Bahn. Genauer gesagt, vermischten sich einzelne ihrer Körperteile mit denen der anderen. Ich schob sofort Panik. Auch weil ich nicht wußte, wie ich aus der sich ununterbrochen bewegenden U-Bahn jemals wieder aussteigen sollte. Ohne meine Freunde war ich verloren. Die *Mehrheit* war wieder da und zeigte mir ihr Gesicht. Um ihren Grimassen zu entkommen, richtete ich meinen Blick nach unten. Der Boden bewegte sich. Die U-Bahn auch. Die eine Bewegung sah ich, die andere spürte ich. Sie bewegten sich in entgegengesetzte Richtungen. Die U-Bahn hielt an. Der Boden bewegte sich weiter auf mich zu und kam näher. Die fahrende U-Bahn hatte ihn durch die Fahrtrichtung davon abgehalten, mich zu verschlingen. Nun aber stand die U-Bahn für einen Moment still, und der Boden wollte mich verschlingen. Er kam unaufhaltsam auf mich zugerollt. Wie Wellen eines Meeres bäumte er sich auf - der graue Boden. Dann öffnete er sich. Gleich... Gleich würde ich fallen. Ich hielt mich krampfhaft an der Rückbank fest und schaute ängstlich in die immer größer werdende Öffnung des Bodens. Meine Füße waren schon im Nichts verschwunden. In diesem Moment setzte sich die Bahn wieder in Bewegung. Der Boden schwappte zurück. Das Loch verschwand. Ich war gerade noch einmal davon gekommen! Trotzdem war ich noch allein in meinem Drogentraum. Mein Blick raste durch die Menschenmenge. Dort! Dort hinten mußte Jana sein! Ich sah ihre Augen. Doch sie gehörten einem Mann. Dann sah ich Vicos Kopf. Ich stand auf, konnte mich aber nicht aufrecht halten und fiel wieder zurück auf den Sitz. Ich hatte kurzfristig das Gefühl, in einem bequemen Sessel zu sitzen und blieb sitzen. Auf einmal sah ich Olaf direkt vor mir.

„Olaf!" rief ich und warf mich begeistert in seine Arme, prallte aber von ihm ab. Olaf war über meine plötzliche Anwandlung so überrascht, daß er mich nicht auffangen konnte. Der Aufprall holte mich wieder ein Stück in die Realität zurück, und ich erkannte Vico und Jana neben mir.

„Da seid ihr ja wieder!" Ich war entzückt. Fragezeichen schwebten aus ihren Gehirnen heraus und stießen an meinen Kopf.

„Saarlandstraße", tönte es aus dem Lautsprecher über uns. Erschrocken fuhr ich zusammen.

„Hallo?" fragte ich zögernd bei Olaf an.

„Ja?"

„Wo wollen wir eigentlich hin?"

„Weiß ich nicht."

Die U-Bahn hatte sich geleert. Kurz nachdem sie sich wieder in Bewegung gesetzt hatte, sprach wieder die Stimme von oben zu uns: „Barmbek."

Einige Minuten später hielt sie mit einem Ruck. Alle außer uns stiegen aus; inklusive Schaffner, der dann noch einmal zurückkehrte und irgend etwas zu uns sagte. Ich verließ mich darauf, daß die anderen zuhörten.

Barmbek!

Neblig kam eine gewohnte Erinnerung in mir hoch, daß diese Station entweder der Anfang oder das Ende dieser Bahnstrecke war.

„Wenn die Türen nicht mehr zugehen, gehts hier nicht weiter", warf ich in unsere Runde und beobachtete gespannt die Türen der Bahn. Wieder schwebten mir Fragezeichen entgegen.

Irgendwie gelangten wir aber doch hinaus auf die Straße. Ziellos irrten wir durch die Stadt. Eine Stunde später fand ich mich in einer Disco wieder. Wir saßen in einer Ecke und beobachteten das Geschehen um uns herum. Die Disco war gut besucht. Mir erschien sie zeitweise wie eine Geisterbahn. Die Leute hatten extreme Fratzengesichter. Ich entdeckte sogar einen Gorilla. Er hatte lange schwarze, gelockte Haare und lief mit vorgebeugtem Oberkörper an uns vorbei. Ein Gorilla? Ach du Scheiße!

„Jana!" wollte ich schreien, doch meine Stimme versagte. Der Gorilla ging vorbei und die Halluzination mit ihm.

Auf der Tanzfläche waren nicht viele Leute. Der DJ legte ein Schlagzeugsolo auf. Schlagartig verwandelten sich die Tanzenden in nackte Eingeborene. Der harte Sandboden unter ihren Füßen bebte. Der Rhythmus der Trommeln ging in ihr Blut über und brachte eine wilde Leidenschaft zum Ausdruck. Grellbunte Lichter blitzten vom Himmel. Ich verschmolz mit den Geräuschen und Farben zu einem Drumstick, der über den Trommeln wirbelte. Als das Stück zu Ende war, fiel ich zu Boden.

„Jo!" rief Vico erschrocken, beugte sich über mich und hob mich mit Olafs Hilfe wieder auf.

Benommen schaute ich sie an. „Was ist?"

„Ach nichts. Vielleicht solltest du mal an die frische Luft gehen", schlug Vico vor und zog mich auch schon hinter sich her nach draußen. Jana und Olaf folgten uns.

Die Nacht roch nach Regen. Die Straßen waren feucht überzogen. Die Luft war aufgefrischt. Mein Gehirn frischte ebenfalls auf, und ich fühlte mich für einen Moment völlig klar.

„Wir sollten nach Hause fahren", bemerkte ich.

Die nächste Bushaltestelle war nicht weit. Wir stiegen aber in den falschen Bus ein. Als er am Heiligengeistfeld stoppte, waren wir von den Lichtern der Karussells auf dem Dom derart fasziniert, daß wir ausstiegen und magisch angezogen auf sie zuschritten. Und dann war ich wieder mittendrin...

Ich betrat den großen Platz. Es wimmelte von Leuten. Lichter in allen Farben kamen mir entgegen geflogen und vermischten sich mit einer Geräuschkulisse intensivster Töne. Alles war bunt. Die Lichter bewegten sich im schnellen Rhythmus hin und her, auf und nieder. Ich verließ den festen Boden unter meinen Füßen und schwebte durch das Gewimmel. Gerüche verschiedenster Art drängten sich in meine Nase und lösten abwechselnd Abscheu und Appetit in meinem Gehirn aus. Langsam verlor ich den Überblick. Weiter vorn liefen irgendwo Jana, Vico und Olaf. Keine Ahnung, wie ich sie erreichen sollte. Sie liefen viel zu schnell. Ich hatte das Gefühl, keinen Meter vorwärts zu kommen. Die Farben des Platzes waren zu grell. Daß sie sich auch noch bewegten, irritierte meinen Orientierungssinn derart, daß ich die Kontrolle verlor. Die Menschen, die mir entgegenkamen, störten mich weniger. Ich kannte sie sowieso nicht. Außerdem bewegte ich mich irgendwie über sie hinweg fort. Meine Füße setzten einen Schritt vor den anderen. Ich merkte es nicht; ließ mich einfach

tragen. Abgehoben. Weggedriftet. Ich schwebte durch einen Traum. Ich hatte noch niemals zuvor so bunt geträumt. Die Farben sprangen mir ins Gesicht und bissen sich fest. Ich versuchte, zwischen ihnen hindurchzuschlüpfen. Aber sie waren zu schnell. Ich stieß an Rot an, während ich gerade versuchte, mich durch ein Viereck aus Blau und Gelb zu schlängeln. Viereck? Wieso Viereck?
Verstört blieb ich stehen und betrachtete das Rot, das schon wieder zu Blau übergewechselt war. Mein Gehirn verfärbte es zu Lila, obwohl es kein Lila in diesem Viereck gab. Das vermeintliche Viereck war ein Lichterspiel über einem Karussell.
Dann erinnerte ich mich wieder an meine Freunde. Wo waren sie eigentlich?
Wartet doch! Ich komme hier nicht allein durch! Das Licht... die Farben...
Ich wollte nach ihnen rufen, aber meine Stimme war nicht laut genug. Ich hörte mich nicht einmal selbst. Wie im Trance bewegte ich mich voran und schlängelte mich weiter zwischen den Farben hindurch. Daß ich dabei Leute anrempelte, merkte ich nicht. Am Ausgang des Platzes hatte ich meine Freunde endlich eingeholt.
Wir stiegen in den nächsten Bus ein, der uns hoffentlich nach Hause bringen würde. Als ich zurückgelehnt auf einem Sitz saß, wurden die Farben im Bus extrem kühl. In meinem Kopf prickelte es, und dann machte es *klick*. Müde ließ ich meinen Blick durch den Bus schweifen. Der *Trip* war vorbei. Ich war wieder unter den *Normalen*.
An der nächsten Haltestelle stieg ein Typ mit einem Hund ein. Jana schrie auf.
„Was ist denn?" fragte Vico gelassen, der auch schon wieder nüchtern war.
„Ein Nashorn!" quiekte Jana ängstlich. Ich nahm beruhigend ihre Hand.
„Es kommt direkt auf uns zu. Seht doch nur!"
Der Typ setzte sich in die Reihe vor uns, während sein Hund sich im Gang niederließ und Jana neugierig beobachtete. Jana starrte panisch das Tier an. Ich hielt immer noch ihre Hand. Der Hund schien gefallen an Jana gefunden zu haben. Er kam näher, um an ihr zu schnüffeln. Entsetzt sprang sie auf, drängte sich ans Fenster und schrie wie am Spieß. Die Leute im Bus drehten sich zu uns um. Vico und ich versuchten Jana zu beruhigen. Der Typ in der Bank vor uns zog seinen Hund zurück und nahm die Leine kürzer. Jana schrie immer noch. Der Busfahrer beobachtete uns durch den großen Rückspiegel und hielt am Straßenrand an, als er merkte, daß wir die

Situation nicht unter Kontrolle bekamen. Bevor er uns Fragen stellen konnte, verließen wir den Bus. Jana zogen wir mit Gewalt vom Fenster weg. Sie wehrte sich heftig. Auf keinen Fall wollte sie an dem Nashorn vorbeigehen!

Der Typ zog seinen Hund in die Bankreihe und hielt ihn am Halsband fest. Dann rannte Jana los. Wir liefen hinter ihr her. Vico rief dem Busfahrer noch ein *Entschuldigung* zu. Kopfschüttelnd schaute uns dieser nach, fuhr dann aber weiter.

Die frische Nachtluft beseitigte Janas Halluzination mit einem Schlag. Verwirrt blickte sie uns an.

„War was?"

„Nö", antworteten wir alle drei.

„Na dann weiter!"

„Wollen wir noch 'n Kaffee bei mir trinken?" schlug ich vor.

Ich war hundemüde, doch gleichzeitig war mein Körper voller Energie. Nur mein Gehirn lastete wie ein schwerer Betonklotz in meinem Kopf. Ich wußte, ich würde wieder nicht schlafen können.

Vico verabschiedete sich. Janas Flucht aus dem Bus hatte uns in die Nähe seiner Wohnung gebracht. Ich wußte nicht, ob Jana noch *drauf* war. Auf keinen Fall wollte ich sie allein lassen.

„Olaf?"

„Hm?"

„Bist du schon klar?"

„Total." Die Wirkung der Droge hatte längst nachgelassen.

„Wir können Jana noch nicht allein lassen."

„Hmhm."

In einen Bus wollte ich sie nicht noch einmal einsteigen lassen. Kurzerhand rief ich ein Taxi. Es war sowieso nicht mehr weit bis zu mir nach Hause.

Jana ging es richtig übel. Das Fegefeuer zwischen *drauf sein* und *runterkommen* hielt sie drei Stunden gefangen. Sie sprang panisch vom Bett, das sie mit Ameisen übersät meinte, legte sich auf den Boden und bat uns, die Hängematte nicht so stark zu schaukeln. Sie schleuderte die Kaffeetasse durchs Zimmer, weil sie keinen Schlamm trinken wollte und schrie Olaf an, er solle aufhören, ihr einen Matrosenanzug anzuziehen, als er eine Decke über sie legen wollte. Es war nicht leicht, Jana unter Kontrolle zu bekommen und sie zu beruhigen, zumal Olaf und ich ziemlich ausgebrannt waren. Mir war eiskalt. Ich hatte über einen dicken Pullover noch eine Winterjacke angezogen, sobald wir zu Hause eingetroffen waren. Die Kälte in meinen Adern schien ein Überbleibsel der *Abfahrt* zu sein. Als ich

Jana beobachtete, war ich froh, so schnell von dem *Trip runtergekommen* zu sein. Irgendwann schlief Jana ein, wachte aber ein paar Minuten später schweißgebadet auf und schlug um sich.
Ich bereitete ihr einen Fencheltee zu, den ich mit zwei Löffeln Baldriantropfen verfeinerte. Er schmeckte scheußlich. Es gelang mir nur mit Mühe, Jana den Tee einzuflößen. Kurz danach wurde sie aber ruhiger. Olaf und ich blieben bei ihr, bis sie die Höllenfahrt hinter sich hatte. Zu diesem Zeitpunkt wurde mir klar, daß ich niemals wieder LSD nehmen würde!

In der folgenden Nacht schlief ich nur wenige Stunden und blieb auch am Sonntag tagsüber wach. Ich war hyperaktiv und fand keine Ruhe.
Abends gab es ein Punkrock-Konzert im *Limax*.
Olaf kam mit dem Auto vorbei und holte Saskia, Ha-Em und mich ab.
Auf dem Weg zum *Limax* hielten wir bei Jana an, die allerdings noch fix und fertig im Bett lag. Wir statteten ihr einen kurzen Besuch ab. Sie ließ sich aber nicht überreden, mit uns auf das Konzert zu gehen.
Ich hatte zu Hause eine halbe *Hypno* eingeworfen, weil ich die innere Unruhe nicht länger ausgehalten hatte. Während wir bei Jana noch ein Bier tranken, fing die Tablette an zu wirken. Mein Gehirn wurde in Nullkommanichts von hyperaktivem Denken auf Sparflamme gestellt. Als die anderen zum Konzert aufbrechen wollten, konnte ich mich nur mit Mühe aufraffen. Ich schaffte es noch bis vor die Haustür.
„Also...," fing ich an, während die anderen schon ins Auto stiegen.
„Ich heibe blier..." purzelten die Buchstaben durcheinander aus meinem Mund heraus. Meine Lider lagen schwer auf meinen Augen und wollten sie zudrücken.
„Ich sage wollten..." Dann riß ich mich zusammen und brachte einen vollständigen Satz heraus: „Ich fahre nach Hause."
„Kriegst du das auch allein hin?" Ha-Em sah mich zweifelnd an.
Ich nickte. „Geht ihr mal aufs Konzert. Ich schaff das schon." Mein Gehirn hatte sich an den Zustand der überwältigenden Müdigkeit gewöhnt und ließ mich wieder normal reden.
„Na, dann schlaf gut", verabschiedete sich Ha-Em. Olaf startete den Motor, und sie fuhren davon. Ich überlegte kurz, ob ich wieder zu Jana gehen und mich einfach auf ihr Sofa legen sollte, entschied mich dann aber dafür, nach Hause zu fahren. Bis zur nächsten U-Bahnstation waren es allerdings ein paar Meter.

Ich schlenderte durch die dunkle Seitenstraße, bog irgendwann in eine andere Seitenstraße ein und lief weiter geradeaus. Die Straßen waren menschenleer. Die ganze Gegend schien zu schlafen. Ich fühlte mich wie eine Gestalt aus einer anderen Welt, die ausgesetzt wurde. Die Seitenstraßen nahmen kein Ende. Wo ist denn die verdammte U-Bahn?

Verwirrt blieb ich stehen. Ich sah mich um und stellte fest, noch niemals zuvor in dieser Gegend gewesen zu sein. Ich schien in die falsche Richtung gelaufen zu sein. Also schleppte ich mich wieder zurück. Ich konnte nur mit Mühe meine Augen aufhalten. Ob ich in die richtige Richtung ging, wußte ich nicht. Ich hoffte nur, irgendwann eine U-Bahnstation zu finden. Aber ich fand noch nicht einmal zurück zu Janas Wohnung. Mein Gehirn hatte sich verabschiedet. Ich versuchte, die Straßennamen zu entziffern. Ich hatte sie noch niemals zuvor gehört. Aber es war mir egal. Meine Füße trugen mich durch die Nacht - immer weiter geradeaus. Der Bezug zur Realität schwand mit jeder Minute, die leise durch eine Sanduhr rieselte. Bis auch ich durch den dünnen Schlitz der Sanduhr rutschte.

Gerade wollte ich mich an einen Hauseingang setzen, als ein Gedankenblitz meine Gehirnwindungen streifte.

Hey, nicht verzweifeln, denn da holt dich niemand raus! Nicht aufgeben, ansonsten bist du verloren!

Ich nahm mich bei meiner Hand, griff nach der Realität, sofern mir dies möglich war und versuchte, nicht in das endlose Nichts zu fallen. Ich rappelte mich auf. Dort vorn bewegte sich etwas!

Ich ging darauf zu. Ich hatte ein neues Ziel vor Augen, das ich ansteuern konnte. Das Etwas kam auf mich zu - es war ein Jemand. Ich kannte ihn nicht, fühlte mich aber sogleich weniger einsam als zuvor. Ich war nicht mehr allein in dieser Nacht unterwegs. Der Jemand ging an mir vorbei. Als ich meinen Blick geradeaus richtete, sah ich plötzlich Licht - Licht, das auf eine belebte Straße hinwies. Meine Beine legten an Schnelligkeit zu - keine Ahnung, wo die Kraft auf einmal herkam. Ein paar Minuten später verließ ich die Dunkelheit der Seitenstraßen Hamburgs und befand mich wieder mitten im Leben der Großstadt.

Nun hatte ich erst recht das Gefühl, ein verlorenes Kind aus der Isolation zu sein. Meine Augen blinzelten, um sich an das helle Licht der Leuchtreklamen und Straßenlaternen zu gewöhnen. Aus den Pubs dröhnte Musik. Autos fuhren vorbei. Der Lärm drängte sich in mein Bewußtsein. Ich hatte soeben die Hauptschlagader eines Hypertonikers betreten. Sein Puls trieb mich voran und putschte mich auf. Und wo war die U-Bahn?

Ich entschloß mich, nach links zu gehen und folgte der Straße, bis ich endlich ein großes blaues U vor mir leuchten sah. Kurze Zeit später saß ich in einer U-Bahn. An den weiteren Heimweg konnte ich mich nicht mehr erinnern. Ich wußte nur noch, daß ich des öfteren die U-Bahn gewechselt hatte - sei es, weil ich in die falsche Bahn gestiegen war oder weil ich wirklich umsteigen mußte, um nach Hause zu gelangen. Zumindest war ich am nächsten Tag überrascht, in meinem Bett aufzuwachen.

Und um derartigen Überraschungen in Zukunft vorzubeugen, beschloß ich, niemals mehr Rohypnol zu *naschen* – ich schaffte es!

Natürlich hatte ich den Wecker am nächsten Morgen überhört. Um elf Uhr wachte ich erschlagen auf, weil Ha-Em in mein Zimmer gerannt kam.

„Was machst du denn noch hier?" rief er und rüttelte mich wach. Verschlafen blinzelte ich ihn an. Ich fühlte mich, als wäre ich dem Tod auf der Spur. Irgendwann meldet sich der Körper zurück. Ausgebrannt und kraftlos landete ich in der Realität, aus der ich am liebsten gleich wieder entfliehen wollte.

„Wieso?"

„Es ist schon elf durch. Mußt du nicht arbeiten?" Ha-Ems sonst so angenehme Stimme dröhnte durch den Raum. Ich sammelte mein Erinnerungsvermögen aus den verschiedensten Ecken meines Hirns zusammen und fuhr erschrocken hoch.

„Montag!"

„Allerdings!" bestätigte Ha-Em.

„Ich kann nicht", sagte ich nur und plumpste zurück ins Bett. Mein Gehirn sandte falsche Befehle aus, und mein Körper wendete sich irritiert an die Nervenbahnen, die Unruhe auslösten. Mein Körper ist doch nur die Hülle meines Ichs! Warum ist denn alles gegen mich?

„Jetzt steh auf!" Ha-Em zog mich hoch.

„Laß mich", protestierte ich, konnte mich aber Ha-Ems festem Griff nicht entziehen. Als er meinen Körper in die Senkrechte gebracht hatte, wurde mir kotzübel. Ich rannte ins Bad. Mit angestrengtem Würgen holte ich Schleim und Magenflüssigkeit aus mir heraus. Ich hatte am vergangenen Tag nicht viel gegessen. Dann ging ich wieder in mein Zimmer. Ha-Em stand im Flur und schaute mir nach. Bevor ich mich ins Bett legen konnte, stand er allerdings schon wieder hinter mir.

„Was?" Ich sah ihn genervt an.

„Dein Chef hat vor 'ner halben Stunde angerufen und gefragt, wo du bleibst."

„Oh!" entglitt es mir. Gezüchtete Verhaltensweisen ließen mich in den Alltag zurückkehren. „Gibst du mir bitte mal das Telefon?"

Ha-Em holte es, und ich wählte die direkte Nummer meines Chefs, um mich für diesen Tag krank zu melden.

Kurz darauf brachte mir Ha-Em ein Tablett ans Bett. Darauf befanden sich eine große Tasse Kaffee, ein Joghurt, ein Apfel und ein Stück von Saskias selbstgebackenem Kuchen. Ich hatte gar nicht mitbekommen, daß Saskia am Tag zuvor gebacken hatte. Sie war schon ein Engel! Ich knabberte an dem Schokoladenkuchen. Köstlich!

Nachdem ich die Hälfte des Stücks verdrückt hatte, ließ ich von dem Kuchen ab und legte mich wieder hin. Die Gardinen ließ ich zu. Kurze Zeit später war ich eingeschlafen. Ich träumte wirre Sachen, die mich immer wieder hochschrecken ließen: ich saß in einem Zimmer, das völlig abgedunkelt war. Durch die Decke strahlte eine warme, helle Sommersonne im Takt; meine Lieblingsband gab in unserem Hausflur ein Konzert - und ich fand daran nichts ungewöhnlich. Zwischendurch spazierte immer wieder Leon durch die Szenerien meiner Träume.

Am späten Nachmittag kam Saskia in mein Zimmer geschlichen. Ich wachte auf und sah sie müde an.

„Hallo", flüsterte ich.

„Wie gehts?"

„Ich weiß nicht. Bin ziemlich erschöpft. Ich fühle mich so leer und ausgebrannt."

„Magst du etwas essen?"

Ich schüttelte den Kopf.

„Wieso machst du auch immer so 'n Scheiß?" tadelte Saskia. Ich warf ihr einen gleichgültigen Blick zu.

„Ich habe nichts anderes getan als sonst auch."

„Aber vielleicht 'n bißchen zu viel des Guten?"

„Müssen wir jetzt darüber reden? Ich bin müde", wimmelte ich Saskias Fürsorge ab und zündete mir eine Zigarette an.

„Was ist eigentlich aus Leon geworden?" fragte sie mich, um das Thema umzulenken. Damit hatte sie nicht unbedingt ein besseres Thema angeschnitten.

Ich seufzte. „Wenn ich das wüßte..."

„Hast du ihn wiedergesehen?"

„Bisher noch nicht. Ich weiß, wo er wohnt. Er hat aber kein Telefon."

„Besuch ihn doch einfach mal."

„Ich glaube nicht, daß er das begrüßen würde. Er hat meine Telefonnummer. Er kann sich doch melden!"

Saskia entgegnete dem nichts.

„Es ist irgendwie seltsam. Es war eine schöne Nacht mit ihm. Aber es gibt keine weitere Verabredung, verstehst du?" erklärte ich Saskia.

„Eine Nacht ohne Namen, hm?"

Ich nickte.

„Aber du vermißt ihn, oder?"

„Hmhm. Irgendwie schon."

Die Erinnerung an Leon streifte kurz mein Herz. Doch was nicht zu ändern war, sollte so angenommen werden wie es ist.

„Kommst du nachher noch rüber ins Wohnzimmer?" fragte Saskia.

„Ich glaube nicht. Ich will schlafen."

„Na dann *gute Nacht.*"

„Danke. Dir auch."

Die folgende Woche verlief ruhig. Ich tat nichts, außer pünktlich an der Arbeit zu erscheinen und nach Feierabend wieder nach Hause zu fahren. Öder Alltag beherbergte mein Zimmer und wickelte mich darin ein. Als der Freitag näher rückte, war ich vom Nichtstun so erschöpft, daß ich zuerst gar nicht weggehen wollte. Aber Jana überredete mich. Es lag nichts Außergewöhnliches an. Wir verbrachten den Abend im *Basic* - keine besonderen Vorkommnisse, kein exzessiver Drogenkonsum. Es war solch ein Abend, an dem man nur irgendwo abhängt, um die Zeit totzuschlagen. Der nächste Abend konnte nur besser werden...

9

Ich stand an der Theke im *Basic,* als plötzlich Leon neben mich trat.
„Na du? Mußt du dich schon wieder betrinken?" begrüßte er mich lächelnd.

„Auch hallo! Schön, dich mal wiederzusehen!" Ich wollte nicht zu erfreut aussehen, obwohl ich völlig aus dem Häuschen war und das auch nur schwer unterdrücken konnte.

„Ab und zu überkommt es mich, und dann gehe ich hierher. Hast du schon bestellt?"

Ich schüttelte den Kopf.

„Was magst du trinken?" fragte Leon.

„Einen Rotwein, danke."

Leon bestellte und deutete mir an, ihm zu folgen, als wir die Getränke in den Händen hielten. Wir setzten uns in die Nähe der Tanzfläche. Vor lauter Überraschung, Leon zu sehen, wußte ich nicht, was ich sagen sollte.

„Und?" fragte er nach ein paar Minuten des Schweigens.

„Und selbst?" gab ich einfallslos zurück.

„Ich hatte wenig Zeit. Habe viel für die Uni getan", fing er an und schmückte seine Erzählung noch aus. Zwischendurch bot er mir eine Zigarette an. Seine unerwartet charmante Art überdeckte die angehauchte Arroganz seines äußeren Erscheinungsbildes. In mir kribbelte jeder Nerv. Leon hatte etwas extrem Reizvolles an sich!

Er leerte sein Glas.

„Möchtest du noch etwas zu trinken?" fragte er, bevor er aufstand.

„Ich habe 'ne bessere Idee. Kennst du *Sauren?*"

„Ja."

„Auch den besten hier in Hamburg?"

„In manchen Discotheken bieten sie ihn an..."

„Dann kennst du nicht den Besten! Komm, ich zeige dir, wo es den gibt." Ich schnappte Leons Arm. Er folgte mir bereitwillig. Ich informierte Jana noch, daß sie nicht auf mich warten sollte. Als sie Leon im Schlepptau sah, zwinkerte sie mir schmunzelnd zu.

Der Weg vom *Basic* bis zu meinem Lieblingspub war nicht weit.

„Wollen wir gleich sechs *Saure* bestellen?" Ich war plötzlich gierig nach dem köstlich säuerlichen Likör. Und einer allein war ja immer so schnell leer...

„Sex?" Leon blickte mich erstaunt tadelnd an, lächelte mir dann aber verspielt verschwörerisch zu. Er stand dicht hinter mir, und ich spürte seinen Atem an meinem Nacken. Sein Arm streifte meinen, als er die *Sauren* vom Tresen nahm und sich nach einem freien Platz umsah. Wir setzten uns an einen Tisch in einer ruhigen Ecke. Überhaupt war der ganze Pub mit verwinkelten Ecken ausgestattet, die dem Gesamterscheinungsbild eine besondere - ein bißchen urige - Atmosphäre gaben. Wir tranken den ersten Sauren.

„Der hat was." Leon leckte sich die Lippen. „Sauer und trotzdem irgendwie süß." Er setzte zum zweiten *Sauren* an. Dabei sah er mich an. Ich kippte den dritten *Sauren* hinunter. Als ich das Glas abgesetzt hatte, drückte Leon mir einen sanften Kuß auf den Mund.

„Hmmm. Und so schmeckt er noch süßer..." flüsterte er, während er näher an mich heranrückte und seine Arme um mich schlang.

„Wie recht du hast!" murmelte ich. Ich schlang meine Beine um seine Hüfte und zog Leon noch näher zu mir.

„Ich habe dich vermißt", gestand ich leise und strich ihm durchs Haar.

„Und ich habe deine Küsse vermißt." Er beugte sich wieder zu mir und fing mich in einem heißen Kuß ein. Ich war so überwältigt, daß ich Schwierigkeiten hatte, auf diesen Kuß einzugehen. Der Alkohol wirkte ebenfalls mit. Dann ließ ich mich in das Kribbeln fallen, das meinen Körper überflutete und gab das, was ich von Leon haben wollte.

Kurze Zeit später fanden wir uns auf der Straße wieder. Der Weg zu mir nach Hause zog sich in unendliche Längen. Wie auch beim ersten Treffen nutzten wir einige verwinkelte Hauseingänge, um dort eine kleine Pause einzulegen.

Irgendwann hatten wir die U-Bahn erreicht. Das helle Licht und die Leute errichteten eine Barriere zwischen unsere Zweisamkeit. Leon konnte trotzdem nicht die Hände von mir lassen. Er zwickte mich in den Po oder massierte sanft meinen Rücken. Wollte ich dann mehr, ließ er von mir ab.

Ich strich über seine Beine und arbeitete mich langsam an ihnen empor. Dann hörte ich abrupt damit auf und tat so, als sei nichts gewesen. Diese ständigen, nicht zu Ende ausgeführten Reize steigerten unser Verlangen noch mehr. Endlich hielt die U-Bahn an meiner Station.

Zu Hause öffnete ich die Tür, und wir fielen übereinander her. Ich glitt zu Boden. Leon beugte sich über mich und hielt mich an den Händen fest. Wehrlos überließ ich ihm die Macht. Nur noch seine

Lippen berührten mich. Nach ein paar Minuten wand ich mich unter ihm rücklings auf mein Zimmer zu. Leon krabbelte mit. Da ich nicht an die Türklinke herankam, öffnete Leon die Tür, während er mich weiter küßte.

Als die Tür offen war, schlüpfte ich unter ihm hervor und lief zum Bett. Leon bekam mich kurz davor zu fassen, und wir fielen lachend auf den Fußboden. Wir rollten hin und her, bis ich die obere Position eingenommen hatte. Leons Gesicht wurde ernst. Er streichelte mir durchs Haar, über meine Wangen und meinen Körper hinab.

„Eigentlich wollte ich dich mal anrufen", sagte er plötzlich.

„Und wieso hast du es nicht getan?"

Er zuckte mit den Schultern. „Keine Zeit."

„Faule Ausrede", entgegnete ich gespielt tadelnd und näherte mich seinen Lippen. Er schloß die Augen und wartete auf den Kuß. Doch ich zog mich zurück.

„Hey!" Leons Augen öffneten sich wieder, und er zwickte mich in die Taille. Wir alberten eine Weile herum, bis uns unser Verlangen erneut eingefangen hatte, und wir wieder ernster wurden. Irgendwann lag unsere Kleidung verstreut auf dem Boden und wir mittendrin. Die Nacht war noch jung - unbeschreiblich jung für uns, da es noch viel Neues zu entdecken gab. Wir kosteten jede Minute dieser Nacht aus; badeten im Genuß unserer Zärtlichkeiten und stimulierten unsere Körper immer wieder aufs Neue. Es war berauschend - Verwöhnung pur. Ich hatte noch niemals zuvor eine solche Leidenschaft empfunden, die mich in dieser Nacht erfüllte. Es war kein schneller Sex für zwischendurch. Leons Sex war einfühlsam und darauf bedacht, bis aufs Äußerste auszukosten, zu geben und zu nehmen. Diese sinnliche Erotik wurde mit einem Schuß fordernder Härte und wilder Verspieltheit gewürzt, abgeschmeckt und auf schwarz glänzendem Samt serviert. Versunken in Wärme und Lust vergaß ich das kühle Satinlaken unter dem Samt...

Tage vergingen, Wochen verstrichen - Leon meldete sich nicht. Ich sah ihn weder im *Basic* noch rief er an. Und ich vermißte ihn mehr als zuvor. Ich sehnte mich nach ihm, auch wenn diese Sehnsucht zunächst noch körperlicher Natur war. Ich schätzte aber auch Leons Wesen, liebte seine unbewußte Arroganz, seine Höflichkeit, seinen Charme, seine Intelligenz. Kurz, ich war total verliebt und verzehrte mich nach ihm. Warum hatte dieser Typ auch kein Telefon?

Aber warum sollte ich ihm hinterher laufen? Unsere nächtlichen Vergnügungen hatten nichts mit Verpflichtungen zu tun. Und hatte er nicht gesagt, er vermisse meine Küsse? Nur meine Küsse also! Wenigstens war er ehrlich und offen. Ich wußte also, woran ich war. Es gefiel mir aber nicht, woran ich war! Ich wollte mehr. Ich wollte ihn!

Die erste Woche nach unserer gemeinsamen Nacht verbrachte ich in zarte Wattewolken gehüllt. Meine Haut erinnerte sich an seine Hände, mein Mund an seine Küsse, und ich hatte ständig sein Bild vor Augen.
Das Telefon verweilte vorwiegend in meinem Zimmer, was Ha-Em irgendwann wütend machte. Er hatte einen wichtigen Anruf verpaßt, weil er das Telefon zu spät gefunden hatte. Als er es neben meinem Bett fand und gerade den Hörer abnehmen wollte, hörte es auf zu klingeln. Der Anrufer hatte sich erst zwei Tage später wieder gemeldet, um Ha-Em von einem genialen Konzert in Kiel zu erzählen, zu dem Ha-Em hätte fahren können, wenn er das Telefon rechtzeitig gefunden hätte. Fortan stand das Telefon wieder an seinem Platz im Flur. Es klingelte häufig, oft auch für mich. Jedesmal nahm ich erwartungsvoll den Hörer in die Hand, hielt den Atem an und atmete dann kurz darauf mit einem *Ach, du bists!* wieder aus. Leon rief nicht an. Nach zwei Wochen legte sich eine schwarze Wolke der Enttäuschung über mein Gemüt und vertrieb die Hoffnung. Das kann doch nicht alles gewesen sein!
Jeder Tag, den ich ohne Leon verbrachte, schien wertlos zu sein. Und da ich nicht wußte, wann ich ihn wiedersehen würde, war Zeit nur ein endloser Schlauch, durch den ich mich hindurch schlängelte.

Eines Nachmittags ging ich einkaufen. Um mich abzulenken. Abzulenken von meinen Gefühlen, die mich quälten.
Natürlich lag auch eine Flasche Wein in meinem Einkaufs-wagen. Ein italienischer Merlot. Sogar aus ökologischem Anbau! Man gönnt sich ja sonst nichts...
Dabei wollte ich mich nur betrinken - aber warum nicht mal mit einem edlen Tröpfchen?
Eine Stunde kostete mich der Besuch im Supermarkt. Eine verdammte Stunde, die mir nichts bedeutete. Hauptsache sie war vorbei und brachte mich sechzig Minuten näher an die Zukunft.

Ich könnte jeden Tag einkaufen gehen... und eine Flasche Wein mitbringen. Damit würde ich jedem Tag eine Stunde klauen. Nur um mich abzulenken...

Ich räumte hastig die erstandenen Lebensmittel an ihren Platz in der Wohnung, um bereit zu sein. Bereit wozu?

Bereit, um die Flasche Wein zu öffnen.

Bereit zum Abtauchen.

Ich war allein zu Hause. Saskia und Ha-Em waren unterwegs. Ich wußte auch nicht, wo sie waren.

Mit einem Glas und dem edlen Wein gewappnet setzte ich mich ins Wohnzimmer.

Kurz darauf bohrte sich der Korkenzieher gnadenlos in den Verschluß der Flasche. Mit einem Plopp löste sich der Korken aus dem Hals. Sofort stieg der Geruch des gegorenen Traubensaftes in meine Nase, und noch viel stärker drängte er sich in mein Bewußtsein, als ich mir ein Glas davon einschenkte. Bei dem Gedanken, dieses Getränk *hinunterzukippen,* zog sich mein Magen zusammen. Zu oft schon hatte ich Wein dazu benutzt, aus der Realität zu entfliehen, um meine Sinne zu betäuben. Der Geruch des Weins erinnerte mich an derartige Eskapaden und ließ meinen Mund zusammenziehen, als wollte ich in eine Zitrone beißen. Beim ersten Schluck atmete ich aus, um nicht von der Blume am Glasrand empfangen zu werden. Säuerlich umspülte der Wein meine Zunge, und ich mußte kämpfen, ihn zu schlucken. Dann landete er in meinem Magen, und um meinem Körper zu signalisieren, daß ich den Kampf nicht aufgeben würde, trank ich das Glas Wein schnell aus. Und schon hatten sich meine Empfindungen an den Geschmack gewöhnt. Der Ekel verflog, und ich schmeckte den Wein so, wie jeder Genießer ihn schmecken würde. Entspannt zündete ich mir eine Zigarette an - die sechzehnte aus dieser Schachtel, die ich erst mittags geöffnet hatte. Nach zehn Minuten war auch das zweite Glas Wein leer. Ich schenkte sofort nach. Oh, wie schlecht wird es mir morgen gehen!

Kurzfristig meldete sich das Gefühl in mir, wie es ist, morgens unausgeschlafen nach einem Abend mit einer Flasche Wein oder mehr aufzuwachen. Zu oft erlebt!

Mein Kopf würde schwer sein, mein Gesicht verbraucht aussehen, und ich würde beim Aufstehen am liebsten gleich wieder ins Bett zurückfallen, um den Tag hinter zugezogenen Gardinen zu verbringen. Die natürliche Antriebskraft würde lange Zeit brauchen, meinen Körper auf Touren zu bringen, da sie von keiner freudigen Aussicht angespornt werden würde. Noch nicht einmal der Kaffee würde schmecken, und ich würde den vergangenen Abend verdammen, an dem ich der Schwäche ergeben war. Schnell spülte ich das dritte Glas Wein hinunter, um dieser grauenhaften Vorstellung zu entfliehen.

Das Jetzt fing an, mein Bewußtsein zu erobern und ließ das Gestern und Morgen egal sein. Empfangen von diesem Moment, fing ich an, mich wohlzufühlen und wegzudriften. Ein Gedankenblitz ließ mich kurz darüber nachdenken, wer ich eigentlich bin, daß ich *ihn* brauche. Mein Leben war plötzlich nicht mehr mein eigenes - ich ließ es durch *ihn* beeinflussen. Ich wartete auf die Chance, die er mir geben sollte und die so viel Zeit in Anspruch nahm, daß es mir unmöglich erschien, zu warten. Aber ich mußte! Meine Gefühle waren zu stark, als daß ich mich davon lösen konnte. Er zerriß mein Innerstes allein mit seiner Sympathie, der ich verfallen war. *Hey, komm und küß mich zärtlich. Ich gehöre dir ganz allein. Pack mich in dich ein, sonst zerfalle ich in Stücke, denn innerlich bin ich zerrissen.*

Doch ich saß allein in der Wohnung und wartete auf den Tag, an dem ich Leon zufällig wiedersehen würde. Liebe ist schön, aber Liebe macht blind - immer - und irgendwann fragt man sich, wer man überhaupt ist, daß man so etwas mit sich machen läßt. Langsam erreichte ich das Level, das der Wein auslösen sollte.

Kurz darauf bekam ich einen Käse-Flash. Im Supermarkt hatte ich mich reichlich mit Käse eingedeckt, also holte ich mir ein großes Stück davon. Diese kleine Nebensächlichkeit erzeugte in mir ein Gefühl des Verwöhnens und machte mich beinahe glücklich. So leicht sind Bedürfnisse zufriedenzustellen!

Ja, wenn ich ihnen nachgeben kann und sie erfüllt werden!

Plötzlich überkamen mich Tausende von Einfällen, was ich alles machen könnte, um die Zeit totzuschlagen. Mit einer Fliegenklatsche konnte ich sie nicht treffen, also mußten greifbare Dinge her. Zuerst hatte ich die Idee, meine Freundin in Köln für ein Wochenende zu besuchen, um weit weg vom Alltag zu sein und achtundvierzig Stunden aus meinem Leben streichen zu können, die in Köln schneller vergehen würden als hier - warum auch immer!

Flucht! Immer nur Flucht - vor all den Dingen, die Geduld von mir verlangten. *Hey, wach auf! So geht das nicht!*

Ich würde am liebsten einen ganzen Monat aus der Zukunft ausradieren. Zeit war der Killer meines Bewußtseins. Sie quälte mich durch ihre langsam rieselnden Stunden hindurch. Ich zündete mir eine weitere Zigarette an und schaute zur Zimmertür hinaus.

Es brennt ja Licht im Flur! Ich konnte mich überhaupt nicht daran erinnern, es angeschaltet zu haben. Mußte wohl beim Käse holen passiert sein.

Ich war zu faul aufzustehen, um das Licht auszuschalten. Die Musik, die aus der Anlage dröhnte, hielt mich gefangen in meinen Gedanken. Als ich versuchte, die Lyrik der Songs zu analysieren, merkte ich, daß ich nicht die Einzige war, der es ab und zu einmal schlecht ging.

Wieder schaute ich auf das Licht im Flur. Irgendwie irritierte es mich. Es würde aber niemand vorbeikommen, um es auszuschalten. Ha-Em und Saskia waren schließlich nicht zu Hause. Egal! Ich blieb sitzen.

Ein weiterer Freß-Flash überkam mich, denn der Käse war nur ein kleiner Reiz auf meiner Zunge, der das eigentliche Bedürfnis erst auslöste. Ich rauchte noch eine Zigarette, um die Gier, die von meinen Geschmacksnerven ausging, zu überlisten. Es gelang mir nicht. Ich stellte mir vor, wie lecker doch die kleinen roten Cocktailtomaten schmecken würden, die seelenruhig auf dem Küchentisch in ihrer Schachtel lagen. Oder ein weiteres Stück Käse - bestäubt mit Würzsalz!

Mir lief das Wasser im Mund zusammen, als ich in Gedanken auch noch zum Nachtisch überging - eine Tafel Nußschokolade, die gleich zwei verschiedene Erlebnisse in mir auslösen würde: erst die süße Versuchung, die den käsigen Geschmack vertreiben würde, dann die zermürbende Tätigkeit meiner Zähne, wenn sie auf die Nüsse beißen würden.

Normalerweise verspürte ich derartige Gelüste eher im Rausch von Cannabis als von Alkohol, aber der Wunsch, mich mit diesen verschiedenen Geschmackserlebnissen auseinanderzusetzen, trat auch aus einer Art des Verwöhnens hervor. Andererseits hatte mein Magen an diesem Tag noch keine ordentliche Mahlzeit zu sehen bekommen und hatte - außer meinen Gedanken - wenig zu verdauen.

Die Vorstellung, mich mit so einfachen Dingen abzulenken, war fantastisch.

Allerdings waren meine Gedanken erst einmal damit beschäftigt, meinen trägen Körper aus dem Sessel zu heben und bis zum Kühlschrank zu transportieren. Dies war keine allzu leichte Aufgabe, denn sie erforderte eine innere Willenskraft. Aber Willenskraft und Lust waren in diesem Augenblick vielmehr zwei getrennte Dinge, die ich versuchte, miteinander zu verknüpfen.

Bei der Gelegenheit, mich in die Küche zu begeben, konnte ich auch gleich das Licht im Flur ausschalten! Dieser Gedankengang verlangte aber sofort zu viele Tätigkeiten von mir, die ich gar nicht mehr imstande war, auch nacheinander zu bewältigen. Vielleicht sollte ich Jana anrufen, damit sie vorbeikommt, um das Licht auszuschalten. Dann könnte sie auch gleich mein *Dinner* servieren... Verlockende Vorstellung, aber absolut hoffnungslos.

Meine Füße stellten sich auf den Fußboden. Kraft floß durch meine Beine hinauf in meine Hüften und bewegte meinen Körper aufwärts. Bewegung! Ich hatte es geschafft!

Schon stand ich in der Küche und deckte mich mit den leckeren Dingen ein, die vorher nur in meiner Vorstellung existiert hatten. Mit einem Teller voll Lebensmittel, die wahrscheinlich noch nicht einmal eine Schwangere in der Zusammenstellung verzehrt hätte, kehrte ich zurück zu meinem Sessel. Ich stolperte über das Kopfhörerkabel. Eine Cocktailtomate sprang vom Teller und kullerte fröhlich rot über den dunklen Teppich. Ich schaute ihr kurz nach und hob sie dann auf. Sie war die erste, die ich in den Mund schob. Rund, glatt und fest spürte ich sie auf meiner Zunge und biß hinein. Eine tomatig-süße Flüssigkeit breitete sich auf den Geschmacksknospen aus, gefolgt von Schale und Fruchtfleisch, das danach verlangte, zerkaut zu werden. Es machte Spaß, diese kleinen Dinger zu zerquetschen, die jedesmal erneut mit einer Explosion ihre Flüssigkeit in meinem Mund verteilten.

Als ich in die Schokolade biß, war ich einem völlig neuem Geschmackserlebnis ausgeliefert. Diese weiche, braune Masse wollte zerkaut werden, weil Lutschen zu lange gedauert hätte. Mein Kiefer war rastlos zum Kauen übergegangen. Ich trennte die Nüsse aus der Schokolade heraus. Vorsichtig knabberten meine Zähne die braune Süßigkeit um die Nüsse herum ab. Dann schob ich die Nüsse in die eine Wangentasche und die Schokolade in die andere. Getrennt voneinander wurden diese Köstlichkeiten nun bearbeitet. Zart vergingen sich meine Zähne in dem weichen Etwas in der einen Wangentasche, und als es verschlungen war, kamen die Nüsse an die Reihe, die mit kräftig krachenden Bissen zermahlen wurden, um dann als kleine Krümel meinen Magen zu besuchen. In jenen Momenten war ich völlig den Geschmackserlebnissen ergeben und nahm sogar die Musik, die in zerschmetternder Lautstärke in meine Ohren dröhnte, nur nebensächlich war.

Durch die Bewegung meiner Muskeln, die zum Kauen beansprucht wurden, wurde ich beinahe wieder nüchtern, also schenkte ich mir noch ein Glas Wein nach. Der Inhalt der Flasche neigte sich dem Ende zu. Nach der süßen Versuchung äußerte sich der Wein wieder säuerlich auf meiner Zunge. Ich zündete mir schnell die letzte Zigarette aus der Schachtel an, um meinen Geschmackssinn nun völlig durcheinander zu bringen.

Dann setzte ich mich in den Zug, den ich oft mit *Bowie* teilte, um *Station to Station* abzureisen. Der Zug fuhr durch mein Gehirn. Ich driftete ab in die Freiheit des ungewissen Ziels und fühlte mich völlig geborgen in den Klängen der Vertrautheit. Ich dimmte das Licht, und ließ mich in die Zeit zurückversetzen, in der mein Leben noch so unbeschrieben war wie ein weißes Blatt Papier. Ich ließ mich durch Musik in die Leichtigkeit der Träume katapultieren und erreichte endlich eine ausgeglichene, glückliche Minute, die mich später in einen ruhigen Schlaf versinken ließ.

Und weiter?

Ich ging nicht jeden Tag einkaufen.

Ich betrank mich nicht jeden Tag und nahm auch nicht jeden Tag Drogen zu mir.

Natürlich sah ich auch Leon nicht - weder nicht jeden Tag noch zu einem anderen Zeitpunkt.

Und glücklich wurde ich dabei ebenfalls nicht.

Und dann kam Marc.

10

Mein Bruder zog erst einmal zu Olaf in die Wohnung. Olafs Wohnung war nicht groß, hatte aber zwei Zimmer, von denen er Marc eins vorübergehend als Bleibe angeboten hatte. Meine Eltern reisten mit einem Lieferwagen und Marc im Gepäck nach Hamburg. Obwohl sie Marcs Entscheidung nicht unbedingt befürworteten, ließen sie ihn andererseits auch nicht im Stich und halfen ihm, seine ersten Schritte im eigenständigen Leben zu planen. Ich persönlich hielt nicht viel von dieser geheuchelten Unterstützung - aber nun denn.

Meine Eltern stiegen im Hotel *Vier Jahreszeiten* ab. Marc und ich kamen nicht um die Möglichkeit herum, das Wochenende mehr oder weniger mit ihnen zu verbringen. Aber es handelte sich schließlich nur um ein Wochenende. Samstagabend saßen wir zu viert in einem noblen Restaurant in der Nähe des Hafens.

„Wie geht es dir, Joanne?" fragte mich meine Mutter, nachdem wir bei dem Kellner unsere Bestellung aufgegeben hatten.

„Gut", antwortete ich eintönig.

„Was macht die Arbeit?" Diese Frage konnte nur von meinem Vater kommen!

„Es läuft."

„Hast du deine Position in der Firma schon verbessert?" wollte mein Vater wissen.

„Wozu? Ich bin zufrieden mit dem, was ich tue. Die Arbeit mit meinen Kollegen macht Spaß. Wir sind ein gutes Team", erklärte ich.

„Aber das kann doch nicht die Erfüllung sein? Willst du dich nicht nach einem besseren Job umsehen?" Mein Vater setzte Arbeit mit Erfüllung gleich. Prestige und Geld waren ein Muß für ihn. Er hatte nie verstanden, daß für mich die Erfüllung im Leben anderswo lag. Es war auch nicht notwendig, ihm das erklären zu wollen. Er kam aus einer anderen Welt.

„Das ist nicht unbedingt mein Ziel...", fing ich an.

„Das sollte es aber sein!" unterbrach er mich.

„Ich bin zufrieden mit meinem Leben und..."

„Hast du eigentlich einen festen Freund?" mischte sich meine Mutter nun ein.

„Nein."

„Aber du bist vierundzwanzig! Willst du nicht bald einmal daran denken, eine Familie zu gründen?"

„Garantiert nicht."

„Aber...", hob meine Mutter erneut an, als der Kellner das Essen servierte. Dankbar lächelte ich ihn an, da er mich gerade für kurze Zeit aus diesem Verhör gerettet hatte. Die nächsten Minuten verbrachten wir schweigend und widmeten uns dem Essen. Gnocchi mit Spinat und Gorgonzola überbacken - eine Köstlichkeit, für die ich hätte sterben können. Die blaßgelben Gnocchi harmonierten wunderbar mit dem dunkelgrünen Blattspinat. Der Tomatensalat, den ich dazu bestellt hatte, gab dem Farbenspiel einen aufregend herausstechenden Ton. Der geschmolzene Gorgonzola dampfte duftend über meiner Speise, und ich liebte den strengen Geschmack dieses Käses, der die milden Gnocchi würzte. Die Teller meiner Eltern waren mit Lachs, Kartoffeln und Gemüse dekoriert. Daneben stand hübsch garniert ein Beilagensalat. Marc aß eine Lasagne. Während den Mahlzeiten wurde bei uns zu Hause nie gesprochen. Diese Regel wurde natürlich auch in einem Restaurant nicht gebrochen. Ich hatte nichts dagegen. Nach dem Essen tupfte sich meine Mutter mit der Serviette den Mund ab.

„Ich verstehe deine Art zu leben nicht", fing sie dann wieder an. „Sieh mal, deine Schwester ist so verantwortungsbewußt. Sie hat eine eigene Familie und ist glücklich."

„Glaubst du wirklich? Vielleicht würde sie manchmal auch gern aus diesem öden Alltag ausbrechen. Ich bevorzuge es jedenfalls, so zu leben, wie ich es tue. Ich brauche keinen Ehemann, Kinder und ein dickes Geldkonto."

„Joanne!"

„Ist doch wahr. Das Leben ist viel zu kurz, um auch nur einen einzigen Tag zu verschenken. Man muß es nehmen, wie es kommt. Es bringt nichts, es in gerade Bahnen hineinquetschen zu wollen. Das A und O sind die Veränderungen, und oft passieren sie sowieso. Ansonsten wäre es doch langweilig."

Meine Mutter warf meinem Vater einen verzweifelten Blick zu, den mein Vater wiederum tadelnd auf mich warf.

„Du kannst doch nicht dein Leben lang in diesem Versandhaus arbeiten", wies er mich an.

„Wieso denn nicht? Wenn es irgendwann einen besseren Job gibt, werde ich schon zugreifen. Aber ich werde nicht danach suchen. Was stört dich denn eigentlich daran? Ich stehe schon seit einigen Jahren auf eigenen Füßen und bin von euch finanziell unabhängig."

„Wir machen uns aber trotzdem Gedanken über dich", mischte sich meine Mutter wieder ein.

„Das könnt ihr ja, aber in die Gestaltung meines Lebens müßt ihr euch nicht einmischen."

„Du bist unsere Tochter."

„Ja, richtig - und nicht euer Eigentum!"

„Joanne!"

„Ach kommt, jetzt hört doch auf! Es vergeht nie ein Besuch, an dem nicht derartige Diskussionen durch den Raum fliegen. Warum können wir nicht einfach ein paar Stunden zusammen verbringen, ohne daß ihr mich ständig verändern wollt?"

Meine Mutter schwieg. Mein Vater wollte gerade eine Antwort formulieren, als ich aufstand.

„Entschuldigt mich, ich muß auf Toilette." Ich rückte den Stuhl an den Tisch und verschwand im hinteren Bereich des Restaurants. Lange würde ich es mit meinen Eltern nicht mehr aushalten!

Als ich zurückkehrte, zahlte mein Vater gerade die Rechnung.

„Wollen wir los?" fragte ich und blieb neben dem Tisch stehen. Marc stand auf.

„Wir könnten noch ein wenig am Hafen spazierengehen", schlug meine Mutter vor. Ich warf Marc einen fragenden Blick zu.

Er zuckte die Schultern. „Meinetwegen."

„Na gut", willigte auch ich ein.

Es war ein milder Herbstabend. Wir schlenderten am Hafen entlang, ohne viel miteinander zu reden. In zwei Stunden würde ich mit Marc, Jana und Olaf im *Basic* sein und den Streß mit meinen Eltern vergessen haben.

In der nächsten Woche fing Marc an, die Wohnungsanzeigen des *Hamburger Abendblatts* zu studieren. Ich begleitete ihn zu den Besichtigungen, die allerdings keine großen Erfolgserlebnisse waren. Entweder waren die Wohnungen zu teuer, zu weit weg von Billstedt oder das Preis-Leistungsverhältnis stimmte nicht. Doch irgendwann würde sich bestimmt etwas Passendes finden.

11

An einem Wochenende im Oktober fuhren wir alle - Saskia, Michi, Olaf, Jana, Ha-Em, Marc und ich - nach Bargteheide. Vico und Band hatten dort einen Auftritt. Es war ein Nachwuchswettbewerb. Dem Gewinner winkte ein Vertrag. Es ging also um viel, und das wollten wir uns nicht entgehen lassen.

Ich trank schon im Auto Wein und kam angetrunken auf dem Konzert an. Bevor Vicos Band anfing zu spielen, rauchten Olaf und ich noch einen kleinen Joint. Danach war ich *breit*. So richtig! Deswegen dachte ich auch zuerst, es sei nur eine Halluzination, als ich in der Menschenmenge Leon entdeckte. Aber er war es wirklich! Ich hatte nicht damit gerechnet, Leon auf diesem Konzert zu treffen.

Leon und ich unterhielten uns, bis Vicos Band anfing zu spielen. Ich verabschiedete mich von Leon und kämpfte mich durch die Menge hindurch nach vorn zur Bühne. Dort traf ich Marc und Ha-Em. Wir tranken Wein und genossen das Konzert. Irgendwann war ich dann so *breit*, daß ich mich setzen mußte. Ich verließ meinen Platz vor der Bühne und schleppte mich vor die Tür. Mir war übel.

Draußen standen einige Leute, die mich nicht weiter störten. Ich lehnte mich an die Hauswand, sank nieder und schloß die Augen. Das Karussell in meinem Gehirn fing an, sich zu drehen - schneller und schneller, bis ich die Augen wieder öffnete. Vor mir stand eine Frau - vielleicht zwanzig, schwarze Haare, schwarze Klamotten, nette Ausstrahlung.

„Kennst du jemanden, der nach Tornesch fährt?"

Huch! Spricht da jemand mit mir? Tornesch? Wer ist das denn? Ist der blond? Irritiert sah ich die Frau an.

„Oder fährst du selbst nach Tornesch und hast noch zwei Plätze frei?" fragte sie weiter.

Tornesch? Ich? Was will die denn eigentlich?

„Nee...", stammelte ich.

„Weißt du...", fuhr die Frau in Schwarz fort und erzählte mir ihre eigene Story. Ich schaute sie mit abwesendem Blick an und versuchte, ihren Worten zu folgen. Dann hörte sie plötzlich auf zu reden. Ich sagte noch einmal *Nee* und hatte keine Ahnung, ob das nun gerade passend war oder nicht. Die Frau in Schwarz grinste mich an, drehte sich um und ließ mich wieder allein. Ich wachte kurzfristig aus meinem Traum auf und versuchte, die Realität mit meinem Blick zu koordinieren. Es gelang mir nicht. Ich versank wieder in meine vernebelte Welt zurück.

„Hey, was ist denn mit dir los?"
Ich nahm eine Stimme an meinem Ohr wahr. Sanft rüttelte jemand an meinem Arm. Ich öffnete die Augen und sah Leon.
„Was?" fragte ich durcheinander.
„Ich habe dich schon gesucht. Hast du dir das Konzert gar nicht angesehen?"
„Doch. Ich meine..., bis zur Hälfte jedenfalls." Ich richtete mich auf. Leon hockte sich neben mich.
„Du bist mir 'ne Schnapsdrossel", sagte er lächelnd und hielt mir sein Glas mit Apfelwein unter die Nase. Der Geruch erzeugte Übelkeit, und ich schob seinen Arm beiseite.
„Nee, danke. Ich glaube, ich trinke jetzt lieber 'ne Cola."
„Ich hol dir eine." Leon war schon aufgesprungen, ließ den Apfelwein neben mir stehen und verschwand. Die Cola baute mich wieder einigermaßen auf.
Eine Stunde später befand ich mich in Leons Wohnung. In seinem Wohnzimmer stand eine Regalwand voller Bücher. Die Wände waren weiß getüncht. In der einen Ecke stand ein Fernseher, in der anderen eine Musikanlage und daneben ein Schlafsofa. Auf dem kleinen Tisch davor lagen Kugelschreiber, Papier, aufgeschlagene Bücher und Zeitschriften verstreut neben Feuerzeugen und einer Zigarettenschachtel. Ein überfüllter Aschenbecher stand neben einer leeren Flasche Wein und einer vollen Flasche Orangensaft. In einer Ecke lagen Klamotten, die auf dem Weg zur Waschmaschine verlorengegangen waren. So ähnlich hatte ich mir seine Wohnung vorgestellt.
Leon legte Musik auf und räumte entschuldigend das Chaos auf dem Tisch beiseite.
„Möchtest du einen Kaffee?" fragte er. Ich nickte. Leon verschwand in einer winzigen Küche. Mit zwei dampfenden Tassen kehrte er zurück.
„Wieso wohnst du eigentlich so weit draußen aus Hamburg?" fragte ich ihn, während ich an der Tasse nippte.
„Die Wohnung gehört meinen Eltern. Es war die günstigste Möglichkeit, allein zu wohnen.
„Und wo wohnen deine Eltern?"
„In Elmshorn."

„Ach so. Naja, dann ist Großhansdorf doch noch ʻn bißchen näher zur Uni", stellte ich fest.

„Hmhm."

„Hey, dann bist du ja überhaupt kein echter Hamburger", zog ich Leon auf und boxte ihn leicht in die Seite.

„Klar! Ich wurde in Hamburg geboren und habe die ersten fünf Jahre dort gelebt", wehrte er sich lachend.

„Dann will ich das mal durchgehen lassen." Ich zwinkerte ihm verschmitzt zu und nahm einen großen Schluck Kaffee.

Leon griff nach meiner Tasse und nahm sie mir vorsichtig aus der Hand. Er rückte näher zu mir und umarmte mich liebevoll. Seine Lippen strichen über meine Wangen. Ich seufzte leise.

„Was ist?" fragte er und ließ von mir ab.

„Nichts. Ich habe mich nur nach dir gesehnt", gab ich zu und ärgerte mich im gleichen Moment über dieses Offenbarung. Leon lag nichts an mir, jedenfalls nicht das gleiche, was mir an ihm lag. Ich wollte ihn weder bedrängen noch mit meinen Gefühlen belästigen.

Leon schaute mich kurz an und setzte an, etwas erklären zu wollen, sagte dann aber nur: „Genieß doch einfach diese Nacht."

Ich unterdrückte einen weiteren Seufzer und nahm, was Leon bereit war zu geben. Wieder ließ ich mich von ihm verzaubern und genoß jede Sekunde seiner Gegenwart. Wir verbrachten eine wunderschöne Nacht zusammen. Intensive Berührungen wechselten ab mit spielerischen Erforschungen, ernster Leidenschaft, unkontrollierter Hingabe und fordernder Lust. Der Zucker unseres Verlangens vermischte sich mit dem Salz auf unserer Haut. Milder Paprika verwandelte sich in feuriges Chili, und ich verbrannte in dieser roten Glut. Diese Nacht hinterließ einen bittersüßen Nachgeschmack von Angostura und reifen Erdbeeren.

Am nächsten Morgen fuhr ich mit der U-Bahn nach Hause. Je mehr ich mich meiner Wohnung näherte, desto mehr beschlich mich das Gefühl, Leon zu verlieren. Als ich die Haustür öffnete, erinnerte ich mich an die beiden Nächte, in denen ich mit Leon zusammen diese Tür geöffnet hatte. Ein dicker Kloß setzte sich in meinem Hals fest und ließ die Leere, die in meinem Herz herrschte, nicht mehr entweichen. Ein Druckgefühl breitete sich in meiner Magengegend aus. Ich wurde innerlich zerrissen. Ich schluckte, konnte aber das traurigleere, drückende Gefühl damit nicht beseitigen. Ich hängte meine Jacke an den Haken im Flur, schaute kurz, ob der Anrufbeantworter blinkte - was er natürlich nicht tat - und wollte mich in mein Zimmer zurückziehen.

„Hallihallo!" rief Saskias fröhliche Stimme aus dem Wohnzimmer.

„Hallo!" Ich setzte mich einen Moment zu ihr. Sie saß vor der Nähmaschine. Herrliche Stoffe in allen Farbschattierungen bedeckten den Fußboden.

„An was arbeitest du?" wollte ich wissen.

„An einer Bluse aus Pannésamt."

„Aha." Ich bückte mich und hob ein Stück Stoff aus Pannésamt vom Boden auf, das wunderschöne Übergänge von royalblau, violett und dunklem Grün aufwies.

„Der Stoff sieht ja klasse aus." Ich hielt ihn ausgestreckt vor mir und begutachtete ihn. Saskia sah kurz auf.

„Hmhm. Den finde ich auch klasse."

„Reicht das noch für 'ne Bluse für mich aus?" fragte ich.

Saskia nahm Augenmaß an mir und dem Stoff. „Ich denke schon. Soll ich dir eine nähen?"

„Ja, gern!"

„Okay. Dann laß uns Maß nehmen." Saskia stand auf und holte ein Zentimetermaß. Sie notierte Armlänge, Rückenlänge, Oberweite, Hals- und Taillenweite, nachdem sie mich ausgemessen hatte und setzte sich wieder vor die Nähmaschine.

„Warst du bei Leon?" fragte sie.

„Hmhm."

„Und?"

„Nichts und."

Saskia musterte meinen Gesichtsausdruck.

„Du warst die ganze Nacht bei ihm - und nichts weiter?" Sie runzelte die Stirn.

„Es war nur eine Nacht", seufzte ich.

„Für ihn! Aber nicht für dich, oder?"

„Nicht für mich!" bestätigte ich.

„Und jetzt?"

„Ich weiß es nicht."

Saskia fing an, den Stoff für meine Bluse zuzuschneiden.

„Soll ich dir helfen?" fragte ich.

„Gern. Schneid den Stoff aber etwas größer zu, als ich ihn ausgemessen habe. Abschneiden kann ich ihn immer noch."

„Okay."

Ich nahm die Schere und fing an, zuzuschneiden, während Saskia die Teile zusammennähte.

„Leon will keine feste Beziehung", griff ich das mich beschäftigende Thema wieder auf.

„Aber ein One-night-stand ist es auch nicht, oder?"

„Du meinst, weil wir mehr als einmal zusammen waren?"

„Hmhm."

„Ich weiß nicht. Ich habe keine Ahnung, was er eigentlich will."

„Hauptsache, du weißt, was du willst", sagte Saskia mit einem Bindfaden zwischen den Zähnen.

„Das bringt mich aber auch nicht weiter."

„Weiß er von deinen Gefühlen?"

„Ich habe sie angedeutet."

„Und wie hat er reagiert?"

„Kühl und distanziert."

„Ach, das wird schon. Ich würde noch nicht aufgeben", riet sie mir.

„Vielleicht braucht er einfach nur Zeit."

„Zeit ist relativ und kann furchtbar lang sein." Wieder seufzte ich.

„Zeit kann Dinge verändern", widersprach Saskia. Ich sah sie zweifelnd an.

„Aber Zeit ist begrenzt und deswegen knapp."

„Hey! Sei doch nicht so ungeduldig!" Saskia warf mir einen tadelnden Blick zu.

Na gut! Vielleicht hatte sie recht. Ich nahm die Schere wieder in die Hand und bearbeitete den Stoff. Eine Stunde später probierte ich meine neue Bluse an. Fantastisch! Sie paßte perfekt und stand mir zudem auch noch außerordentlich gut.

„Danke", sagte ich und küßte Saskia auf die Wange.

„Nichts zu danken. Habe ich gern gemacht. So, jetzt muß ich aber los. Michi wird schon warten. Wir wollen ins Kino. Übrigens, falls du es gestern nicht mehr mitbekommen haben solltest: Vicos Band hat den dritten Platz bei dem Wettbewerb belegt. Nun dürfen sie auf einem CD-Sampler eines ihrer Stücke aufnehmen."

„Schade!" murmelte ich. Natürlich fand ich es nicht schade, daß sie den dritten Platz belegt hatten, aber ich hatte gehofft, sie würden einen Vertrag bekommen und nicht nur ein paar Minuten auf einem Sampler.

Saskia verschwand im Badezimmer und verließ zehn Minuten später die Wohnung. Ich schlich in die Küche und brühte mir einen Tee auf. Mit der dampfenden Tasse in der Hand klopfte ich an Ha-Ems Zimmertür.

„Ja?" rief Ha-Em von drinnen. Ich öffnete die Tür und trat ein.

„Hi, wie gehts?"

„Geht so", antwortete er knapp. Er saß an seinem Schreibtisch, den aufgeschlagene Bücher sowie beschriebene und leere Blätter Papier zierten. Der Aschenbecher quoll über und eine leere Tasse stand am Rand des Tisches.

„Was machst du?" fragte ich und schaute ihm über die Schulter.

„Ich muß 'ne Hausarbeit schreiben."

„Aha." Ich nahm die leere Tasse vom Tisch und stellte ihm meinen Tee vor die Nase.

„Danke", sagte Ha-Em und schaute auf. „Puh, ich brauche 'ne Pause. Lust auf 'n Kippchen?"

„Gern." Ich leerte den Aschenbecher und brachte eine weitere Tasse Tee aus der Küche mit. Dann setzten wir uns auf Ha-Ems Bett und rauchten eine Zigarette.

„Ihr seid heute alle so produktiv", stellte ich fest.

„Kriegst du dabei ein schlechtes Gewissen?" fragte Ha-Em lachend.

„Irgendwie schon. Die Unterlagen meines Englischkurses liegen noch jungfräulich in ihrer Verpackung", gestand ich.

„Bezahlst du nicht schon lange für den Kurs?"

„Seit einem Monat."

„Und du hast noch keine Aufgaben eingereicht?"

„Nee." Ich trank einen Schluck Tee.

„Loser." Ha-Em boxte mich in die Seite.

„Ich finde keinen Anfang. Es kam bisher immer etwas dazwischen, wenn ich mir vorgenommen hatte zu lernen", wehrte ich mich.

„Das sollte ich meinem Prof' mal erzählen. Wäre sicher 'ne gute Ausrede für nicht angefertigte Hausarbeiten." Ha-Em grinste. Nun war ich es, die ihn in die Seite boxte.

„Vielleicht ist ja heute der Tag des Anfangs", sinnierte ich und blies langsam Rauch aus meinem Mund.

„Vielleicht!" Ha-Em drückte seine Zigarette aus und reichte mir seine leere Tasse. Ich nahm sie und brachte sie in die Küche.

„Viel Erfolg noch", rief ich Ha-Em aus dem Flur zu, als er gerade seine Zimmertür schließen wollte. Sein Kopf schaute noch einmal heraus.

„Dir auch!"

Ich betrat mein Zimmer und warf einen lustlosen Blick auf die Mappe mit den Unterlagen des Englischkurses. Einen Moment zögerte ich noch, dann holte ich sie aus ihrer Ecke hervor und breitete sie auf dem Tisch aus. Ich blätterte eines der Hefte durch. Die ersten Lektionen schienen nicht schwer zu sein. Ein Energieschub streifte mich und ich fing an, die erste Lektion durchzuarbeiten. Nach einer halben Stunde hatte ich Leon und alles andere um mich herum vergessen. Eine weitere Stunde später ging ich zur zweiten Lektion über. Die Aufgaben waren wirklich nicht schwer. Ich hatte ausreichend Vorkenntnisse, so daß ich das Lehrbuch nur so überflog und die Aufgaben, die ich einsenden sollte, sicheren Gefühls löste. Irgendwann klopfte es an der Tür, und Ha-Ems Kopf lugte durch den Spalt.

„Na? Doch produktiv?" grinste er.

„Und wie!" sagte ich stolz.

„Hast du Lust auf Blumenkohl?"

Ich schaute auf die Uhr. Es war schon halb acht am Abend. Ich hatte nicht bemerkt, wie die Zeit vergangen war und dabei auch meinen Magen überhört, der sich schon vor geraumer Zeit knurrend zu Wort gemeldet hatte.

„Ist der Blumenkohl schon fertig?" fragte ich.

„Dinner is already served in the living-room." Ha-Em unterstützte diese Aussage mit einer einladenden Geste Richtung Wohnzimmer.

„What a great friend I have!" Begeistert sprang ich auf und folgte Ha-Em.

„Mhm! Delicious!" schwärmte ich, als ich eine Gabel voll mit Käse überbackenem Blumenkohl im Mund zergehen ließ.

„Thank you, my friend!" Ha-Em salutierte und verbeugte sich lachend. Dann widmeten wir uns dem Essen. Zum Nachtisch servierte Ha-Em noch eine selbstgemachte Schokoladen-Mousse. Ich fühlte mich königlich verwöhnt. Danach half ich ihm, das Geschirr abzuwaschen und zog mich kurz darauf wieder in mein Zimmer zurück, um mit den Englischaufgaben fortzufahren. Am nächsten Tag schickte ich die ersten Hausaufgaben ein.

Ich arbeitete auch die folgende Woche intensiv an dem Kurs, und als ich die ersten Hausaufgaben mit überragenden Noten im Briefkasten fand, schickte ich sofort die Aufgaben des zweiten Lehrhefts ein. Angespornt von den guten Noten lernte ich noch eine weitere Woche unermüdlich Englisch. Die Arbeit lenkte mich von meinen Gefühlen ab, die mich ansonsten durch die Tage gequält hätten. Ich war begeistert, daß ich mich so gut unter Kontrolle hatte. Ich trank in diesen Wochen noch nicht einmal Alkohol - geschweige denn, daß ich Drogen zu mir nahm.

Jana und Olaf konnten sich meinen Wandel nicht erklären. Ich lehnte es sogar ab, an den Wochenenden etwas mit ihnen zu unternehmen. Bis dann drei Wochen später Samstagmorgen das Telefon klingelte.

„Ich weiß, du wirst dich ärgern, wenn ich dir jetzt erzähle, wer gestern im *Basic* war", platzte es ohne einen Gruß aus Jana heraus.

„Leon?" Ich hoffte, ein *Nein* zu hören.

„JA!"

„Nein!"

„Doch!"

„Scheiße!" Ich ärgerte mich. Aber so richtig! Ich wurde sogar neidisch auf Jana, weil sie ihn gesehen hatte und ich nicht.

„Und?" fragte ich neugierig.

„Nichts und."

„War er allein dort?"

„Mit seinen Freunden."

„Keine Frau?"

„Nein."

„Gut."

„Also kommst du heute abend mit ins *Basic?*" wollte Jana wissen.

„Nein."

„Wieso nicht?"

„Wenn Leon gestern dort war, wird er heute bestimmt nicht dort sein. Du weißt doch, wie selten er ins *Basic* geht!"

„Und wenn doch?"

„Dann rufst du mich an."

„Okay. Dann viel Spaß beim Lernen", verabschiedete sich Jana.

Ich konnte nicht behaupten, daß mir das Lernen an diesem Abend Spaß bereitete. Ich war unkonzentriert und fand meine Gedanken immer wieder zu Leon wandern. Irgendwann war ich so genervt, daß ich mir eine angebrochene Flasche Wein aus der Küche holte.

Ich überließ das Chaos auf meinem Tisch sich selbst, dunkelte das Zimmer ab, zündete eine Kerze an und setzte mich aufs Bett. Düstere Musik erfüllte laut schallend den Raum, und ich ließ mich von ihr durch ein schwarzes, trauriges Nichts treiben. In Gedanken versunken leerte ich die Flasche Wein und rauchte etliche Zigaretten. Dabei starrte ich durch die Dunkelheit hindurch und verstärkte meinen Depri, indem ich mir einredete, daß ich sowieso keine Chance bei Leon hatte.

Irgendwann schlief ich ein.

Am nächsten Morgen wachte ich mit Kopfschmerzen auf. Es war acht Uhr - viel zu früh für einen Sonntagmorgen. Neben meinem Bett stand die leere Flasche Wein, und ich hatte meinen Pulli noch an. Entschlossen, den Tag noch nicht zu beginnen, drehte ich mich wieder um und kuschelte mich unter die Decke, um weiter zu schlafen. Der Schmerz in meinem Kopf wurde stärker und hämmerte gleichmäßig an meine Schläfen. Ich versuchte, mich nicht darauf zu konzentrieren, verlor aber diesen Kampf. Nach einer halben Stunde schälte ich mich aus der Decke und tappte ins Badezimmer, um mir eine Kopfschmerztablette zu holen. In der Wohnung herrschte noch schlafende Stille, und die Zimmertüren von Saskia und Ha-Em waren geschlossen. Mit einem Mal wurde mir kotzübel. Ich lehnte mich über das Klobecken und übergab mich. Dann hielt ich den Kopf unter die Dusche und ließ kaltes Wasser darüber laufen. Mir war immer noch übel.

'Jetzt ist es soweit! Eine halbe Flasche Wein und ich muß kotzen!' dachte ich und rubbelte meine Haare mit einem Handtuch trocken. Allein der Gedanke an den Wein ließ mich wieder würgen, und ich kniete mich noch einmal vors Klobecken.

Danach wischte ich mit einem Taschentuch über den Mund und griff zur Zahnbürste. Aus dem Spiegel schaute mir ein fahles Gesicht entgegen, das nur wenig Ähnlichkeit mit mir hatte. Die schwarzen Haare unterstützten die Blässe. Ich war weiß wie eine Wand. Ich sollte die Haare rot färben!

Ich nahm eine Kopfschmerztablette aus dem Medizinschrank und ging in die Küche, um mir einen Fencheltee aufzubrühen. Während der Tee vor sich hin zog, starrte ich gedankenverloren aus dem Fenster. Die Sonne hatte die dünne Nebelschicht schon vertrieben, die sich an diesen Herbsttagen morgens über der Straße ausbreitete. Der Tag erschien frisch und leuchtend. Ich fühlte mich elend und schwach.

Der Tee war fertig. Ich warf den Beutel in den Mülleimer, der kurz vorm Überlaufen war. Wer hat eigentlich Hauswoche?

Ich warf einen Blick auf den Kalender und mußte mit Schrecken entdecken, daß dort mein Name stand. Nerv! Das auch noch!

Ich holte die Kopfschmerztablette aus der Verpackung und schenkte mir ein Glas Wasser ein, als ich feststellen mußte, daß ich keine Kopfschmerzen mehr hatte.

'Auch gut,' dachte ich und legte die Tablette wieder in die Verpackung zurück. Das Glas Wasser leerte ich in einem Zug. Mit der Teetasse in der Hand kehrte ich in mein Zimmer zurück und kuschelte mich wieder unter die Decke. Ich zündete mir eine Zigarette an und trank einen Schluck Tee. Die Zigarette schmeckte scheußlich. Ich drückte sie wieder aus. Die CD vom vergangenen Abend lag noch in der Anlage. Ich drehte die Lautstärke herunter, bevor ich sie anstellte, damit

Saskia und Ha-Em nicht kerzengerade in ihren Betten sitzen würden. Die leise rieselnde Musik wiegte mich bald wieder in den Schlaf.

Am frühen Nachmittag wachte ich auf, weil ich Marcs Stimme im Flur hörte. Ich sprang auf und öffnete meine Zimmertür.

„Hi, Marc!"

„Hallo, Jo! Hast du etwa geschlafen?" fragte er verwundert. Aus dem Wohnzimmer ratterte die Nähmaschine.

„Morgen Saskia!" rief ich ihr zu.

„Morgen, Jo!"

„Ja, ich habe geschlafen", sagte ich dann gähnend zu Marc.

„Ich wollte dich zur Wohnungsbesichtigung abholen", erinnerte er mich.

„Ach du Schreck! Das habe ich total vergessen." Hektisch rannte ich in mein Zimmer zurück und holte frische Klamotten aus dem Schrank.

„Ich bin gleich fertig", rief ich Marc im Vorbeigehen zu und verschwand im Badezimmer. Ich fühlte mich immer noch etwas schwach auf den Beinen.

„Ist noch Kaffee da?" fragte ich Saskia, als ich nach fünf Minuten aus dem Badezimmer kam.

„In der Thermoskanne müßte noch 'ne Tasse voll sein."

Ich lief in die Küche, röstete schnell eine Scheibe Toast und schenkte mir Kaffee ein. Die Tasse wurde nur halb voll.

„Sorry, Marc. Ist kein Kaffee mehr da", entschuldigte ich mich schulterzuckend und bot ihm einen Schluck aus meiner Tasse an.

„Trink du mal", lehnte er ab. Ich beschmierte den Toast mit Marmelade und verschlang ihn, während ich mir die Schuhe zuband.

„Wo ist die Wohnung denn?" fragte ich.

„Die eine ist in Wandsbek, die andere am Hauptbahnhof", antwortete Marc.

„Hauptbahnhof? Willst du da wirklich wohnen?"

„Wenn die Wohnung okay ist."

„Na dann." Ich stellte die Tasse ins Spülbecken und lief zu Saskia.

„Sag mal, wollte sich Michi heute nicht auch eine Wohnung in Wandsbek ansehen?"

„Ja. Zweieinhalb Zimmer mit Balkon", berichtete Saskia, während sie mit ruhiger Hand einen Faden in die Nähmaschinennadel einfädelte.

„Meinst du, es handelt sich um dieselbe Wohnung?" Marc stand im Türrahmen.

„Wie heißt denn der Vermieter?" Ich sah Saskia fragend an.

„Bergmann oder Burgmann oder so ähnlich."

„Borgmann", berichtigte Marc.

„Ja, kann auch sein. Michi kommt in ungefähr einer Stunde vorbei. Dann könnt ihr ihn fragen. Oder vielleicht trefft ihr euch auch bei der Besichtigung, wenn es dieselbe Wohnung sein sollte", sagte Saskia.

„Laß uns gehen, sonst kommen wir zu spät", drängte Marc. Ich schnappte meine Jacke vom Haken und lief hinter Marc her.

12

Die Wohnung am Hauptbahnhof konnte Marc wirklich vergessen. Er hätte sie von Grund auf renovieren müssen, und das Preis-Leistungsverhältnis stimmte auch nicht. In Wandsbek trafen wir dann tatsächlich Michi, der neben zahlreichen anderen Bewerbern die Wohnung besichtigen wollte.

„Na, das ist ja 'n Zufall", begrüßte er uns.

„Saskia hat schon erzählt, daß wir dich hier eventuell treffen könnten", sagte ich. Wir schritten im Gänsemarsch hinter den anderen Interessenten her in die Wohnung. Sie lag im dritten Stock. Die ersten Leute kamen uns schon wieder entgegen, bevor wir die Wohnung gesehen hatten. Je weniger Interessenten, desto besser!

Ich folgte Michi und Marc in alle Zimmer. Die Küche war groß und konnte als Wohnküche eingerichtet werden. Die beiden anderen Zimmer waren unterschiedlich groß. An das kleinere Zimmer grenzte der Balkon. Was in der Zeitung als halbes Zimmer angepriesen wurde, konnte vielmehr als größere Besenkammer bezeichnet werden, bot aber viel Platz zum Unterbringen von was auch immer. Die Wände waren frisch gestrichen, nur der Teppich mußte neu verlegt werden. Das Bad hatte violette Kacheln und keine Badewanne, dafür aber eine geräumige Duschkabine. In der Nähe der Wohnung befanden sich ein Supermarkt und eine Bäckerei. Eine U-Bahnstation war auch nicht weit entfernt. Mir gefiel die Wohnung. Aus Marcs und Michis Gesicht konnte ich lesen, daß auch sie von der Wohnung angetan waren.

„Und? Wer von euch beiden nimmt sie jetzt?" fragte ich grinsend.

„Ich?" antworteten beide wie aus der Pistole geschossen.

„Ihr werdet euch wohl einigen müssen", sagte ich lachend.

„Wieso ziehen wir nicht einfach beide hier ein?" Michi sah Marc fragend an.

„Ja, warum eigentlich nicht?"

Ich war überrascht über die spontane Übereinstimmung der beiden, eine WG zu gründen. Eigentlich hätten sie auch schon früher auf die Idee kommen können. Michi suchte schließlich schon seit ein paar Monaten nach einer Wohnung. Sie setzten ihre Idee auch gleich in die Tat um und sprachen mit dem Vermieter. Dieser hatte nichts gegen eine Wohngemeinschaft einzuwenden. Es waren aber noch andere Interessenten vorhanden, die schon ein Formular ausgefüllt hatten.

Der Vermieter wollte sich in Ruhe entscheiden, versprach aber, uns innerhalb der nächsten zwei Tage zu informieren.

Beschwingt verließen wir die Wohnung. Ich lief die Treppe hinunter, als mir plötzlich schwindelig wurde. Ich sank in die Knie und setzte mich auf eine Treppenstufe.

„Was ist denn mit dir los?" Marc beugte sich besorgt über mich.

„Mir ist schlecht", brachte ich heraus.

„Komm, wir gehen an die frische Luft, dann gehts dir gleich besser." Er zerrte an meinem Jackenärmel.

Ächzend stand ich auf und hielt mich an Marc und dem Treppengeländer fest. Michi stützte mich von hinten. Meine Beine wollten wegsacken, aber ich schaffte die wenigen Meter bis vor die Haustür. Dort setzte ich mich sofort wieder hin und atmete tief ein und aus. Marc setzte sich neben mich.

„Hast du gestern zuviel getrunken?" witzelte er.

„Eben nicht. Ich war den ganzen Abend zu Hause", rechtfertigte ich mich. „Außerdem habe ich in den letzten Wochen weder Alkohol noch Drogen zu mir genommen.

„Wahrscheinlich liegt es genau daran", kommentierte Michi schmunzelnd.

„Sehr witzig." Ich lehnte an Marcs Schulter und schloß die Augen. In meinem Magen drehte sich der Toast um den Kaffee und bei dem Gedanken daran mußte ich schon wieder würgen. Hustend beugte ich mich nach vorn, behielt aber mein halb verdautes, kärgliches Frühstück bei mir.

Nach einigen Minuten ging es mir besser. Ich stand langsam auf, und wir fuhren nach Hause.

Marc und Michi bekamen die Wohnung. Einige Tage später konnten sie einziehen. Wir hielten uns alle das Wochenende frei, damit der Umzug schnell über die Bühne laufen würde.

Nachdem Ha-Em und Olaf den Teppich verlegt hatten, schleppten wir Kartons, Kisten und Koffer in die Wohnung, die erst einmal in der Wohnküche gestapelt wurden. Viel hatten Marc und Michi nicht umzuräumen. Und Küchenmöbel fehlten ihnen gänzlich. Michi hatte aber schon eine Küchenzeile im Auge, die er in einer Zeitungsanzeige entdeckt hatte. Sie mußten sie nur noch abholen. Meine Eltern spendeten eine nagelneue Waschmaschine, die Marc sich aussuchen durfte.

Sonntagabend saßen wir zwischen halb ausgeräumten Kisten und Kartons in der Küche der neuen Wohnung. Aus dem Radio summte leise Musik. Vor jedem von uns lag eine frisch gelieferte Pizza. Eine Kiste Bier stand in einer Ecke, daneben ein paar Flaschen Wein und Wasser. Nach diesem erschöpfenden Wochenende ließen wir den Abend gemütlich ausklingen.

Am folgenden Wochenende hatten alle außer mir etwas vor.

Saskia und Michi gingen ins Kino, Olaf fuhr mit Ha-Em auf ein Konzert nach Elmshorn, und Marc war zu meinen Eltern nach Frankfurt gefahren. Jana hatte Besuch von ihrer Freundin Heike aus Berlin, und sie wollten einen Kneipenbummel machen.

Ich hätte mich jedem von ihnen anschließen können, aber keine ihrer Unternehmungen entsprachen meiner Laune. Ich wollte eigentlich überhaupt nichts tun. Dann hielt ich es zu Hause allerdings nicht mehr aus, und es zog mich ins *Basic*. Ich hatte das Gefühl, daß mich an diesem Abend etwas Besonderes in der Disco erwarten würde. Vielleicht würde Leon auch ins *Basic* kommen?!

Gegen einundzwanzig Uhr wurde ich ungeduldig und hatte die Befürchtung, etwas zu verpassen. Während ich zwischen Badezimmer und meinem Kleiderschrank hin- und herlief, hatte ich die Vision einer überfüllten Disco mit guter Musik und Leuten, die in Partylaune waren. Und ich war noch nicht dort! Diese Vision machte mich geradezu rappelig.

Ich kramte verschiedene Klamotten aus dem Schrank und zog sie über. Nein - wirklich nicht!

Die Person, die mir aus dem Spiegel entgegen blickte, gefiel mir nicht. Ich holte Saskias Bluse hervor, die sie mir genäht hatte und zog sie über. Zu bunt!

Die Bluse paßte nicht zu meiner Laune. Eigentlich paßte überhaupt kein Kleidungsstück zu meiner Laune. Ich konnte ja noch nicht einmal meine Laune beschreiben!

Letztendlich entschied ich mich für meine Lieblingsklamotten, die ich immer dann trug, wenn ich meine Stimmung nicht definieren konnte.

Hektisch schminkte ich mein Gesicht. Der Kajal schlängelte sich exzentrisch um meine Augen. So wollte ich das eigentlich nicht! Ich bevorzugte ein dezent geschminktes Gesicht, das seine Natürlichkeit behielt. Ich ließ es aber bleiben, den Kajal wieder abzuschminken. Die Zeit lief mir davon.

'Mach doch mal langsam!' befahl ich der Zeit. Vielleicht befahl ich es aber auch mir selbst.

Zwanzig Minuten später saß ich in der U-Bahn.

Im *Basic* empfing mich gähnende Leere. Vereinzelt stieß ich auf Gäste, die sich genauso früh in die Disco verirrt hatten wie ich. Leider konnte ich nicht behaupten, einen von ihnen zu kennen.

Ich holte mir eine Flasche Bier und setzte mich in eine Ecke an die Tanzfläche. Plötzlich konnte ich meine Stimmung bestens beschreiben. Enttäuschung breitete sich aus. Enttäuschung, die durch die große Vorfreude auf ein besonderes Ereignis wie ein kalter Eimer Wasser über meinen Körper floß. Enttäuschung darüber, daß sich meine Vision nicht erfüllt hatte. Das Besondere, das ich zu Hause verspürt hatte, war noch nicht eingetreten - ich ging auch nicht davon aus, daß es noch eintreten würde. Der Mond war schuld. Ja, der Mond!

Auf dem Weg zur U-Bahn hatte ich ihn noch bewundert. Er war in dieser Nacht unnatürlich groß und rund, so daß man glauben wollte, er fiele in wenigen Sekunden auf die Erde. Dazu leuchtete er gelb und färbte den Himmel um sich herum in ein seltsames Licht, das beinahe rosa erschien. Seine Position zur Sonne und sein Abstand zur Erde schienen in einer seltenen Konstellation zu stehen. Trotz allem - der Mond war weit entfernt. Und Leon war es auch.

Schnell leerte ich die Bierflasche, um betrunken zu sein, bevor eine Depression ihre Macht über mich ausschütten konnte. Doch ich verlor diesen Kampf. Leon kam und mit ihm die Depression - er hatte eine Frau dabei.

Nun fragte ich mich umso mehr, was ich an diesem Abend eigentlich erwartet hatte.

Als Leon mich entdeckt hatte, grüßte er mich, indem er mir zuwinkte. Ich setzte ein freundliches Lächeln auf, welches sofort mit Leon verschwand, als er aus meinem Blickfeld getreten war. Ein gigantischer Schmerz streifte mein Herz. Aua!

Das darf nicht sein!

Das kann nicht sein!

Das soll so sein?

Warum?

Tausend Fragezeichen, hinter denen sich derselbe Inhalt verbarg, wollten eine Antwort hören, die ich nicht geben konnte.

Mit der letzten U-Bahn dieser Nacht fuhr ich nach Hause.

Die Tage vergingen. Respektlos ließ ich sie an mir vorüberziehen. Sie hatten keine Bedeutung für mich. Nachdem ich Leon mit einer anderen Frau gesehen hatte, fiel die Tür zu meiner erträumten Zukunft ins Schloß. Der Schlüssel steckte von innen. Doch niemand befand sich hinter dieser Tür, um sie wieder für mich zu öffnen. Aber wenn ich an der Tür vorbeiging, lunste ich kurz durchs Schlüsselloch.

Ich ging zur Arbeit und wieder nach Hause und schleppte mich durch Tag und Nacht, ohne mich um weitere Dinge zu kümmern. Es gab nichts zu kümmern.

Obwohl mich eine kleine Nebensächlichkeit meines Körpers hätte aufmerksam werden lassen sollen: meine Periode war seit vier Tagen überfällig. Den Monat zuvor hatte sie auch nur ein relativ kurzes Gastspiel gegeben. Aber was kümmerte mich meine Periode? Ich nahm die Pille und hatte sowieso viel zu selten Sex. Außerdem kam sie trotz Pille manchmal später als erwartet. Das hing sicherlich mit meinem Lebensstil zusammen, der meinen Körper durch seinen unregelmäßigen Ablauf des öfteren durcheinander brachte. Ich hatte in der folgenden Woche sowieso einen Termin zur Routineuntersuchung bei meiner Frauenärztin. Was sollte ich mich also weiter darum kümmern?

13

Am Wochenende feierte Olaf Geburtstag. Ich hatte ihn gefragt, ob er auch Leon einladen würde. Olaf war verwundert. Warum sollte er Leon einladen? Leon kannte ihn schließlich nicht. Sie waren sich nur einmal begegnet - an jenem erinnerungswürdigen Abend, an dem ich Leon *vorgestellt* worden war. Warum sollte Leon also kommen wollen?

Olaf hatte allerdings nichts dagegen einzuwenden, daß ich Leon einlud. Die Frage blieb offen, ob Leon kommen würde, da ich ihm die Einladung per Post zugeschickt und noch keine Antwort erhalten hatte.

All das hatte vor der Begegnung mit der anderen Frau an seiner Seite stattgefunden. Nun ging ich davon aus, daß Leon nicht kommen würde. Oder aber er würde mit einer anderen Frau auftauchen. Obwohl ich ihm nicht zutrauen würde, mich derart zu verletzen.

Neutral und ohne Erwartungen ging ich mit Ha-Em, Saskia, Michi und Marc im Schlepptau zu Olafs Party. Jana war schon seit dem frühen Nachmittag dort, weil sie Olaf beim Einkaufen und Zubereiten der Salate geholfen hatte.

Vico war auch dort. Wir hatten uns schon lange nicht mehr gesehen. Zusammen setzten wir uns aufs Sofa, tranken gemütlich Wein und unterhielten uns. Ich empfand Vicos Anwesenheit äußerst angenehm. Er strahlte so viel Selbstsicherheit und Stärke aus, gleichzeitig aber auch Ruhe und Ausgeglichenheit. Ich konnte stundenlang seiner Stimme lauschen und den Worten, die er sprach. Nach wie vor fühlte ich mich in Vicos Nähe geborgen. Als wir die Flasche Wein geleert hatten, ging ich in die Küche, um eine neue zu holen. In diesem Moment klingelte es an der Tür.

„Olaf!" rief ich.

„Was?"

„Es hat geklingelt."

„Dann mach doch auf."

Wieso kam ich nicht selbst auf diese Idee? War ich etwa schon so betrunken?

Mit einer Flasche Wein in der einen und einem belegtem Brötchen und einer Schachtel Zigaretten in der anderen Hand trat ich zur Tür und öffnete sie umständlich mit dem Arm.

„Hallo!" Vor der Tür stand Leon - allein - und strahlte mich an. Ungläubig haftete mein Blick auf ihm. Die Tür war nur einen Spalt weit geöffnet.

„Willst du mich nicht hereinlassen?" fragte Leon.

„Ehm..., ja..., hallo! Natürlich!" Verwirrt gab ich der Tür einen Stoß mit dem Fuß. Sie knallte gegen die Wand. Olaf kam in den Flur.

„Ach, hallo Leon! Schön, daß du kommst", begrüßte Olaf ihn.

Leon reichte Olaf die Hand und gratulierte ihm zum Geburtstag. Dann gingen die beiden zu den anderen Gästen ins Wohnzimmer.

Ich stand immer noch neben der weit geöffneten Haustür und starrte ihnen hinterher. Was mache ich denn jetzt?

„Hast du keinen Wein gefunden?" Vico kam aus dem Wohnzimmer und hatte den Korkenzieher schon in der Hand.

„Doch, doch", murmelte ich.

„Was ist denn mit dir los? Du siehst aus, als sei dir ein Geist begegnet." Vico nahm die Flasche Wein aus meiner Hand und öffnete sie.

„Ein Geist? Nein... Es war... ein Mensch."

„Kommst du mit ins Wohnzimmer, oder willst du hier Wurzeln schlagen?" Vico drehte sich im Gehen noch einmal zu mir herum. Ich trottete hinter ihm her.

Leon unterhielt sich mit Saskia und Michi, als ich ins Wohnzimmer trat. Saskia warf mir einen bedeutungsvollen Blick zu. Ich konnte mich nicht zu ihnen gesellen, weil ich über Leons Erscheinen noch völlig verwirrt war.

Vico setzte sich wieder aufs Sofa. Ich setzte mich neben ihn. Er schenkte mir ein Glas Wein ein, das ich sofort austrank. Mein Kopf drehte sich. Ich griff nach der Flasche und schenkte mir ein weiteres Glas Wein ein.

„Hey, mach mal langsam!" sagte Vico und nahm mir die Weinflasche aus der Hand. Ich ließ es geschehen.

„Kennst du den Typ?" Vico deutete auf Leon. Ich nickte. Vico musterte meinen Blick, der auf Leon gerichtet war.

„Er heißt Leon", sagte ich tonlos.

„Aha."

Schweigen.

„Und woher kennst du ihn?" bohrte Vico weiter.

„Ich habe ihn vor ein paar Wochen kennengelernt."

„Aha."

„Kennst du ihn gut?"

„Nicht gut genug."

„Aha."

„Wieso sagst du ständig *Aha?"*

„Weil ich sehe, daß dich Leon irgendwie aus der Fassung bringt", antwortete Vico.

„Aha."

Vico grinste und entlockte mir ein kleines Lächeln. Ich sah ihn an und wußte, daß er mich verstand, noch bevor ich ihm die Situation dargelegt hatte. Leon kam auf uns zu. Ich setzte ein Lächeln auf.

„Hallo", sagte er, reichte Vico die Hand und stellte sich ihm vor. Dann setzte er sich neben mich.

„Und? Wie gehts?" fragte ich beiläufig.

„Gut", antwortete Leon einsilbig.

Vico stand auf und ließ uns allein. Leon nippte an seinem Drink. Die Eiswürfel klirrten im Glas und durchbrachen die Stille, die über uns schwebte. Ich wußte nicht, was ich sagen sollte oder wie ich mit Leon umgehen sollte. Die lockere Art, mit der ich ihm sonst begegnet war, wurde durch meine Gefühle für ihn unterdrückt. Wir hatten miteinander geschlafen. Wir hatten keine Vereinbarung getroffen. Und trotzdem hatte ich mich in Leon verliebt. Er hatte mir niemals etwas vorgemacht. Er hatte immer gesagt, woran ich bei ihm bin. Ihn traf keine Schuld für meinen momentanen Zustand. Außerdem wußte er über meinen Zustand nicht genau Bescheid. Aber bevor ich in Depressionen versinken und schlechte Laune in die fröhliche Partyrunde bringen würde, sagte ich mir *Bleib cool!*

„Was hast du die vergangenen Wochen gemacht?" Leon holte mich aus meinen Gedanken zurück.

„Viel", sagte ich, riß mich dann aber zusammen und fing plötzlich an zu plappern: „Hatte ich dir schon erzählt, daß ich mich für ein Englischstudium angemeldet habe? Jedenfalls lagen die Unterlagen wochenlang unberührt in meinem Zimmer, bis ich mich dazu durchgerungen hatte, einen Blick darauf zu werfen. Und dann gings los. Ich habe eine Zeitlang nur gelernt und bin gut vorangekommen. Es ist übrigens ein Fernstudium. Das Institut ist hier in Hamburg. Ich arbeite zu Hause bei freier Zeiteinteilung. Ab und zu muß ich auf ein Seminar, und am Ende des Kurses mache ich eine Prüfung zur Dolmetscherin. Außerdem ist mein Bruder nach Hamburg gezogen. Er macht hier Zivildienst. Zuerst hat er bei Olaf gewohnt. Aber wie du siehst, ist die Wohnung auf Dauer zu klein für zwei Personen. Jetzt wohnt er mit Michi zusammen in Wandsbek. Dort drüben steht übrigens mein Bruder!" Ich zeigte mit dem Finger auf Marc.

Marc bemerkte es und kam auf uns zu.

„Darf ich dir Leon vorstellen?" sagte ich zu Marc.

Marc warf mir heimlich einen bedeutungsvollen Blick zu, während er Leon die Hand reichte. Sie wechselten ein paar Worte miteinander. Dann verschwand Marc wieder.

„Dann hattest du wohl wenig Zeit, um auszugehen, hm?" fragte Leon.

„Was?" Ich war schon wieder in meine Gedanken versunken und hatte vergessen, daß ich kurz zuvor einen Vortrag über die vergangenen Wochen meines Lebens gehalten hatte.

„Du bist heute nicht so gut drauf, hab ich Recht?" fragte Leon und schaute mich an. Ich zuckte mit den Schultern.

„Ich hole mir noch ′n Drink", sagte Leon und deutete auf sein leeres Glas. „Kann ich dir auch etwas mitbringen?"

„Nein, danke. Ich habe noch", lehnte ich ab und zeigte auf die Flasche Wein, die neben mir stand.

Leon stand auf und ging in die Küche. Ich sah ihm nach. Er sieht verdammt gut aus!

′Und jetzt ist er weg′, dachte ich. ′Ich bin aber auch ein Idiot! Ich erzähle irgendeinen Mist und verstumme dann wie ein eingeschüchtertes Mädchen. Kein Wunder, daß Leon das Weite sucht.′

Aber er kam wieder zurück.

Mein Blick haftete noch auf der Wohnzimmertür, als er wieder hereinkam. Er zwinkerte mir zu und ging zu Olaf. Ich saß wie ein abgelegtes Überbleibsel auf dem Sofa und fühlte mich auch so. Am liebsten hätte ich mich irgendwo verkrochen. Ich nippte an meinem Glas Wein. Ich nippte solange daran, bis es leer war. Dann stand ich auf. In diesem Moment kam Leon wieder zu mir.

„Willst du gehen?" fragte er.

„Ich schüttelte den Kopf. „Ich wollte gerade..."

Was wollte ich denn eigentlich gerade tun? Ich setzte mich wieder.

„Du bist ziemlich betrunken, hm?" stellte Leon fest.

„Das auch."

Er berührte meine Hand und sah mich an.

„Komm mit, ich muß dir was sagen." Ich stand auf, schnappte Leons Hand und zog ihn hinter mir her in den Flur. Ich wußte nicht, was plötzlich über mich gekommen war. Ich wollte die Situation jetzt klären. Als ich aber mit Leon allein im Flur stand, war ich mir nicht mehr sicher, ob ich nun mit ihm reden oder ihn lieber vernaschen wollte.

„Und nun?" fragte Leon, als ich schweigend vor ihm stand.

Ich beugte mich zu ihm und küßte ihn vorsichtig auf den Mund. Dann sah ich ihn an, um herauszufinden, ob er etwas dagegen einzuwenden hatte. Leon hatte aber schon seine Arme um meine Taille geschlungen und hielt mich fest.

„Ist es das, was du mir sagen wolltest", flüsterte er und umschloß meine Lippen behutsam mit einem Kuß.

„Hmhm", murmelte ich und vergaß mein Vorhaben. Kurz darauf hatte ich auch vergessen, daß ich in Olafs Flur stand. Leon vergaß es nicht und schob mich Richtung Tür.

„Was willst du denn im Badezimmer?" fragte ich belustigt.

„Olaf hat doch bestimmt noch ein Zimmer, in dem wir eine Weile ungestört sein können, oder?" Leons Augen blitzten mich an.

„Nein", sagte ich bestimmt.

„Nein?" fragte Leon verwundert. „Die Wohnung hat doch bestimmt noch ein Schlafzimmer!"

„Ja. Ich meine..., doch, natürlich...", stotterte ich.

„Wenn du nicht möchtest, ist das okay." Leon strich mir eine Haarsträhne aus dem Gesicht und küßte mich auf die Wange.

„Doch,... ich will ja", sagte ich verwirrt und war völlig aus dem Konzept geraten. „Aber..."

„Was aber?"

Ich führte Leon in Olafs Schlafzimmer, ging hindurch und öffnete die Balkontür. Es war kein richtiger Balkon; es war vielmehr ein kleiner Vorbau, auf dem zwei Stühle standen. Ich setzte mich auf einen von ihnen. Leon sah mich fragend an und blieb stehen.

„Leon...," fing ich an und mein Blick wanderte von der einen Hauswand über den Boden hinüber zur anderen Hauswand.

„Ja?" Leon setzte sich auf den anderen Stuhl.

„Ich..., ich mag dich", platzte es plötzlich aus mir heraus. Was sollte ich noch lange darum herum reden? Ich mußte es ihm sagen!

Leon lächelte. „Ich mag dich auch."

„Aber ich mag dich mehr als du mich", gestand ich.

Leons Gesicht wurde ernst.

„Seitdem ich dich kenne, gehst du mir nicht mehr aus dem Kopf..." setzte ich zu einer Erklärung an, hörte aber gleich wieder damit auf.

Leon ermunterte mich mit seinem Blick, daß ich weitersprechen sollte.

„Anfangs dachte ich, es sei cool, wenn wir ab und zu eine Nacht miteinander verbringen würden. Ich dachte auch, ich könnte damit umgehen. Aber es ist nicht so einfach. Ich möchte dich öfter sehen als nur zufällig..." Ich atmete tief durch und sah Leon an.

Er wartete darauf, daß ich fortfuhr, aber ich schwieg.

Daraufhin nahm er meine Hand und sagte: „Ja, ja, die Gefühle..."
Ich nickte, und er sah mich verständnisvoll an. Ich saß wie ein kleines, hilfloses Mäuschen vor ihm, das Schutz suchte. Leon seufzte.
„Weißt du..., ich möchte dich nicht verletzen", fing er behutsam an, mir seine Sichtweise zu erklären. „Ich mag dich wirklich gern. Wir haben wunderschöne Nächte miteinander verbracht. Aber für eine Beziehung reicht es nicht aus. Hinzu kommt, daß ich momentan keine Beziehung eingehen möchte, weil ich meine Freiheit brauche. Wahrscheinlich klingt das egoistisch, vielleicht bin ich das auch. Deswegen habe ich dir von Anfang an gesagt, daß ich keine Gefühle mit ins Spiel bringen möchte. Ich weiß, daß das nicht einfach ist. Es tut mir leid, wenn ich dich in etwas hineingezogen habe..."
„Nein, nein", unterbrach ich ihn. „Das ist schon okay. Du kannst nichts dafür. Du warst immer ehrlich zu mir. Wenn ich mit meinen Gefühlen nicht umgehen kann, ist das mein Problem, oder?"
„Naja. Vielleicht hätte ich merken müssen, daß du mehr für mich empfindest."
„Hättest du dann die Finger von mir gelassen?"
„Ja."
„Das will ich ja gerade nicht."
„Aber wenn ich unter meinen Voraussetzungen eine Nacht mit dir verbringe, verletze ich dich. Und das möchte ich nicht."
„Willst du mir jetzt sagen, daß ich sogar die Zufälle verloren habe, weil ich dir meine Gefühle gestanden habe?" fragte ich traurig.
Leon streichelte mir durchs Haar und schwieg.
„Du verletzt mich nicht", sagte ich.
„Mach dir nichts vor. Ich würde dich verletzen."
Leon hatte Recht. Ich wollte es aber nicht zugeben, denn ich hätte ohne eine Beziehung mit ihm von Zufall zu Zufall leben können. Nun aber hatte ich ihn komplett verloren. Ich haßte mich dafür, ihn über meine Gefühle in Kenntnis gesetzt zu haben. Warum hatte ich nicht alles so weiterlaufen lassen wie bisher? Verdammt!
„Laß uns nach drinnen gehen", schlug Leon vor und strich mir aufmunternd und freundschaftlich über die Schulter. Ich schluckte. Das wars dann wohl!
Ich schlich hinter Leon her - deprimiert, wütend und schmerzerfüllt.
Als wir aus dem Schlafzimmer traten, begegneten wir Vico, der gerade von der Toilette kam. Er warf mir einen wissenden Blick zu, der alles andere als passend war. Und als Vico dann in mein Gesicht blickte, wußte er, daß er sich geirrt hatte.

Wir gingen alle drei zurück ins Wohnzimmer. Ich holte die angebrochene Flasche Wein und bot Vico und Leon ein Glas davon an. Leon lehnte dankend ab. Vico schenkte sich ein Glas voll ein und nahm mich beiseite.

„Was ist denn passiert?" wollte er wissen.

„Nichts."

„Möchtest du nicht darüber reden?"

„Doch. Aber es ist nichts passiert."

„Aha."

Ich mußte grinsen. Vico war klasse. Warum kamen meine Gefühle bei ihm nicht durcheinander? Ich hatte überhaupt kein Problem damit gehabt, eine Nacht mit ihm zu verbringen und danach trotzdem nur mit ihm befreundet zu bleiben. Ach, verdammt!

Aus den Augenwinkeln beobachtete ich Leon, der sich hier und dort unterhielt. Ich bewunderte seine Fähigkeit, auf Leute zuzugehen. Außer Saskia, Michi und mir kannte er niemanden auf dieser Party. Aber es störte ihn nicht, und er kam bei den Leuten an. Er war einfach faszinierend.

Ein Glas Wein später hielt ich Leons Anblick allerdings nicht mehr aus. Seine Worte hallten als Echo in meinem Kopf und machten mir bewußt, daß ich wohl keine Nacht mehr mit ihm verbringen würde. Ihn zu sehen und ihn nicht berühren zu dürfen tat verdammt weh! Ich beschloß, nach Hause zu fahren.

„Tschüß, Leon", sagte ich, als sei nichts vorgefallen.

„Du willst schon nach Hause?" fragte er. Ich nickte.

„Dann schlaf gut!" Leon küßte mich auf die Wange und schenkte mir einen aufmunternden Blick.

„Wieso willst du denn schon gehen?" fragte Olaf, der neben ihm stand.

„Erzähl ich dir morgen", sagte ich nur und verschwand.

Zwei Tage später fuhr ich zu Leon nach Großhansdorf.

Nein, ich war nicht aufdringlich! Leon hatte seine Jacke bei Olaf vergessen. Olaf hatte sie mir am Tag nach der Party vorbeigebracht, mit den Worten: „Leon hat angerufen und gesagt, daß er sich seine Jacke übermorgen bei mir abholen kommt. Aber vielleicht möchtest du sie ihm lieber vorbeibringen?!"

Natürlich tat ich ihm diesen Gefallen gern! Auch wenn Leon nichts davon wußte. Es konnten mich allerdings mindestens zwei unangenehme Situationen erwarten, wenn ich unangekündigt bei Leon auftauchen würde: er könnte gerade eine Frau zu Besuch haben; er könnte nicht zu Hause sein.

Er war zu Hause - ohne eine andere Frau.

„Du?" fragte er überrascht, als er die Tür geöffnet hatte.

„Ich."

„Komm rein."

Ich folgte Leon in die Wohnung.

„Ich bringe dir deine Jacke", sagte ich.

„Das war doch nicht nötig. Ich hätte sie mir morgen bei Olaf abgeholt."

„Ich war sowieso gerade hier in der Gegend."

„Ernsthaft?" Leon sah mich lächelnd an.

„Nein." Ich lachte.

„Magst du einen Tee?"

„Gern." Ich setzte mich in Leons Wohnzimmer, das schon wieder nicht oder immer noch nicht aufgeräumt war.

„Wie lang warst du noch auf Olafs Party?" wollte ich wissen.

„Nicht viel länger als du."

„Das lag aber nicht an mir?"

„Nein. Aber außer dir kannte ich kaum jemanden."

„Das hat dich doch nicht gestört, oder?"

„Nein. Es war schon okay. Aber ich bin noch nach Großhansdorf zurückgefahren."

„Du hättest auch bei mir übernachten können..."

„Im Badezimmer?"

„Natürlich. Unsere Badewanne ist sehr bequem!"

Leon lächelte mich an.

„Du bist süß!" sagte er und stupste mit dem Finger an meine Nasenspitze.

„Mach mir nicht solche Komplimente, sonst werde ich noch schwach", wehrte ich spielerisch ab.

„Tatsächlich?!" rief Leon erstaunt aus und blickte mich mit großen Augen an. Ich schob ihn ein Stück beiseite und zündete mir eine Zigarette an. Sofort stand Leon auf und leerte den Aschenbecher aus. Er brachte ihn frisch gesäubert wieder zurück und stellte ihn auf den Tisch.

„Bitte schön!"

„Danke sehr!" Ich nippte an der dampfenden Tasse Tee.

Warum mußte Leon so verdammt attraktiv sein? Ich brauchte ihn nur anzublicken, und schon schmolz ich dahin.

„Wie gehts dir?" fragte er.

„Wieso?" Ich sah ihn erstaunt an.

„Wegen der Party, meine ich."

„Wegen der Party?"

„Naja. Vielleicht gings dir vor der Party besser?!"

„Nicht unbedingt."

Leon sah mich an. Sein Blick spiegelte Verständnis wider, auch Fürsorge. Wollte er tatsächlich wissen, wie es mir nach unserer Aussprache ging? Nun, einfühlsam war er, das mußte man ihm lassen.

„Ist das wichtig für dich?" fragte ich gelassen.

„Ja."

Das erstaunte mich. Leon war wirklich außergewöhnlich.

„Ich möchte jetzt nicht darüber reden."

„Nein?"

„Nein."

„Worüber möchtest du denn dann reden?"

„Über gar nichts."

„Gut. Schweigen wir." Leon setzte sich aufrecht hin und starrte an die gegenüberliegende Wand. Ich mußte lachen.

„Was ist denn?" fragte er gespielt überrascht.

„Sei doch nicht so steif."

„Steif? Ich?"

Ich boxte ihn sanft in die Seite, aber noch bevor ich meine Hand zurückziehen konnte, hatte Leon meinen Arm gepackt.

„Entschuldige", flüsterte er und streichelte mit der anderen Hand durch mein Haar.

„Es gibt nichts zu entschuldigen", sagte ich leise und sah ihm in die Augen.

Leons Lippen berührten sacht meine Wange, und ich erschauerte in seinem Atemhauch. Meine Hand ruhte auf Leons Bein. Ich zog ihn näher zu mir heran. Unsere Gesichter waren nur wenige Zentimeter voneinander entfernt.

„Sag mal...", fing Leon an.

„Was?"

„Darf ich dich küssen?"

„Ja", hauchte ich. Leon näherte sich langsam meinen Lippen. Sein Mund umschloß den meinen behutsam und ein sanfter Kuß folgte. Er war so zart und weich, daß ich anfing zu zittern. Mein Körper fühlte sich an, wie eine elektrische Stromleitung kurz bevor ein Kurzschluß eintritt. Eigentlich hatte ich keine Ahnung, wie sich eine elektrische Stromleitung vor einem Kurzschluß anfühlte, aber Leons Berührung war äußerst prickelnd.

Bevor ich mich fallen ließ, übernahm ich die Führung und verwandelte unseren Kuß in eine leidenschaftliche Forderung. Meine Hände wanderten unter Leons Pullover und massierten zart seine glatte Haut.

„Was machst du denn mit mir?" flüsterte Leon, ohne unseren Kuß zu unterbrechen.

„Laß dich überraschen", murmelte ich und hörte nicht auf, Leon zu streicheln. Er ging darauf ein. Wir tasteten uns vorsichtig aneinander heran, zögerten mit dem nächsten Schritt ein wenig und zogen unser Spiel, jenseits von Verstand und Logik, in eine unendliche Länge. Es war eine zärtliche, schöne, lange, prickelnde und erotische Verführung, die man nur erleben kann, wenn man sich auf diesen Wellen bewegt, von denen wir uns treiben ließen.

„Du machst mich total verrückt", flüsterte Leon und versank in meiner Hingabe. Mein Körper verlangte nach mehr, nach allem, nach dem Absoluten. Ich hielt die Verführungsphase nicht mehr aus und lenkte Leon in die Richtung des nächsten Schrittes.

„Möchtest du wirklich?" fragte er. Ich nickte. Leon steigerte den Wunsch unseres Begehrens noch ein wenig. Als ich ihn in mir spürte, explodierte die Sonne und fiel in einem Sternenhagel auf uns nieder, der zischend auf unserer Haut verglühte.

Entspannt und erschöpft lag ich neben Leon. Durchs Fenster sah ich die Sterne dieser Nacht, die die Rückreise zum Himmel angetreten hatten. Mein Körper fühlte sich glücklich, aber meine Seele war verbrannt. Traurig sah ich Leon an.

„Was hast du?" fragte er.

„Ich bin glücklich und traurig zugleich. Es ist so wunderschön mit dir", flüsterte ich bedrückt.

„Und deswegen bist du traurig?"

„Nein. Ich bin traurig, weil es vergänglich ist; weil es nicht immer so sein kann."

Leon nahm mich in den Arm.

„Nichts ist für die Ewigkeit", sagte er. Seine kalten Worte ließen mich in seinen warmen Armen frösteln. Ich fühlte mich geborgen und gleichzeitig verstoßen - und unverstanden. Leons Verständnis beruhte auf Logik, nicht auf Gefühlen - auf seiner Logik, die nur schwer nachvollziehbar war.

Ich stand auf und zog mich an.

„Willst du gehen?" fragte Leon.

„Soll ich bleiben?" gab ich zurück. Meine Gegenfrage setzte Leon auf einen dünnen Ast, von dem er herunterfallen mußte. Würde er meine Frage mit Nein beantworten, wäre es ehrlich - aber hart. Würde er sie mit Ja beantworten, käme es einer Lüge nahe, denn ich würde sein Ja anders verstehen, als er es meinte.

Leon stand auf und trat hinter mich. Er berührte meine Schulter, damit ich mich zu ihm umdrehen würde.

„Jo", sagte er leise.

„Ich gehe", erwähnte ich.

„Ich hätte es nicht noch einmal zulassen dürfen", entschuldigte Leon sich.

„Ich wollte es so."

„Aber es verletzt dich."

„Ich wußte, worauf ich mich einlasse."

„Und ich wußte, daß du mehr für mich empfindest."

„Heißt das, es wird nicht noch einmal passieren?"

„Ja."

Jetzt drehte ich mich zu ihm um und sah ihm in die Augen. Darin erkannte ich, daß er seine Aussage ernst meinte. Der Himmel, dem wir vor einer Stunde noch so nah waren, entfernte sich. Der Boden öffnete sich, und ich stürzte ab.

„Es war wahnsinnig schön mit dir", sagte Leon und berührte meine Wange.

„Und wieso wirfst du es dann weg?" fragte ich verständnislos. Seine Worte waren kein Trost für mich, denn es wollte mir nicht klar werden, warum er das Schöne nicht behalten wollte, wenn er es doch haben konnte.

„Das habe ich dir auf der Party schon erklärt."

„Ja. Deswegen gehe ich jetzt", sagte ich bestimmt. „Wir sind keine Freunde, wir haben keine Beziehung, aber wir haben Sex, wenn der Zufall es will. Klare Sache!"

„Es war kein Zufall..."

„Was war es dann? Ein One-night-stand war es auch nicht! Du wolltest deinen Spaß - du hattest ihn. Ich wollte meinen Spaß - doch leider haben sich Gefühle eingeschlichen. Und nun muß ich damit fertig werden." Ich band mir die Schnürsenkel zu und griff nach meiner Jacke.

„Entschuldige", sagte Leon.

„Damit kannst du es auch nicht ändern", entgegnete ich. Als ich Leon so betreten vor mir stehen sah, verwandelte sich meine Wut wieder in Liebe.

„Sei bei der nächsten Frau vorsichtiger und hör auf, bevor du sie verletzt", sagte ich gelassener als ich in diesem Moment wirklich war und verwuschelte Leons Haar. „Sex ist kein Roulettespiel, bei dem sich die Kugel auf die Zahl legen darf, auf die sie möchte, und in der nächsten Runde verschwindet sie dann wieder."

Leon lächelte über diesen Vergleich. Und dieses Lächeln zog mich schon beinahe wieder in seinen Bann.

„Tschüß", sagte ich, zog Leon an mich und küßte ihn auf die Wange. Er gab mir einen Kuß auf den Mund. Ich ging darauf ein. Der Kuß wurde leidenschaftlicher. Und Leons Aussage nach sollte es die letzte Berührung sein, die ich von ihm erhalten sollte.

Sag mir, wie es sich für dich anfühlt, mich so zu behandeln. Wie soll ich mich fühlen?

Du wirst nicht schaffen, was du erreichen willst. Ich werde mich nicht unterkriegen lassen!

Es war zu schön, als daß es wahr sein könnte.

Besser ist es, nicht darüber nachzudenken, sonst frißt mich das Gestern auf.

Besser ist es, nicht in die Zukunft zu blicken, sonst nimmt sie mir die Luft zum Atmen.

Besser ist es, hierzubleiben wo ich bin.

Verändert hat sich nur ein Wert in meinem Leben; ein Ereignis zur Bereicherung - eine Rose zur Dekoration - ein geschmückter Abschnitt in einem zeitlich begrenzten Erlebnis.

Es soll so sein!

Es soll nicht anders sein.

Es kann nicht sein.

Manchmal begegnet man jemandem, der nur ein kurzes Kapitel im eigenen Leben schreibt. Manch einer zitiert sogar nur. Doch der Schreiber ist der Besondere. Er ist selten. Man sollte mit ihm das erleben, was das Schicksal oder der Zufall zu erleben vermag. Später sollte man das Geschenk jener Stunden in glänzendes Papier einpacken und es dort verstauen, wo niemand anders herankommt.

Die Einmaligkeit hat nur eine Person gebucht.

Es ist gut, sie erlebt zu haben, auch wenn sie noch so schmerzhaft endet. Man sollte solchen Begegnungen keinen Beginn und kein Ende zuweisen, weil sie Zwischenfälle sind. Bedeutsame Zwischenfälle, die angenommen werden wollen und müssen. Sie passieren so selten, daß man sie nicht übersehen darf. Obwohl sie innerhalb der entscheidenden Sekunden übersehen werden können. Doch wenn es passiert, dann soll es passieren.

Unbeeinflußbar streift es die äußere Hülle, trifft aufs Unterbewußtsein und schlägt ein; wirbelt herum und kehrt Inneres nach außen. Kontrolle stirbt ab, Wollen strebt an die Macht. Hinterher glaubt man, geträumt zu haben. Der Duft des anderen ist noch vorhanden, doch die greifbare Existenz ist in weite Ferne gerückt.

Vorbei.

Vergangenheit.

Einmaligkeit.

Vielleicht noch ein zweites Mal.

Ich bleibe hier und gehe nicht nach dort, denn *Dort* ist unerreichbar...

14

Die Zukunft raste mit hundert Stundenkilometern in die Vergangenheit und nahm mich mit. Und ich fuhr durch die Vergangenheit hinein in die Zukunft. Ich ließ mich in den Wolken der Nacht fallen, die durch einen hellen Mond angestrahlt wurden. Der Himmel veränderte sich und mit ihm meine Gedanken. Leon war aus meinem Leben verschwunden, weil er es so wollte. Und doch war er mir näher als jemals zuvor...

Ich kam zehn Minuten zu spät zu dem Termin bei meiner Frauenärztin. Trotzdem mußte ich noch eine halbe Stunde warten, bevor ich den Routine-Check über mich ergehen lassen durfte, denn das Wartezimmer war voll. Meine Periode hatte sich übrigens immer noch nicht sehen lassen.

„Ziehen Sie sich bitte an und kommen dann in mein Büro", wies mir Frau Doktor Berger, meine Frauenärztin, an, als sie die Gegend zwischen meinen Beinen von innen und außen inspiziert hatte. Ein Routinesatz bei einer Routineuntersuchung.

Voller Elan schwang ich meine Beine aus den Halteschalen des Stuhls und begab mich in die Senkrechte. Fröhlich schritt ich in die Umkleidekabine und zog mich an. Gleich würde ich ein neues Rezept für die Pille - den Freifahrtschein für ungehinderten Sex - in den Händen halten und brauchte mir für ein weiteres halbes Jahr keine Gedanken um Verhütung zu machen.

Sex? Aber mit wem?

Leon ist nicht mehr!

Naja, man würde sehen.

„Frau Wielo, wann hatten Sie das letzte Mal ihre Periode?" eröffnete Frau Doktor Berger unser Zwiegespräch in ihrem Büro.

„Ich weiß, sie ist überfällig, aber ich hatte ziemlich viel Streß in den letzten Wochen", winkte ich ab.

„Und wann hatten Sie nun ihre letzte Periode?"

„Vor ungefähr fünf Wochen. Es war nur eine Schmierblutung, aber sie war pünktlich."

„Und wann hatten Sie das letzte Mal Geschlechtsverkehr?"

Was die Frau alles wissen wollte!

„Vorgestern." Ich grinste.

„Auch vor sechs, sieben oder acht Wochen?"

„Ja, auch vor sechs, sieben *und* acht Wochen. Wieso?"

„Ihre Urinprobe und die Untersuchung ergaben ein eindeutiges Ergebnis. Wir sollten jetzt noch Blut abnehmen, aber ich bin mir hundertprozentig sicher..."

'Urinprobe? Blut? Verspätete Periode? Scheiße, ich bin schwanger!' schoß es mir plötzlich durch den Kopf und mir wurde siedendheiß.

„Sie sind schwanger, Frau Wielo! Herzlichen Glückwunsch!" hörte ich von weit her die Stimme meiner Frauenärztin.

'Na danke! Herzlichen Glückwunsch. Das hast du ja prima hingekriegt!' gratulierten meine Gedanken meinem Körper.

„Aber..., danke", stotterte ich verwirrt und sah die Frauenärztin ungläubig an. Sie kam schon mit der Spritze auf mich zu. Geistesabwesend krempelte ich einen Ärmel hoch und streckte ihr meinen Arm entgegen.

Pieks.

Autsch!

'Ich bin schwanger!' Ein Echo hallte durch meinen Kopf, und es schmerzte stärker als der Nadelstich in meinem Arm.

„So, das hätten wir", sagte die Frauenärztin und gab die mit meinem Blut gefüllte Spritze an die Sprechstundenhilfe weiter, die irgendwann neben uns getreten war. Ich hatte sie nicht einmal bemerkt.

„Wenn Sie bitte noch zehn Minuten warten möchten, Frau Wielo." Die Frauenärztin bat mich freundlich darum, noch einmal im Wartezimmer Platz zu nehmen. Mechanisch schlich ich dort hin und setzte mich auf den ersten Stuhl neben der Tür. Ich schnappte mir ein Frauenmagazin und blätterte unkonzentriert die Seiten hin und her. Mein Blick wanderte verstohlen durch den Raum. Ein junges Mädchen saß mir gegenüber - sie war sechzehn, vielleicht siebzehn. Sicherlich war sie hier, um sich die Pille verschreiben zu lassen. Hoffentlich würde sie verantwortungsbewußter damit umgehen als ich!

Aber ich war doch verantwortungsbewußt damit umgegangen! Ich hatte die Pille niemals vergessen. Höchstens ein paar Stunden später eingenommen. Vielleicht vertrugen sich Betäubungsmittel und Kontrazeptiva nicht miteinander. Vielleicht war ich aber auch das nullkommafünfprozentige Opfer dieses neunundneunzigkommafünf Prozent sicheren Verhütungsmittels...

Mein Blick fiel auf eine hochschwangere Frau, die sich umständlich aus ihrem Stuhl erhob, weil sie ins Sprechzimmer gerufen worden war. Sicherlich war es ihre letzte Untersuchung, und einige Tage später würde sie im Kreißsaal liegen. So ungefähr wie sie würde ich in einigen Monaten aussehen. Bei diesem Gedanken wurde mir schlecht. Bei dem Gedanken an den Kreißsaal auch. Und noch weiter wollte ich lieber nicht denken.

„Frau Wielo, bitte", tönte die Stimme der Sprechstundenhilfe in den Raum, die wartend in der Tür stand. Erschrocken fuhr ich hoch und folgte ihr in Frau Doktor Bergers Büro. Ein mütterlicher Blick empfing mich. Frau Doktor konnte es wohl kaum erwarten, mir die Botschaft zu überbringen!

„Der Bluttest ist auch positiv", sagte sie fröhlich, kaum daß ich mich gesetzt hatte.

„Aha", sagte ich tonlos und meine Gesichtsfarbe wechselte von blaß zu grün.

„Es war nicht geplant?" Frau Doktors Miene veränderte sich.

„Nein."

„Nun, Sie sind in der sechsten Woche schwanger", sagte sie ernst.

„Aha." Leon war der Vater - eindeutig. Ich sah Frau Doktor Berger an und wußte wirklich nicht, was ich sagen sollte. Ich wußte noch nicht einmal, was ich denken sollte.

„Sehen Sie", fing Frau Doktor an, „es scheint mir, daß es eine äußerst unerwartete, vielleicht sogar unerfreuliche Nachricht für Sie ist. Ich kenne Ihre Lebensumstände nicht. Sie werden in ein paar Wochen fünfundzwanzig. Leben Sie in einer festen Partnerschaft?"

„Nein."

„Ich meine..., es gibt mehrere Möglichkeiten, die ich Ihnen kurz darlegen möchte."

'Legen Sie ruhig dar, ich bin mir nur nicht sicher, ob ich mich noch daran erinnern werde, wenn ich diese Praxis verlassen habe', dachte ich. Ich war völlig durcheinander. Die Situation erschien mir wie ein Traum. Ich spürte nicht einmal den Sitz unter meinem Hintern, geschweige denn den Boden unter meinen Füßen. Ich schwebte im Raum und hörte eine Stimme, die mir etwas erzählte. Und wenn ich aus dem Traum erwacht sein würde, könnte ich mich nur noch nebelhaft an Bruchstücke erinnern.

„...das Kind zu behalten oder es zur Adoption freizugeben", erreichte die Stimme der Frauenärztin wieder mein Bewußtsein. „Ich bin kein Gegner von Abtreibung, aber auch kein Befürworter. Diese Möglichkeit steht jeder Frau offen..."

Abtreibung.

Daran hatte ich überhaupt noch nicht gedacht. Es stimmte mich aber nicht unbedingt glücklicher.

„Sie haben noch knapp sechs Wochen Zeit, sich für oder gegen eine Abtreibung zu entscheiden. Aber wenn Sie sich dafür entscheiden sollten, ist früher besser."

„Ehm..., entschuldigen Sie, aber wie geht es denn eigentlich weiter?" warf ich ein.

Frau Doktor Berger erzählte mir etwas von Mutterpaß, Untersuchungen usw. und bat mich, einen neuen Termin zu vereinbaren, um ihr dann meine Entscheidung mitzuteilen.

Wenige Minuten später stand ich draußen in der Fußgängerzone. Ich fühlte mich wie ein ausgesetzter Hund - hinausgeworfen aus einem Leben, das ich einst schön fand, und das sich nun so verändern würde, wie ich es nicht wollte. Ich fühlte mich meiner Freiheit und meines Körpers beraubt. Langsam ging ich die Straße entlang zur U-Bahn. Es regnete. Und ich würde niemals vergessen, wie sich dieser Regen angefühlt hatte.

An diesem Abend rauchte ich einen klitzekleinen Joint. Ich wußte, es war verantwortungslos, aber es war auch verdammt notwendig. Ich wollte nur für einen kurzen Moment dieser unausweichbaren Realität entfliehen; für einen kurzen Moment Ich selbst sein - allein, weit entfernt von dieser Verantwortung, die sich mir ungewollt aufgedrängt hatte. Ich hoffte, dadurch klarer sehen zu können. Seltsame Methode?! Doch ich konnte meine Gedanken sammeln und auswerten. Natürlich kam ich zu keiner Entscheidung. Vielmehr drängte sich mir das Gefühl auf, daß heute der erste Tag vom Rest meines Lebens beginnen und mir in Zukunft jeglicher Spaß versagt bleiben würde.

Saskia und Ha-Em waren sprachlos über die Neuigkeit, die ich ihnen mitzuteilen hatte. Doch Saskia fing sich gleich wieder und schien sich sogar zu freuen. Nun, sie mußte ihren Körper ja auch nicht mit jemandem teilen, der dann neun Monate später die restliche Zeit ihres Lebens mit ihr verbringen würde!

Jana glaubte im ersten Moment, daß ich sie veralbern wollte. Auch im zweiten Moment konnte sie es noch nicht glauben. Dann glaubte sie es und fand es genauso furchtbar wie ich.

Marc bekam den Mund nicht mehr zu, und Olaf fielen fast die Augen aus dem Kopf.

Nachdem ich meine Freunde über diese Neuigkeit aufgeklärt hatte, wurde sie realer. Die Tatsache sickerte in mein Bewußtsein und tröpfelte von dort in mein Unterbewußtsein, bis sich mein Körper und mein Geist mit dieser Realität vereinbart hatten. Ich war schwanger! Punkt. Aus.

Wenn mir nun morgens oder zwischendurch einmal übel war, und ich die Toilette aufsuchen mußte, schob ich es nicht auf die zu wenig oder zu viel getrunkene Flasche Wein oder gar auf ein Betäubungsmittel, denn ich trank keinen Wein und nahm keine Drogen mehr. Jedoch dachte ich mit Schrecken an die ersten Wochen meiner Schwangerschaft, in denen ich noch nichts davon gewußt hatte. Ich hatte in den letzten zwei Monaten zwar kaum Drogen oder Alkohol zu mir genommen, weil mir sowieso ständig übel war, aber ganz abstinent war ich auch nicht gewesen. Und im nächsten Moment dachte ich an das heranwachsende Geschöpf in meinem Bauch, das ungewollt diesen Konsum mitgemacht hatte.

Die nächsten Tage waren ein Höllentrip durch Gut und Böse, Tag und Nacht, Angst und Hoffnung, Wunsch und Verwünschung, Leben und Tod. Sollte ich das Kind bekommen oder nicht?
An einem Tag schob ich die Gedanken daran beiseite, am nächsten Tag fraßen sie sich grübelnd in mir fest und am übernächsten Tag war es mir gleichgültig. Und dann kamen die Gedanken grübelnd wieder. Ich konnte mich nicht entscheiden.
Es war nicht die Art von Frage, die ich mir stellte, wenn ich in einem Kaufhaus vor einem Produkt stand, das meinen Geldbeutel sprengen würde. Es war eine Frage über Leben und Tod; eine alles verändernde Entscheidung, die ich zu treffen hatte. Das überforderte mich.
Die sechs Wochen, die mir noch bis zur endgültigen Entscheidung blieben, schrumpften in Windeseile auf fünf Wochen, vier Wochen, drei Wochen, vierzehn Tage, dreizehn Tage...
Man konnte sich kaum vorstellen, wie schnell die Zeit unter einer derartigen Belastung vergehen konnte. Eine Woche und sechs Tage noch.
Ich hatte einen Termin bei meiner Frauenärztin - zur Sonographie. Jana begleitete mich.
Frau Doktor Berger klatschte Gel auf meinen Bauch und fuhr mit einem Scanner darüber. Gespannt starrten Jana und ich auf den Bildschirm. Ich konnte außer einem hellen Fleck in meiner dunklen Gebärmutter nichts erkennen, bis Frau Doktor Berger mir die Umrisse des Embryos zeigte. Mein Kind!
Dieses winzige Wesen in mir war *mein* Kind!
Ein warmer Schauer durchfuhr mich - gemischt aus Liebe, Beschützerinstinkt, Muttergefühlen und Stolz.

„Das ist ja süß!" jauchzte Jana. Ihr Blick traf den meinen. Ich lächelte sie an und eine kaum sichtbare Träne lief über meine Wange. War das jetzt eine Entscheidung?

Frau Doktor Berger händigte mir den Mutterpaß aus und unterrichtete mich über den weiteren Ablauf meiner Schwangerschaft.

„Und wenn ich doch...", fing ich vorsichtig an.

„...kommen Sie bitte Ende der Woche noch einmal zu mir. Spätestens!" vollendete Frau Doktor Berger meinen Satz. Ich nickte. Sie schenkte mir noch ein fürsorgliches, warmes Lächeln, schüttelte mir die Hand zum Abschied und entließ mich.

Die nächsten Tage waren ein weiterer Trip durch die Hölle - nur viel tiefer drinnen.

Ich war reizbar, ungeduldig, unberechenbar und zu nichts zu gebrauchen. Ich haßte morgens mich, mittags Leon, abends die Entdeckung des Fortpflanzungstriebs, zwischendurch meine Freunde und bevor ich einschlief die ganze Welt. Fiel dagegen mein Blick auf das Ultraschallbild im Mutterpaß, war ich überwältigt von Mutter Natur, und Stolz, Glück und Freude rieselten als Rinnsal neben dem Strom meines Hasses entlang.

Eigentlich hätte ich Leon informieren müssen. Aber wenn er mich schon nicht wollte, würde er sich gewiß auch gegen das Kind entscheiden. Ich war viel zu sehr mit meiner neuen Situation beschäftigt, die eine kurzfristige Entscheidung verlangte, als daß ich mich auch noch um Leon kümmern konnte. Andererseits hatte er ein Recht darauf, es zu erfahren.

Trotzdem - würde es meine Entscheidung beeinflussen? Oder mußte ich gar meine Entscheidung von ihm beeinflussen lassen?

Nein!

Meine Freunde antworteten auf die Frage, Leon über die neue Situation in Kenntnis zu setzen, mit Ja.

Ich schnappte mir meine Jacke und setzte mich in die nächste U-Bahn.

„Du?" Leon sah mich überrascht an, als er die Tür geöffnet hatte. Es schien sein Standard-Begrüßungswort zu sein. Ich ging an ihm vorbei, noch bevor er mich gebeten hatte, hereinzukommen. Im Wohnzimmer saßen Freunde von Leon. Auf dem Tisch standen ein paar Flaschen Wein.

„Ich muß mit dir reden", sagte ich zu Leon und deutete ihm an, daß seine Freunde dabei stören würden.

Leon nickte und wandte sich dann zu seinen Freunden: „Sorry, ich muß was klären."

Mich schob er ins Schlafzimmer und schloß die Tür hinter sich.

„Ist was passiert?" fragte er teils neugierig, teils besorgt. Sicherlich sah man mir meine Verwirrung der letzten Wochen an.

„Ja. Vor ein paar Wochen", antwortete ich. Leon sah mich stirnrunzelnd an. Es machte mir Spaß, ihn auf die Folter zu spannen. Ich zog den Mutterpaß aus meiner Jackentasche und legte ihn geöffnet aufs Bett.

„Was ist das?" fragte Leon und nahm den Paß in die Hand. Ich sagte nichts. Er würde es in den nächsten Sekunden selbst herausfinden. Leon betrachtete das Ultraschallbild.

„Bist du schwanger?" Sein Blick ruhte auf meinem Gesicht. Ich nickte langsam.

„Und ich..., ich... bin der Vater?" Skeptisch schaute er mir in die Augen - fragend, ungläubig, zweifelnd, geschockt. Ich nickte wieder.

„Kein Zweifel?" hakte Leon nach. Ich nickte weiter.

„Woher willst du das wissen?" Leon hatte sich gefangen und versuchte es nun auf diese Tour.

„Glaubst du, ich gehe mit jedem ins Bett? Bloß weil du das praktizierst, macht das die restliche Menschheit nicht unbedingt genauso", antwortete ich hart.

„Entschuldige..., ehm..., es ist nicht wahr, oder?"

„Das mit der restlichen Menschheit?" Ich schaute den verwirrten Leon amüsiert an.

„Daß du schwanger bist."

„Du hältst es schwarz auf weiß in der Hand", erinnerte ich ihn. Leon schaute noch einmal auf den Paß. Dann ließ er sich aufs Bett niedersinken.

„Scheiße!"

„Das dachte ich im ersten Moment auch", beruhigte ich ihn.

„Und was willst du jetzt von mir?" fragte er tonlos.

„Was *ich* von dir will? Das gleiche wie vor der Schwangerschaft. Aber darum geht es nicht. Du hast ein Recht darauf, es zu erfahren. Deshalb bin ich hier. Ich selbst kämpfe seit Tagen mit einer Entscheidung, die..."

„Abtreibung?" unterbrach mich Leon.

„Hmhm. Ich werde..."

„Wieviel Zeit hast du noch?"

„Übermorgen ist Stichtag."

„Soll ich dich begleiten?"

„Wohin?"

„In die Klinik."

„Leon, ich weiß nicht, ob ich abtreiben werde. Wahrscheinlich nicht."

„Aber..."

„Wie gesagt, ich wollte es dich wissen lassen. Aber wir beide sind nicht zusammen, deswegen werde ich allein entscheiden, was ich tun werde."

„Es ist auch *mein* Kind", widersprach Leon.

„Ich will es dir auch nicht wegnehmen."

„Und wenn ich es nicht möchte?"

„Ich werde allein klarkommen."

„Sicher?"

„Sicher." Ich stand auf und wollte gehen.

„Warte." Leon hielt mich zurück. „Es tut mir leid, daß es so ist, wie es ist."

„Mir auch."

„Gib mir Zeit. Ich werde darüber nachdenken", sagte er und wuschelte durch mein Haar.

„Wir haben keine Zeit zum Nachdenken", erinnerte ich ihn. „Entschuldige, daß ich dich so überfallen habe. Ich war genauso fertig wie du, als ich es erfahren habe."

Leon sah mich an.

„Machs gut." Ich küßte ihn auf die Wange und ging.

Um mich abzulenken, verbrachte ich einen Samstagabend mit Jana, Olaf und Marc im *Basic*. Es war nicht übermäßig berauschend, dafür übermäßig voll. Die Bewegungsfreiheit war bis auf wenige Zentimeter eingeschränkt, und wir standen wie die Ölsardinen in einem Getümmel von Menschen. Mir blieb gerade so viel Platz, daß ich meine Zigarette an den Mund führen konnte - den Rauch blies ich wahllos in die Menge. Gewiß traf ich dabei einen überzeugten Nichtraucher, der entnervt nach einem anderen Platz suchte, um nicht völlig wehrlos dieser Situation ausgeliefert zu sein. Aber was solls? Überzeugte Nichtraucher sollten vielleicht besser zu Hause bleiben. Ich rauchte übrigens nur noch, wenn ich ausging. Und selbst dann schränkte ich meinen Zigarettenkonsum stark ein. Ganz aufhören konnte ich allerdings noch nicht.

Und dann kam Jenny.

Sie hatte ein Glas Rotwein in der einen und eine Zigarette in der anderen Hand. Selbstbewußt und zielstrebig kämpfte sie sich durch die Menge. Als sie gerade an Marc vorbei ging, wurde sie von jemandem angerempelt. Sie fiel auf Marc und verschüttete dabei ein paar Tropfen Rotwein auf Marcs Pulli.

„Sag mal, spinnst du?" rief Marc erschrocken aus.

„Reg dich ab", entgegnete Jenny und sah Marc an.

Marcs Augen funkelten.

Und dann folgten Sekunden des Schweigens, Sekunden des Anstarrens. Die Gesichtszüge der beiden wechselten von angespannt und genervt zu überrascht, fasziniert und überwältigt. Ihre Mundwinkel hoben sich, und sie lächelten sich erst zaghaft, dann sicher an.

„Entschuldigung", murmelte Jenny im gleichen Moment wie Marc. Sie lachten beide, und ihre Augen wurden von einem Strahlen erfüllt, das die Disco erhellte.

„Darf ich dir ein neues Glas Rotwein holen?" fragte Marc ganz Gentleman.

„Nur wenn du einen Wein mit mir trinkst", antwortete Jenny.

„Diese Bedingung erfülle ich gern." Marc lächelte immer noch. Dann ging er vor Jenny her und bahnte ihr einen Weg durch die Menschenmenge zur Theke. Ich sah ihn eine Stunde später mit Jenny an einem Tisch sitzen. Für einen Moment beneidete ich sie um ihren Sitzplatz. Im nächsten Moment musterte ich Jenny. Sie war hübsch. Sie sah völlig anders aus als Marcs erste Freundin. Ihre Haare waren schwarz und kurz und krönten wuschelig abstehend ihr feines Gesicht. Sie hatte ein wunderschönes Lächeln und große braune Augen. Sie gefiel mir. Marc gefiel sie auch. Er blieb den restlichen Abend an ihrer Seite, und als wir nach Hause fahren wollten, begleitete Jenny uns bis zur Bushaltestelle. Ihr Bus fuhr auch von dort ab, allerdings in eine andere Richtung. Sie wohnte in Niendorf. Unser Bus kam zuerst. Bevor Marc einstieg, verabschiedete er sich mit einem langen, zarten Kuß von Jenny.

„Ist sie nicht süß?" schwärmte Marc, als er neben mir im Bus Platz genommen hatte.

„Hmhm", bestätigte ich und sah Marc lächelnd an.

„Wir haben uns für morgen verabredet."

„Schön."

„Sie ist achtzehn."

„Aha."

„Sie macht nächstes Jahr Abitur und will Chemie studieren."

„Oh!" Zugegeben, ich war etwas einsilbig. Aber es war nicht notwendig, mehr als drei Buchstaben zu äußern, denn Marc hätte sowieso nicht zugehört. Er war verliebt - und wie - und driftete gerade in eine andere Welt hinein.

In den nächsten Tagen sah ich Marc selten. Und wenn ich ihn sah, dann war Jenny an seiner Seite. Sie war mir sympathisch. Ich freute mich für Marc, daß er nach seiner enttäuschenden ersten Beziehung nun eine so nette und süße Frau gefunden hatte. Die beiden hatten viele Gemeinsamkeiten und interessierten sich beide für die gleichen Bücher, die gleichen Filme, die gleiche Musik - ja, sogar für dieselben Restaurants. Sie hatten eine ähnliche Lebenseinstellung und Träume, die sich leicht aufeinander abstimmen ließen. Die Chemie zwischen den beiden stimmte absolut. So etwas solls geben!
Chemie ist aber nicht gleich Chemie. Wobei ich wieder an Leon denken mußte. Die Chemie, die dafür sorgt, daß es im Bett supergenial ist, ist eine andere als die, die dafür sorgt, daß es auch außerhalb davon paßt. Doch bei Marc und Jenny hatte ich keine Zweifel. Bei den beiden paßte wirklich alles.

15

Zwei Wochen später sah ich meine Frauenärztin wieder. Ich hatte sie über meine Lebensweise der ersten Schwangerschaftswochen in Kenntnis gesetzt. Es wurden einige Untersuchungen durchgeführt, um festzustellen, ob die Entwicklung des Fötus' beeinträchtigt worden ist. Er war ein wenig kleiner als Seinesgleichen nach drei Monaten Schwangerschaft. Ansonsten schien aber alles in bester Ordnung zu sein - soweit man das feststellen konnte. Nun lag es an mir, diesen Zustand zu festigen und beizubehalten. Ich war selbst erstaunt, wie schnell ich mein Leben umstellen konnte. Mir war bewußt geworden, daß ich Verantwortung für ein anderes Leben übernommen hatte. Und wenn mein Blick auf das Ultraschallbild fiel, das neben Leons Bild auf meinem Nachttisch lag, überkam mich ein unbeschreibliches Gefühl. Ich trug ein Kind von Leon in mir! All die Liebe, die Leon von mir nicht wollte, hatte ich übrig. Häppchenweise übertrug ich sie auf unser Kind, das von seinem Schicksal nichts ahnte.

Ich konnte mir noch nicht vorstellen, wie mein Leben verlaufen würde, wenn das Kind erst einmal geboren sein würde. Ich war alleinstehend und lebte in einer Wohngemeinschaft. Eine eigene Wohnung würde ich mir nicht leisten können. Zu meinen Eltern wollte ich auf keinen Fall zurückgehen. Ach ja, meine Eltern! Die wußten noch nichts von ihrem Glück, bald wieder Großeltern zu werden. Marc war verschwiegen. Ich auch. Zu gegebener Zeit würde ich sie darüber informieren. Gewiß.

Das Wohnproblem löste sich fast wie von selbst. Ha-Em zog aus. In der Wohnung eines Studienkollegen war ein Zimmer frei geworden.

Am letzten Abend vor Ha-Ems Auszug saßen Saskia, Ha-Em und ich traurig im Wohnzimmer und kauten lustlos an der letzten Pizza, die Ha-Em für uns zubereitet hatte. Ohne Ha-Em würde in dieser Wohnung etwas fehlen - und garantiert nicht nur die Pizza!

Ich haßte Abschiedszeremonien. An diesem Abend trank ich seit langem wieder ein Glas Rotwein - Ha-Em zuliebe. Ich war nach dem einen Glas schon beduselt. Am nächsten Abend war Ha-Ems Zimmer ausgeräumt und er ausgezogen.

Eine Woche später standen Saskia und ich zwischen Farbeimern, Pinsel und Abrollern, die Ha-Ems ehemaliges Zimmer zierten. Der neue Anstrich gab dem Zimmer auch eine neue Identität. Fünf Monate würde es noch unbewohnt sein, dann würde Klein-Leon seine Persönlichkeit in das Zimmer fließen lassen. Ich war mittlerweile im vierten Monat. Mein Bauch hatte eine kleine Wölbung bekommen, meine Brüste waren größer und mein Becken breiter geworden. Ich hatte immer geglaubt, meinen Körper zu hassen, wenn er sich derart runden würde. Aber ich war begeistert. Es deutete schließlich daraufhin, daß es Klein-Leon gut ging. Und je größer er wurde, desto mehr Platz brauchte er. Es war sicher sowieso eng genug in meinem Bauch, und Klein-Leon nahm sich gerade so viel Platz, wie er benötigte.

Abends lag ich manchmal auf dem Bett und beobachtete meinen Bauch. Man sah nichts außer einer kleinen, festen Wölbung. Aber wenn ich meine Hände auf den Bauch legte, wußte ich, daß Klein-Leon es spürte und sich in meiner beschützenden Geste geborgen fühlte.

Auch wenn sein Vater ihn ablehnte, ich liebte ihn von Tag zu Tag mehr - Klein-Leon und trotz allem auch immer noch Leon...

Ich ging nicht mehr so häufig aus wie vor der Schwangerschaft, aber immer noch regelmäßig. Ich war nicht der Typ, der sein Leben völlig auf Häuslichkeit umstellen konnte. Ich brauchte das Leben um mich herum, das vor der Haustür tobte. Auch wenn es nicht immer tobte.

Manchmal überfiel mich Panik, daß ich nie wieder ausgehen könnte, wenn das Baby erst einmal geboren war. In solchen Momenten haßte ich mich dafür, mich für das Baby entschieden zu haben. Ich stand völlig allein im Leben - ohne Mann und mit Eltern, die weit entfernt wohnten und zu denen ich keine familiäre Beziehung hatte.

Wer würde sich also um das Kind kümmern - tagein, tagaus? Ich.

Wer würde zu Hause bleiben, während andere ausgingen - Wochenende für Wochenende? Ich.

Wer würde sich nur noch Gedanken um den nächsten Brei für Baby machen, einkaufen gehen und die Wohnung in Ordnung halten? Ich.

Wer würde die Verantwortung für ein Lebewesen übernehmen müssen, das winzig und hilflos in die Welt geworfen wurde, und das von dieser Verantwortung abhängig war? Ich.

Solche Vorstellungen überforderten mich. Ich stand kurz vor einer Depression und sah keine Hoffnung auf Besserung. An solchen Tagen entwich jede Farbe aus meinem Leben. Ich fürchtete mich vor der Zukunft, da nur ich allein sie für jemand anders gestalten sollte. Und einen Tag später sah die Welt schon wieder bunt aus. Meine Stimmungswechsel brachten nicht nur mich zur Verzweiflung sondern auch manchmal meine Freunde. Obwohl ich zugeben muß, daß sie sehr geduldig waren und unterstützend auf meiner Seite standen.

An einem Samstagabend ging ich mit Jana, Olaf, Marc und Jenny auf ein Konzert. Es war keine bekannte Band, die auftrat, aber ich kannte ihre Musik und eigentlich mochte ich sie. Es war einer dieser Tage, die mit schwarzen Wolken durchzogen waren. Lustlos raffte ich mich auf, um meine Freunde zu begleiten. Als ich in der U-Bahn saß, freute ich mich allerdings doch auf das Konzert.
Als die Band zu spielen angefangen hatte, wartete ich auf den Kick, den ich für gewöhnlich auf Konzerten erlebte. Es kam kein Kick. Die Band war klasse und brachte gute Stimmung in den Saal. Die Stimmung schwappte auf das Publikum über und blieb dann vor mir stehen. Ich konnte sie nicht aufnehmen. Sie kam nicht an mich heran. Ich stand wie ein Zinnsoldat am Rande der wogenden Menge und wartete immer noch auf den Kick. Und dabei kam ich mir verdammt fremd vor. Um dieser Welt, in die ich nicht hineinpaßte, zu entfliehen, holte ich mir ein Glas Saft und setzte mich in den Vorraum. Einige Minuten später ging plötzlich Vico an mir vorbei. Mein Gesicht erhellte sich. Seit Olafs Party hatte ich ihn nicht mehr gesehen.
„Wieso sitzt du denn hier allein?" begrüßte er mich.
„Wenn ich diese Frage beantworten könnte, würde ich nicht hier sitzen", sagte ich.
Vico setzte sich neben mich. „Schlecht drauf?"
„Selbst das kann ich dir nicht beantworten. Ich habe eigentlich überhaupt keine Laune", erklärte ich.
Vico legte tröstend den Arm um mich. „Wegen Leon?"
Ich lächelte Vico an und schüttelte den Kopf. Er wußte ja noch nichts von meinem Zustand.
„Ich bekomme ein Kind", sagte ich, als sei es eine Nebensächlichkeit.
„Wie bitte?" Vicos Augen weiteten sich.
„Ja."
Vico musterte mich. „Ich muß zugeben, deine Proportionen haben sich verändert. Aber ich dachte im ersten Moment, du hättest nur zugenommen."
„Kann passieren."

„Und Leon ist der Vater?"

Ich nickte.

„Weiß er es?"

Ich nickte erneut.

„Und was sagt er?"

„Nichts."

„Nichts?"

„Nichts."

„Möchtest du weiter darüber reden?"

„Eigentlich nicht."

Vico hatte ein Gespür dafür, wie ich mich fühlte, und er ging äußerst einfühlsam damit um. Anstatt das Konzert zu genießen, blieb er mit mir im Vorraum sitzen. Seine Gesellschaft war mir willkommen und genau das, was ich brauchte, um mein Tief zu verlassen. Wir verließen die Gegenwart und unterhielten uns über alles andere, nur nicht über meine aktuelle Situation. Eine halbe Stunde später gingen wir gemeinsam zum Konzert zurück, und ich vergaß für den restlichen Abend die Probleme, die mich gewälzt hatten.

Ich hatte Leon seit meinem Besuch in Großhansdorf nicht mehr gesehen. Ich war auch nicht jedes Wochenende ausgegangen. Aber er hätte sich eigentlich melden können! Doch er tat es nicht. Umso erstaunter war ich, als Leon plötzlich eines abends vor meiner Tür stand. Es war Freitag.

„Du?" fragte ich ungläubig. Es schien nicht seine, sondern *unsere* Standard-Begrüßung zu sein.

„Ich war gerade in der Nähe und..."

„Ja, ja. Komm schon rein." Ich grinste. Wir gingen ins Wohnzimmer. Dabei fiel Leons Blick auf die geöffnete Tür zu Ha-Ems ehemaligem Zimmer.

„Ist Ha-Em ausgezogen?" fragte er.

Ich nickte. „Wegen dem Baby."

Leon blickte mich überrascht an.

„Ha-Em hat ein anderes WG-Zimmer gefunden. Wir mußten uns schließlich etwas einfallen lassen. Zu viert wäre es hier zu eng geworden. Allein kann ich mir keine Wohnung leisten. Irgendwie hat alles ganz gut zusammengepaßt. Ich meine, der Zeitpunkt, zu dem Ha-Em ein anderes Zimmer gefunden hat", erzählte ich.

„Und er hat wegen deinem Baby sein Leben verändert?" Leon war erstaunt.

„Wir sind Freunde. Wir können uns aufeinander verlassen", sagte ich nur. Leon schien ein schlechtes Gewissen zu bekommen.

„Wie gehts dir?" fragte er, um das Thema umzulenken.

„Gut", strahlte ich.

Leon musterte mich. „Du hast zugenommen."

„Ist auch gut so."

„Natürlich." Leon lächelte hilflos.

„Möchtest du einen Wein?"

Leon nickte. Ich schenkte ihm ein Glas Wein ein und mir ein Glas Wasser.

„Du trinkst Wasser?" Leon starrte ungläubig auf das Glas vor mir.

„Ich kann verstehen, daß das ein neues Erlebnis für dich ist, da du mich sicherlich noch nie hast Wasser trinken sehen. Aber ich hatte diese Angewohnheit auch schon vor meiner Schwangerschaft," erklärte ich lächelnd.

„Natürlich", murmelte Leon. „Entschuldige, ich bin etwas durcheinander."

„Immer noch? Du hattest doch wochenlang Zeit, dich mit dem Gedanken anzufreunden, Vater zu werden."

„Ja. Ehm..."

„Hey, so kenne ich dich überhaupt nicht", sagte ich locker und zwickte Leon sanft in die Seite.

„Ich weiß noch nicht genau, wie ich damit umgehen soll."

„Ach so."

Leons Blick wanderte während unseres Gesprächs immer wieder zu meinem Bauch.

„Möchtest du dein Kind begrüßen?" fragte ich.

Leon sah mich mit großen Augen an. Ich nahm seine Hand und führte sie zu meinem Bauch. Ein Schauer fuhr mir über den Körper, als ich Leons Hand auf meiner nackten Haut spürte. Doch dazu war jetzt nicht der richtige Zeitpunkt. Leon streichelte über meinen festen Bauch. Ich riß mich zusammen.

„Wow!" rief er aus.

Ich lächelte. „Beeindruckt?"

Leon nickte. „Ich..."

„Du mußt nichts erklären", gab ich ihm zu verstehen.

„Doch. Ich habe mir in den letzten Wochen Gedanken gemacht", fing er an.

Ich war gespannt, was folgen würde.

Leon verbrachte das ganze Wochenende mit mir. Er wollte sich die Chance geben, mich kennenzulernen. Natürlich konnte er mich nicht an einem einzigen Wochenende kennenlernen! Aber ich war glücklich über die Tatsache, daß seine Gedanken um sein Kind ihn so weit gebracht hatten, der Realität eine Chance zu geben.

Ungewöhnlich war es schon, denn schließlich lag Leon nichts an mir - seine Worte! Hauptsache, er war sich seiner Sache sicher...

Es ist gewiß nicht notwendig, die Einzelheiten dieses Wochenendes näher zu beschreiben. Es lohnt sich allerdings hinzuzufügen, daß diese Nächte mit Leon anders waren als sonst. An der Intensität des Erlebens hatte sich nichts geändert. An Leons Leidenschaft, Hingabe und Zärtlichkeit auch nicht. Aber er sah mich danach mit anderen Augen an. Augen, in denen ein Hauch von Liebe schimmerte. Ich war mir nicht sicher, ob er sich dessen bewußt war. Doch ich hatte es bemerkt.

Nun könnte man meinen, daß sich alles zum Guten wenden würde. Daß Leon mir seine Liebe gestehen und mich heiraten würde, und wir zu dritt und glücklich unser Leben bewältigen würden. Punkt. Aus. Und die Geschichte ist fertig. Aber es kommt oft anders als man denkt...

16

Am folgenden Wochenende hatte ich Geburtstag. Ich hatte nichts geplant. Mein Geldbeutel erlaubte sowieso keine Party. Ich wollte den Tag einfach an mir vorbeiziehen lassen. Doch als ich aufgestanden war, empfing mich Saskia mit einem selbstgebackenen Kuchen und einem reichhaltig gedeckten Frühstückstisch. Ich mußte mich nur noch an den Tisch setzen. Wir zogen das Frühstück in eine endlose Länge. Zwei Stunden später verabschiedete sich Saskia, da sie mit Michi verabredet war.

Das Telefon klingelte. Meine Eltern riefen an, um mir herzlich zu gratulieren. Im Briefkasten hatte eine Glückwunschkarte mit einem Scheck darin gelegen. Ich bedankte mich dafür. Dann fiel mir ein, daß sie noch nichts über meinen Zustand wußten. Es war aber auch nicht der richtige Zeitpunkt, sie jetzt darüber zu informieren. Und schon überhaupt nicht am Telefon. Ich nahm mir vor, sie bald zu besuchen.

Als ich mich gerade in mein Zimmer zurückziehen und mich gemütlich in mein Bett kuscheln wollte, um ein Buch zu lesen, klingelte das Telefon erneut. Es war Vico. Wir telefonierten eine halbe Stunde miteinander. Und dann ging es Schlag auf Schlag so weiter. Jana rief an, danach Olaf und etwas später Ha-Em. Irgendwann hatte ich meine Schwester am Hörer und nach ihr meinen Chef. Auch meine Großeltern vergaßen nicht, mich anzurufen. Zwischenzeitlich hatte es an der Tür geklingelt. Ich hatte sie mit dem Telefon im Arm geöffnet, und Marc trat ein. Ich deutete ihm an, ins Wohnzimmer zu gehen und dort auf mich zu warten. Er wartete über eine Stunde. Als ich mich ihm endlich widmen wollte, klingelte es erneut an der Tür. Saskias Mutter stand mit einem kleinen Geschenk davor und erwähnte, nicht lange stören zu wollen. Ich bestand darauf, daß sie einen Kaffee mit uns trank und von Saskias köstlichem Kuchen probierte. Der Nachmittag verfloß. Aus meinem gemütlichen Lesestündchen wurde nichts. Marc lud mich zum Abendessen zu meinem Lieblingsitaliener ein. Und als wir zwei Stunden später nach Hause zurückkehrten, ging die Party los.

Überrascht blickte ich in die Runde meiner Freunde, die versammelt im Wohnzimmer saßen. Alle waren sie gekommen - sogar Leon. Saskia und Jana hatten die Idee gehabt, aus meinem Geburtstag eine Bottle-Party zu machen. Neben Bierkisten und Weinflaschen standen hübsch eingereiht Flaschen mit Gemüsesaft, Fruchtsaft und Multivitaminsaft. Sogar ein Babyfläschchen stand dazwischen.

Ich war überwältigt. Die Überraschung war ihnen gelungen.

„Danke", sagte ich strahlend. „Ihr seid super!"

Jana überreichte mir im Namen aller ein Geschenk. Ich packte es sofort aus. Ein Terminkalender kam zum Vorschein. Fragend schaute ich in die Runde.

„Nun schau schon rein!" drängte Jana. Ich öffnete das Buch. Der erste Tag, mit dem es begann, war der voraussichtliche Geburtstermin von Klein-Leon. Ich blätterte weiter. Einige leere Seiten folgten, und dann las ich die Namen meiner Freunde, die an den Wochenenden eingetragen waren. Nur Leons Namen vermißte ich. Er war allerdings nicht mit in das Geschenk eingebunden gewesen.

„Das sind die Tage, an denen wir Babysitten werden", klärte Jana mich auf. Ich war gerührt. Nicht nur von dem Geschenk. Vielmehr von der Bereitschaft meiner Freunde, mich so fürsorglich zu unterstützen.

„Ich weiß nicht, was ich sagen soll", brachte ich nach einer Schweigeminute heraus. „Danke! Tausend Dank! Ihr seid verdammt gute Freunde."

Leon blieb über Nacht. Ich hatte darauf gehofft, sobald ich ihn gesehen hatte. Er wollte im Wohnzimmer auf dem Sofa übernachten. Darauf hatte ich allerdings nicht gehofft.

Als die anderen gegangen waren - Saskia übernachtete bei Michi - saßen wir allein in der Wohnung. Es war eine seltsame Situation, weil ich mir vorstellte, daß die Zukunft so sein *könnte*. Aber gewiß dachte Leon nicht in dieser Möglichkeitsform.

Leise Musik erfüllte den Raum. Leon saß im Schneidersitz vor mir und schaute mich an. Ich erwiderte schweigend seinen Blick. Minutenlang sagten wir nichts. Die Stille verzauberte uns. Ich berührte seine Wange und strich zart darüber. Leon nahm meinen Arm und ließ seine Finger über meine Haut gleiten. Ein Kribbeln durchzog mich.

„Wir sollten schlafen gehen", durchbrach Leon plötzlich abrupt die Stille, stand auf und zog mich vom Sofa hoch. Ich stand dicht vor ihm.

„Darf... ich dich... küssen?" fragte ich leise und sprach jedes einzelne dieser Worte deutlich aus, während ich sie auf der Zunge zergehen ließ.

Die Nacht verlief so, wie sie schon mehrere Male zuvor verlaufen war und sie endete dort, wo sie schon mehrere Male zuvor geendet hatte. Allerdings war der Ausdruck in Leons Augen verschwunden, den ich nach unserer gemeinsamen Nacht am Wochenende zuvor bemerkt hatte.

Noch vor dem Frühstück verschwand Leon.

„Sehen wir uns wieder?" Diese Frage hätte ich bei jedem unserer Abschiede stellen wollen und hatte es nie getan, weil ich wußte, daß sie für Leon eine Verpflichtung darstellen würde.

„Ich weiß es nicht." Diese Antwort hatte ich befürchtet, und sie war ein weiterer Grund gewesen, warum ich meine Frage nie gestellt hatte.

Warum hatte ich Leon noch eine Nacht geschenkt? Hatte mein Verstand mich völlig verlassen? Wieso hat er sich darauf eingelassen? Und wieso hatte ich es überhaupt zugelassen? Wo war meine Vernunft? Kurzfristig verreist. Langfristig ausgestellt. Im Kampf gegen mein Herz zu Boden geschlagen worden.

Mein Verstand bereitete schon einmal das *Danach* vor. Das *Danach,* das sich in der Hölle meiner Gefühlswelt abspielen sollte, wo es schon oft zuvor stattgefunden hatte. Geschärfte Nägel unter einem Rosenbett - die Dornen waren noch extra angespitzt worden. Und ich mußte barfuß darüber laufen.

Tagelang saß ich vor dem Fernseher und schaute mir immer wieder dasselbe Musikvideo an: eine Band, die mein Herz erst mit Leon erobert hatte. Deren Live-Konzert ich in jener Nacht von einer Fernsehübertragung aufgenommen hatte, in der ich das erste Mal meine Gefühle für Leon vor ihm ausgebreitet hatte. Als ich in jener Nacht nach Hause gekommen war, sah ich den Videorekorder blinken - ein Hinweis darauf, daß die Aufnahme erfolgreich beendet worden war. Ich wollte eigentlich nur die Kassette aus dem Rekorder holen, setzte mich dann aber doch vor den Fernseher, um mich davon zu überzeugen, daß das Konzert auch von Beginn an aufgezeichnet worden war.

Ich drückte den Startknopf. Die Band betrat die Bühne.

Blauweißes, gleißendes Licht im Hintergrund. Die Band begann die ersten Takte anzuspielen. Ich war sofort gefangen. Gefangen in diesem Song, den ich noch niemals zuvor gehört hatte. Gefangen in der dramatischen Hingabe, mit der dieser Song dargebracht wurde. Zarte Vereinigung von Keyboard und Gitarre, unterstützt von einer sanften Stimme, ließen diesen Song langsam wachsen. An unvermuteten, aber passenden Stellen wurde der kraftvolle Einsatz aller Instrumente hinzugefügt, um danach wieder in sanfter Zweiervereinigung auszuklingen. Und wenn man meinte, der Song sei gleich zu Ende, offenbarte er noch einmal all die Gefühle, die er ausdrücken wollte.

Noch nie zuvor war ich derart überwältigt gewesen von einem Musikstück, daß ich nicht kannte, geschweige denn von einer Band, deren Musik ich bisher nur als mittelmäßig beurteilt hatte und deren Stücke ich nebenbei an mir hatte vorbeilaufen lassen.

In diesem Song verinnerlichten sich all die Gefühle, die mich in jener Nacht mit Leon überschüttet hatten - negativ wie positiv - und jedesmal, wenn ich diesen Song hörte, lief mir ein Schauer über den Rücken. Es war eine explosive Gefühlsmischung, die sich in diesem Song auslebte; die eine quälende Traurigkeit gemischt mit einer hell schimmernden Hoffnung hinterließ.

Nun saß ich also tagein tagaus vor dem Fernseher und versuchte mit Hilfe dieser Musik Hoffnung über meine Traurigkeit zu schieben. Doch es gab keine Hoffnung. Folglich gab es nichts zu schieben oder zu überdecken. Ich blickte der nackten Wahrheit ins Gesicht und mußte mich der Tatsache stellen, die sich mein Schicksal für mich ausgedacht hatte.

In solchen Momenten regte sich Klein-Leon in mir, um mich daran zu erinnern, daß er auch noch da war und immerhin ein Teil von Leon war! Geistesgegenwärtig strich ich über meinen Bauch, und insgeheim regte sich eine Spur von Glück.

17

Meine Eltern fielen aus allen Wolken, als sie erfuhren, daß ich ein uneheliches Kind zur Welt bringen würde und zudem noch nicht einmal mit dem Vater in einer Beziehung lebte. Mit dieser Reaktion hatte ich gerechnet.

Ich hatte Freitagabend meine Mutter angerufen, um ihr mitzuteilen, daß ich Samstag zu Besuch kommen würde. Den Grund hatte ich ihr nicht genannt.

Als sie mir die Tür geöffnet hatte, blickte sie mich kurz von oben bis unten an und begrüßte mich mit der Frage: „Bekommst du ein Kind?"

„Wie man sieht", sagte ich und reichte ihr die Hand zur Begrüßung. Irritiert schüttelte sie mir die Hand und musterte mich noch immer. Ihr Mund stand offen, ihre Augen weiteten sich.

Marc, der mich zur Unterstützung begleitet hatte, ging auf sie zu und bahnte mir so einen Weg an meiner überraschten Mutter vorbei.

„Hallo Mom", sagte er und küßte sie auf die Wange. Ich ging an ihnen vorbei in die Küche und setzte mich auf einen Stuhl. Meine Mutter und Marc folgten.

„Wann ist es denn soweit?" wollte meine Mutter wissen, während sie mich immer noch anstarrte und sich auf einen Stuhl mir gegenüber setzte.

„In knapp vier Monaten", antwortete ich.

„Und da sagst du uns erst jetzt Bescheid?" Meine Mutter war außer sich.

„Entschuldige, aber ich habe es selbst erst vor drei Monaten erfahren. Und vielleicht kannst du dir vorstellen, daß ich erst einmal genug mit mir selbst zu tun hatte, um mich auf diese Situation einzustellen, oder?"

„Und? Hast du dich jetzt darauf eingestellt?" fragte sie.

„Mehr oder weniger."

„Ach, Kind, du machst immer Sachen! Aber ich freue mich für dich", sagte sie in ruhigerem Tonfall.

„Wirklich?"

Meine Mutter nickte und schenkte mir ein Lächeln. Sie schien sich von der ersten Überraschung erholt zu haben. „Wieso hast du den Vater des Kindes nicht mitgebracht?"

Ich wußte, ihr würde das Lächeln gleich wieder vergehen.

„Ich bin nicht mit ihm zusammen."

„Wie? Ich meine, ihr müßt doch noch heiraten, bevor das Kind geboren wird, und eine andere Wohnung müßt ihr euch auch suchen. Oder seid ihr schon umgezogen?"

„Mutter! Ich bin nicht mit ihm zusammen", wiederholte ich. „Das Kind war nicht geplant. Es war ein Versehen. Es ist einfach so passiert, verstehst du?"

„Ja, dann müßt ihr euch jetzt zusammenraufen", beharrte sie. Sie verstand es nicht. Es war nicht ihre Welt. So etwas gab es nicht in ihrer Welt.

„Ich habe nur ein paar Nächte mit ihm verbracht, verstehst du? Wir haben niemals eine Beziehung gehabt und es auch nicht vorgehabt", erklärte ich. „Zumindest er nicht", fügte ich noch leise hinzu. Glücklicherweise hatte sie meine letzten Worte überhört.

„Ein paar Nächte zum Spaß, ja?" fing meine Mutter an. „Wie kannst du nur so verantwortungslos sein!"

Und dann folgte die Moralpredigt, auf die ich gewartet hatte. Ich warf Marc einen hilfesuchenden Blick zu. Ich wußte nicht, ob ich ohne ihn den Besuch bei meinen Eltern durchgestanden hätte. Marcs Blick deutete mir an, daß ich das, was ich gerade zu hören bekam, nicht so ernst nehmen sollte. Ich nahm es auch nicht ernst. Mein Leben verlief weit entfernt von dem meiner Eltern, und keiner von uns würde es schaffen, es auf eine Wellenlänge zu bringen.

„Und wie soll es jetzt weitergehen?" fragte meine Mutter abschließend. Ich berichtete ihr von meiner Vorstellung, die natürlich nicht der ihren entsprach.

„Wieso ziehst du nicht zu uns? Du brauchst doch jemanden, der sich um das Kind kümmert. Du brauchst doch auch Geld, und..."

„Es wird schon gehen", wehrte ich ab. Damit hatte ich meine Mutter keineswegs zufrieden gestellt, aber die Diskussion wurde erst einmal beendet, denn meine Mutter merkte, daß sie mich nicht umstimmen konnte.

Der Abend verlief nicht viel anders als der Nachmittag. Nachdem mein Vater meinen Zustand diagnostiziert hatte, mußte auch er seine Meinung dazu abgeben, die die meine natürlich nicht traf. Ich ließ es über mich ergehen.

Als ich zwei Stunden später im Bett lag, war ich froh, daß ich diesen Tag überstanden und meine Pflicht erfüllt hatte, meine Eltern über die Situation zu informieren. Erschöpft schlief ich ein.

Am nächsten Morgen wurde ich von frischem Kaffeeduft geweckt. Ich trank nur noch selten Kaffee - wegen Klein-Leon - aber dieses Wochenende war ein besonderes, deswegen wollte ich mir diesen Genuß antun. Als ich in die Küche trat, erwartete mich ein üppig gedeckter Frühstückstisch. Knusprige Brötchen lagen neben noch warmen Croissants und zum Belegen fand man alles, was das Herz begehrte. Allerdings fehlte eine Tasse neben meinem Glas Orangensaft. Ich holte sie aus dem Schrank.

„Du willst doch nicht etwa Kaffee trinken?" fragte meine Mutter.

„Doch."

„Aber..."

„Ich verdünne ihn mit viel Milch. Und keine Angst - ich habe in den letzten Wochen kaum Kaffee getrunken. Um dir vorwegzugreifen - auch keinen Alkohol."

„Nun, das will ich auch hoffen", sagte meine Mutter nur und schenkte mir widerwillig eine halbe Tasse Kaffee ein. Schweigend wurde das Frühstück fortgesetzt. Ich ließ es mir schmecken. Danach packten Marc und ich unsere Sachen, um die Rückreise nach Hamburg anzutreten.

„Du wirst uns doch auf dem Laufenden halten?" fragte meine Mutter, als wir uns voneinander verabschiedeten.

„Na klar", versprach ich.

Mein Vater überreichte mir einen Scheck, der über einen großzügigen Betrag ausgestellt war. Verwundert sah ich ihn an.

„Für unser Enkelkind. Damit du ihm ein schönes Zimmer einrichten kannst. Ich meine..., wir dachten, du kannst es gebrauchen", erklärte mein Vater umständlich.

„Danke." Ich schüttelte ihm aufrichtig die Hand.

„Alles Gute", sagte meine Mutter. „Und vergiß nicht, wir sind immer für dich da!"

„Danke", sagte ich wieder und umarmte meine Mutter zum Abschied. Sie drückte mich fest an sich und ich spürte, daß sie ihre Worte ernst meinte. Gerührt wischte sie sich eine kleine Träne aus den Augen. Derartige Szenen hatte ich bisher nur selten in meinem Elternhaus erlebt. Es war ein schönes Gefühl. Ich wußte, daß sie nun endlich verstanden hatten, daß ich selbst die Verantwortung für mein Leben übernehmen konnte.

Zurück in Hamburg legte ich zunächst einmal mein Fernstudium auf Eis. Ich hatte weitaus anderes zu tun, als Seminare zu besuchen oder gar zu lernen. Also vereinbarte ich mit dem Institut, nach der

Geburt meines Kindes weiterzumachen und auch dann erst weiter zu zahlen. Glücklicherweise ging das Institut darauf ein, denn ich konnte wirklich jeden Cent gebrauchen.

Saskia und Jana halfen mir bei der Einrichtung des Kinderzimmers. Wir verbrachten einen ganzen Samstag in verschiedenen Geschäften. Mit der großzügigen Spende meiner Eltern konnte ich nach Herzenslust einkaufen.

Jana war entzückt von all den niedlichen, winzigen Babysachen. Eine Seite von ihr, die mir fremd war. Ich hatte Jana in Bezug auf Babies anders eingeschätzt. Nicht unbedingt kinderfeindlich - aber auch nicht derart jauchzend, wie ich sie nun erlebte. Manchmal fragte ich mich, ob sie sich wohl mehr auf das Kind freute als ich.

Saskia war in dieser Angelegenheit wieder der ruhige Pol. Sie war geduldig und strahlte eine verantwortungsbewußte Selbstsicherheit aus, die mir imponierte. Sie wäre bestimmt eine perfekte Mutter.

18

Ich traf Leon in der Disco. Er unterhielt sich gerade mit einer Blondine.

‚Ob sie wohl die Nächste sein wird?' fragte ich mich insgeheim und konnte nicht vermeiden, daß ein Stich durch mein Herz fuhr.

Als die Blondine einige Minuten später von seiner Seite gewichen war, ging ich zu Leon. Er lächelte mir neutral zu. Wir setzten uns an die Theke. Er trank ein Glas Wein, ich bestellte mir einen Saft.

„Hast du deine Eltern eigentlich schon eingeweiht?" fragte ich unvermittelt. Leon sah mich verwundert an.

„Nein, wieso?" kam die Gegenfrage.

„Weil sie zufällig Großeltern werden, und es sie interessieren könnte?!" half ich ihm auf die Sprünge.

„Ich weiß. Aber ich dachte, da wir beide sowieso nicht zusammen sind oder sein werden, ist das nicht wichtig", erklärte er.

„Nicht wichtig? Dann hätte ich dich wohl auch nicht über den Stand der Dinge aufklären müssen, was?"

„Das ist etwas völlig anderes. Ich bin der Vater!" Als Leon das so überzeugt von sich gab, wollte man fast meinen, er stehe voll und ganz zu dieser Situation. Doch ich wußte, wo er wirklich stand - weit davon entfernt nämlich.

„Und? Was bedeutet das schon in unserem Fall?"

„Ja, du hast gewonnen. Ich werde es meinen Eltern sagen", wich Leon meiner Frage aus. „Dadurch wird sich aber für dich nichts ändern", fügte er noch hinzu. Da hörte ich die Worte noch einmal, die ich schon oft genug gehört hatte und jetzt eigentlich nicht hören wollte.

„Darum geht es auch nicht. Und wenn du glaubst, es sei nur ein Trick, um an dich heranzukommen, dann muß ich an deiner Intelligenz zweifeln, oder was auch immer deinen Kopf füllt. Ich bin garantiert nicht scharf darauf, deine Eltern kennenzulernen."

„Du willst mitkommen, wenn ich es ihnen sage?" fragte Leon ungläubig.

„Nein. Aber es könnte doch sein, daß deine Eltern mich nach deiner Beichte kennenlernen möchten. Ich gehe sogar davon aus", versicherte ich ihm. Schließlich war ich die Frau, die ihr Enkelkind austrug. Wie recht ich doch behielt!

Eine Woche später saß ich mit Leon in Elmshorn im Wohnzimmer seiner Eltern und ließ mich mustern. Ehrlich gesagt, so schlimm war es eigentlich nicht.

Leons Eltern waren überraschend nett. Sie waren so, wie ich mir meine Eltern immer gewünscht hatte - zumindest was ich nach meinem ersten Eindruck von ihnen behaupten konnte. Sie waren weder spießig, noch hielten sie an ihrer eigenen Meinung fest oder versuchten, ihre Lebenseinstellung und -vorstellung auf ihre Kinder zu übertragen. Leon ging offen mit ihnen um - als spräche er mit Freunden.

Ich saß zunächst zurückhaltend auf dem Sofa und gab nur Antworten, wenn ich gefragt wurde. Dabei ließ ich meinen Blick unauffällig durch den Raum gleiten. Die Wohnung war geschmackvoll eingerichtet. An der langen Fensterfront hingen Vorhänge aus feinem, weißem Gardinenstoff, durch dessen unteren Rand sich eine pastellfarbene, orange-gelbe Borte mit goldenem Metallic-Schimmer zog. Die Farbe des Sofas war einen Ton heller als das Orange in der Borte. Weiße Tapete, in der sich kaum auffällige Goldstreifen befanden, sowie Kunstdrucke von Miro schmückten die Wände. Auch der Teppichboden paßte sich farblich dem Gesamtbild an. Auf einem Glastisch stand eine Schale mit frischem Obst. Daneben lag ein Buch, das Leons Mutter offensichtlich las. Der Titel klang vielversprechend und sagte auch mir zu. Im Zimmer verteilt standen Grünpflanzen. Das Wohnzimmer strahlte eine behagliche Wärme aus. Dazu trug nicht zuletzt auch der Kamin bei, in dem sich erwartungsvoll ein ordentlich aufgestapelter Holzhaufen an zusammengeknülltes Papier schmiegte. Von meinem Platz aus erhaschte ich einen Blick in das angrenzende Eßzimmer, das schlicht aber modern mit Möbeln aus Buchenholz eingerichtet war.

Das Haus meiner Eltern konnte sich natürlich auch sehen lassen. Es kam aber nicht im geringsten an die Behaglichkeit und Wärme von Leons Elternhaus heran.

Nun saß ich also mit Leon bei den zukünftigen Großeltern meines - unseres - Kindes, trank Orangensaft und zeigte mich von meiner besten Seite.

„Lesen Sie das gerade?" fragte ich irgendwann Leons Mutter und nahm das Buch vom Tisch.

Sie nickte. „Es ist ein wunderschönes Buch", sagte sie.

Ich überflog den Klappentext und erinnerte mich daran, von derselben Autorin schon ein anderes Buch gelesen zu haben.

„Ich kenne den Stil der Autorin", erwähnte ich und legte das Buch zurück auf den Tisch. „Er gefällt mir."

„Mir auch." Leons Mutter lächelte mich an.

„Ich finde, wir sollten das *Sie* beiseite lassen", fuhr sie fort. „Ich bin Gabi." Sie streckte mir die Hand entgegen.

„Joanne." Ich schüttelte ihre Hand und lächelte. „Aber alle nennen mich Jo."

Leon sah uns erstaunt an.

„Na, du gehst ja ran", sagte er zu seiner Mutter.

„Nicht mehr als du, oder?" konterte Gabi und zwinkerte mir zu.

Ich warf Leon einen vorsichtigen Blick von der Seite zu.

„Studierst du auch?" wollte Gabi wissen.

Ich verneinte und erzählte ihr von meiner Arbeit bei *Brainstorm* und dem angefangenen Englischkurs.

Das Telefon klingelte. Leons Vater stand auf, um den Anruf zu beantworten und kam kurz darauf wieder ins Wohnzimmer zurück mit den Worten: „Leon, für dich."

„Wer denn?" wollte Leon wissen.

„Weiblich", nuschelte sein Vater und warf mir verstohlen einen bedauernden Blick zu. Leon stand auf und verschwand. Ich zuckte nur mit den Schultern.

„Es tut mir leid." Leons Mutter warf mir einen mitfühlenden Blick zu.

„Schon gut", wehrte ich ab.

„Ich weiß nicht, was mit Leon los ist", fing sie an, sich für ihren Sohn zu entschuldigen. „Er hat sich seit seiner letzten Beziehung sehr verändert."

Einerseits wollte ich nichts über Leons verflossene Liebschaften hören, andererseits brannte ich darauf, nähere Details aus seiner Vergangenheit zu erfahren.

„Seine Freundin Vicky hat ihn wegen einem anderen verlassen. Sie waren über drei Jahre zusammen gewesen. Leon war damals total auf sie fixiert. Und als es dann vorbei war, kam er lange Zeit nicht darüber hinweg. Bis er anfing, sich mit anderen Frauen... abzulenken. Ja, ich nenne es mal ablenken. Ich glaube, er wollte damit nur seinen Schmerz überdecken, den Vicky ihm zugefügt hatte, und dabei einen Teil dieses Schmerzes unbewußt anderen Frauen zufügen. Weißt du, Leon ist sehr sensibel..."

„Ich weiß", warf ich ein. „Wir haben uns nicht oft gesehen, seitdem wir uns kennen. Unsere Treffen waren vielmehr zufällig, aber dafür immer intensiv. Leon war niemals unaufrichtig zu mir. Wenn er unaufrichtig war, dann vielleicht zu sich selbst, aber das kann ich nicht beurteilen. Er hat mich immer wissen lassen, wo ich in seinem Leben stehe. Doch wenn man jemanden richtig liebt, dann ist einem die Stelle in dessen Leben gleichgültig, solange man überhaupt noch an einer Stelle bei ihm steht!" erzählte ich Gabi und war erstaunt über meine Offenheit und die Leichtigkeit meiner Worte dieser Frau gegenüber.

„Leon ist äußerst charmant, zuvorkommend und höflich", fuhr ich fort. „Das Problem, das er den Frauen bereitet, scheint ein tiefer liegendes Problem bei ihm selbst zu sein. Ich habe versucht, mich mit meinen Gefühlen für ihn abzufinden und ihn so zu nehmen wie er ist. Es geht - einigermaßen zumindest. Schwierig wird es sicherlich erst dann, wenn er mit einer anderen Frau fest zusammen ist. Aber darüber denke ich vorerst nicht nach."

„Ich glaube auch nicht, daß das so schnell passieren wird", unterbrach Gabi mich. „Leon ist im Moment wohl eher beziehungsunfähig und muß noch etwas verarbeiten, was für Außenstehende nicht leicht nachzuvollziehen ist. Wir haben uns manchmal darüber unterhalten. Außerdem berührt ihn das Ereignis, bald Vater zu werden, mehr als er zulassen will."

„Tatsächlich?" Ich mußte ein freudiges Lächeln unterdrücken.

„Ich glaube schon. Nachdem er es uns vor einer Woche erzählt hat, haben wir uns lange unterhalten. Ich will dir keine Hoffnung machen, aber er mag dich. Leon ist, was Gefühle angeht, sehr in sich gekehrt. Außerdem muß er selbst entscheiden, was richtig für ihn ist..."

Leon betrat wieder das Wohnzimmer.

„Danke", sagte ich leise und lächelte Gabi zu. Sie war eine großartige Frau.

„Es war Nicole", erwähnte Leon entschuldigend, während er sich setzte. „Die Blondine aus der Disco", fügte er noch als Erklärung für mich hinzu. Als ob diese Nachricht für einen von uns wichtig wäre!

„Wieso ruft sie hier an?" wollte Leons Vater wissen.

„Weil ich in Großhansdorf kein Telefon habe. Nicole ist ziemlich hartnäckig. Irgendwie hat sie wohl eure Telefonnummer herausgefunden. Ich habe ihr jedenfalls erzählt, daß ich momentan Besuch von der Frau habe, die demnächst ein Kind von mir erwartet. Das hat Nicole abgekühlt... hoffe ich zumindest." Leon sah in die Runde.

„Interessante Taktik", sagte seine Mutter und wandte sich dann wieder mir zu. „Wenn wir irgend etwas für dich tun können, Jo, dann laß es uns wissen."

„Danke, aber ich komme schon klar", wehrte ich ab.

Der Nachmittag bei Leons Eltern hatte an der Situation zwischen Leon und mir nichts verändert. Ich dagegen hatte eine nette Frau kennengelernt, die versuchte, unsere Situation zu verstehen. Offen gesagt, ich verstand unsere Situation nicht. Was, in aller Welt, war es, was uns verband oder vielmehr nicht verband und trotzdem nicht von uns abließ?

Ich hatte mir diese Frage zum x-ten Mal gestellt und fand auch dieses Mal keine passende Antwort.

Saskia war der Meinung, ich solle Leon Zeit geben.

Jana dagegen hätte ihn schon längst auf den Mond geschossen.

Und ich?

Ich saß zwischen diesen Meinungen und konnte mich für keine wirklich begeistern.

Ein Schlußstrich wäre wahrscheinlich das Richtige gewesen, aber ich würde Leon niemals endgültig loslassen, geschweige denn vergessen können. Dafür war die Zeit mit ihm zu tatsächlich gewesen und nun mit lebenslangen Folgeerscheinungen behaftet. Solange mein Herz sich nicht von ihm lösen wollte, konnte mein Verstand es auch nicht.

Und dann kam der Abend, nach dem ich anfing, an meiner Verantwortung und meinem Verstand zu zweifeln...

Meine Stimmungen schwankten wieder täglich. Ich mühte mich gereizt und launisch durch die Tage und verbrachte die Nächte oft schlaflos in einsamer Stille. Mein Körper verformte sich mehr und mehr. Der sechste Monat neigte sich dem Ende zu. Irgendwann fiel mir die Decke auf den Kopf und ich mußte raus. Ich hatte das Gefühl, aus diesem Leben und aus meinem Körper ausbrechen zu müssen. Auf dem Weg zum *Basic* merkte ich, daß ich dem nicht entfliehen konnte. Auch nicht mit dem Glas Rotwein, das ich in der Disco trank. Unvernünftigerweise holte ich mir noch ein zweites Glas Rotwein. Eine Hand griff von hinten über meine Schulter hinweg nach dem Glas und nahm es mir weg. Ich drehte mich um und schaute in Vicos Gesicht.

„Was trinkst du denn?" Er schnüffelte an dem Glas.

„Rotwein", antwortete ich betreten.

„Dein erstes Glas?"

„Hmhm", log ich.

„Genehmigt." Vico gab es mir zurück und bestellte sich selbst auch eins.

„Was machst du denn hier?" fragte ich.

„Olaf hat mich vorhin angerufen, und weil sonst nichts los ist, sind wir hierher gefahren."

„Olaf ist auch hier?"

Vico nickte und deutete mir an, ihm zur Tanzfläche zu folgen. Dort trafen wir Olaf. Ich nippte an meinem Glas Rotwein. Olaf beobachtete es skeptisch.

„Ein Glas ist erlaubt", rechtfertigte ich mich. Er zuckte die Schultern.

Etwas später entschuldigte ich mich mit dem Vorwand, auf Toilette zu müssen. Als Olaf und Vico aus meinem Blickwinkel verschwunden waren, kippte ich den Wein hinunter und holte mir ein weiteres Glas Wein an der Theke. Daß ich damit mich selbst und nicht Olaf oder Vico betrog, war mir gerade nicht bewußt. Ich trank von dem neuen Glas Wein ein paar Schluck ab, damit nicht auffallen würde, daß ich mir noch ein Glas geholt hatte. Dann gesellte ich mich wieder zu Vico und Olaf. Langsam fing der Wein an zu wirken.

„Wir kommen gleich wieder", sagte Vico zu mir. Ich sah ihn fragend an. Er nickte Olaf kurz zu und wandte sich zum Gehen. Ich hielt Vico am Arm zurück. „Wollt ihr einen Joint rauchen gehen?"

Vico nickte kaum merklich.

„Ich komme mit", sagte ich entschlossen.

In einem kleinen Park nahe der Disco setzten wir uns auf eine Bank. Vico baute den Joint. Ich sah ihm zu. Ich war mir nicht sicher, ob sie mich daran ziehen lassen würden, aber ich hoffte es. Es war Monate her, seitdem ich das letzte Mal einen Joint geraucht hatte. Vico zündete ihn an und reichte ihn an Olaf weiter. Olaf zog daran und gab ihn Vico wieder zurück. Ich wurde kribbelig. Der Joint wanderte zwischen Vico und Olaf hin und her, und meine Augen verfolgten den Weg der glühenden Zigarette.

„Gib ihn mir bitte auch einmal", bat ich Vico und streckte meinen Arm aus.

„Du?" fragte er überrascht. „Du bist schwanger!"

„Ich weiß."

„Du kannst doch nicht..."

„Nun gib schon her." Ungeduldig schaute ich Vico an und hielt immer noch meinen Arm ausgestreckt.

„Das können wir nicht zulassen", mischte sich Olaf ein.

„Jetzt stellt euch nicht so an", drängelte ich.

„Es ist nicht gut für das Kind", belehrte mich Olaf.

„Aber für mich", gab ich zurück. Olaf und Vico sahen sich an und schüttelten den Kopf.

„Nur einen kleinen Zug", bettelte ich.

„Es ist nicht gut", murmelte Olaf, reichte mir dann aber den Joint. Ich inhalierte tief ein und nahm dann noch einen Zug.

„Das reicht." Vico nahm mir den Joint wieder weg. Schweigend blieb ich sitzen und merkte, wie die Wirkung eintrat. Ich schien zu schweben. Eine angenehme Entspannung breitete sich in mir aus, und ich fing an zu lächeln. Wohlig kuschelte ich mich an Vico und schloß die Augen. Jeder Gedanke an Leon - ob positiv oder negativ - löste sich auf. Ich fühlte mich endlich wieder glücklich.

Das Glücklichsein hielt nicht lange an. Sobald ich mich von der Bank erhoben hatte, fiel es von mir ab. Ich hatte große Probleme, meine Beine unter Kontrolle zu halten und stürzte hinter Olaf und Vico her, zurück ins *Basic*. Durch die Bewegung wurde ich klarer im Kopf, und mir wurde übel. In meinem Bauch tanzte Klein-Leon Rock'n'Roll. Naja, er war sicher auch beduselt.

Im *Basic* setzte ich mich auf den nächsten Stuhl, an dem ich vorbeikam und legte meine Hände auf den Bauch.

„Ist alles okay?" wollte Vico wissen und setzte sich neben mich. Ich nickte erschöpft. Klein-Leon wechselte von Rock'n'Roll zu Pogo. Ich streichelte über meinen Bauch, aber Klein-Leon war nicht zu bändigen.

'Hey, du tust mir weh', dachte ich und spürte im nächsten Moment einen kurzen, ziehenden Schmerz.

„Au", entwich es mir leise.

„Gehts dir wirklich gut?" Vico sah mich zweifelnd an.

„Alles bestens", erwiderte ich und versuchte zu lächeln.

„Olaf, hol doch mal ein Glas Wasser", wies Vico ihn an.

Als Olaf mit dem Wasser zurückgekehrt war, trank ich es in kleinen Schlucken aus. Ein weiterer kurzer Schmerz durchzog meinen Unterleib.

'Hey, es ist alles okay!' Mit diesem Gedanken wollte ich Klein-Leon beruhigen, doch er ging nicht darauf ein.

Erneut stieg Übelkeit in mir hoch. Eine Minute später rannte ich zur Toilette und übergab mich. Die Übelkeit der ersten Schwangerschaftswochen war nicht mit der von diesem Abend zu vergleichen.

Außerdem hatte ich damals keine Schmerzen gehabt. Durch die Kontraktionen meines Magens verstärkten sich die Schmerzen noch, und ich konnte sie kaum noch lokalisieren. Waren sie jetzt im Magen oder im Unterleib?

Klein-Leon war sicherlich durcheinander. Erstens, weil die Kontraktionen in eine andere Richtung losgingen und zweitens, weil seine Zeit eigentlich noch nicht gekommen war.

Mühsam richtete ich mich nach einigen Minuten wieder auf. Erneut ergriff mich ein leichter Schmerz. Ich betätigte die Toilettenspülung und verließ diesen Ort. Jeder Schritt fiel mir schwer, weil mein Magen schmerzte, und ich immer noch benommen war von dem Joint. Mit leicht vorgebeugtem Oberkörper kehrte ich zu Vico zurück und ließ mich neben ihn auf einen Stuhl sinken.

„Du bist ja weiß wie Schnee", stellte er erschrocken fest.

„Tatsächlich?" fragte ich überrascht und rieb mein Gesicht, um Farbe hineinzugeben, griff dann aber gleich wieder an meinen Unterleib, den eine weitere Schmerzwelle schüttelte. Ich biß die Zähne zusammen. Aus wars mit der Schauspielerei. Ich konnte Vico nichts vormachen.

„Hier, trink einen Schluck." Vico hielt mir ein frisches Glas Wasser unter die Nase. Ich nahm einen großen Schluck und atmete tief durch.

„Möchtest du an die frische Luft?" fragte Vico. Ich nickte. Er nahm meine Hand und half mir aus dem Stuhl. Als ich aufgestanden war, wurden die Schmerzen heftiger.

„Au", stöhnte ich und ging langsam und gebückt an Vicos Seite zum Ausgang. Die Leute in der Disco sahen mir teils erstaunt, teils neugierig, teils amüsiert nach. Ich verachtete sie einen Moment lang und dachte, daß sie garantiert nicht wissen, was Leben überhaupt bedeutet! Wenn die wüßten, was da noch alles auf sie zukommt, hätten sie bestimmt keine Lust mehr, am nächsten Tag noch einmal aufzustehen! Im nächsten Moment waren sie mir aber auch schon wieder egal, denn ein weiterer Schmerz streifte meinen Unterleib. Ich sackte unter Vicos Armen ein.

„Gehts noch?" fragte Vico erschrocken.

Ich sah ihn mit zusammengekniffenen Augen und schmerzverzerrtem Gesicht an.

„Ich weiß nicht", sagte ich und atmete tief durch.

Wir erreichten den Ausgang der Disco und setzten uns in einen Hauseingang.

„Es tut so weh", jammerte ich und hielt meinen Unterleib.

„Sind das Wehen?"

„Keine Ahnung", preßte ich heraus.

„Soll ich nicht lieber einen Arzt rufen?" Vico sah mich besorgt an.

„Nein", zischte ich und im nächsten Moment: „Aaaaah!"
Mein Unterleib verkrampfte sich. „Doch!"

Olaf war neben uns getreten. Ich lag in Vicos Armen und wußte nicht, ob ich meinen Körper ausstrecken oder zusammenkrümmen sollte. Er bereitete mir in jeder Position Schmerzen.

„Ruf einen Arzt!" hörte ich Vicos Stimme von weit her.

Irgendwann vernahm ich die Geräusche eines sich nähernden Krankenwagens. Kurz darauf betteten mich zwei Sanitäter auf eine Bahre und schoben mich in das Innere des Wagens.

„Laß mich nicht allein", wisperte ich und sah Vico ängstlich an.

Er sprach mit den Sanitätern und stieg dann zu mir in den Krankenwagen. Ein paar Minuten später hing ich verkabelt an einem Tropf und raste mit Lichtgeschwindigkeit und Blaulicht in einem Krankenwagen durch Hamburgs Straßen. Ich sah durch das Fenster die Sterne dieser klaren Nacht leuchten und versank dann in einem schwarzen Nichts.

Als ich aufwachte, saß Vico neben mir. Ich blinzelte in den Raum, dessen weiße Wände Kälte ausstrahlten. Dunkle Gardinen bedeckten die Fenster. Neben mir stand ein weiteres Bett, das nicht belegt war. Vico hielt meine Hand.

„Was ist passiert?" fragte ich erschöpft.

„Es ist alles in Ordnung", sagte Vico und erzählte mir von meinem Zusammenbruch am Abend zuvor. Mein Alkohol- und Drogenkonsum war nicht der einzige Auslöser gewesen, hatte aber dazu beigetragen.

„Und Klein-Leon?" Angst ergriff mich. Was hatte ich nur angestellt? Wie konnte ich nur so verantwortungslos sein?

„Er wird sich erholen, haben die Ärzte gesagt. Aber du hättest dein Baby verlieren können, wenn du nicht ins Krankenhaus gekommen wärst." Vico sah mich tadelnd an. „Deine Schmerzen waren leichte Wehen..." Vico erzählte weiter, ich hörte ihm nicht mehr zu.

Das waren nur *leichte* Wehen? Wie würde es dann wohl bei der Geburt ablaufen?

Ich malte mir einen Moment lang die Schmerzen vom vergangenen Abend hundertfach gesteigert aus und bekam Angst. Ich atmete tief durch. Allerdings war ich froh zu hören, daß Klein-Leon sich von dieser Tortur erholen würde und strich zärtlich über meinen Bauch.

„Entschuldige", flüsterte ich leise und meinte damit Klein-Leon.

„Hast du was gesagt?" fragte Vico.

Ich schüttelte den Kopf.

„Wie kommst du eigentlich an all diese Informationen? Ich denke, die Ärzte geben sie nur an Verwandte weiter", fragte ich.

„Ich habe mir Sorgen um dich gemacht und mich als der Vater deines Kindes ausgegeben. Sorry, wenn ich damit vielleicht zu weit gegangen bin", entschuldigte sich Vico. Überrascht und ein wenig gerührt drückte ich schweigend seine Hand.

„Danke", flüsterte ich dann.

„Wofür?"

„Danke, daß du mich hierher gebracht hast", sagte ich.

„Keine Ursache, aber ich hätte niemals zulassen dürfen, daß du von dem Joint rauchst."

„Du hättest es nicht verhindern können. Ich hatte sowieso schon mehr als ein Glas Wein getrunken", gestand ich, damit Vico sich keine weiteren Vorwürfe machen würde.

„Du bist doch nicht ganz bei Trost?!" Vico wurde böse.

„Jetzt schimpf mich nicht aus. Es war 'ne verdammt lange Zeit, in der ich abstinent gelebt habe."

„Das gibt dir nicht das Recht, das Leben deines Kindes aufs Spiel zu setzen!"

„Ich war schlecht drauf. Ich habs nüchtern einfach nicht mehr ertragen", wehrte ich mich.

„Wie egoistisch bist du eigentlich?" Vico lief wütend im Zimmer auf und ab.

„Vico, bitte!" versuchte ich ihn zu beruhigen.

„Ich denke, du liebst Leon? Wie kannst du dann *seinem* Kind so etwas antun?" Vicos Arme fuchtelten in der Luft herum. So hatte ich ihn noch nie erlebt. Er war für mich normalerweise die Ruhe selbst - immer verständnisvoll und locker.

„Ich..."

„Sag nichts. Es reicht", unterbrach er mich.

„Ich...", versuchte ich noch einmal, mir Gehör zu verschaffen. Doch Vico ließ mich nicht ausreden.

„Ich gehe besser", sagte er und verschwand ohne ein Wort des Grußes.

Nachdem die Tür ins Schloß gefallen war, breitete sich eine ungemütliche Ruhe im Zimmer aus.

Vico hatte ja Recht! Trotzdem war es geschehen, und ich konnte es nicht mehr rückgängig machen. Ich konnte es nur besser machen - und das wollte ich!

19

Zwei Wochen lang mußte ich im Krankenhaus bleiben. Ich durfte nur liegen, durfte selten aufstehen. Das schien die Strafe für mein Vergehen zu sein.

Mein behandelnder Arzt bat mich kurz vor der Entlassung um ein Gespräch.

„Ihre Blutwerte bei der Einlieferung ließen auf Alkohol- und Cannabis-Genuß schließen", fing der Arzt an, als ich in seinem Büro Platz genommen hatte.

„Es war ein Ausrutscher", sagte ich entschuldigend.

„Ein Ausrutscher?!" wiederholte der Arzt und sah mich eindringlich an.

„Ja", bestätigte ich. „Es wird nicht noch einmal vorkommen."

„Aber es war sicherlich nicht das erste Mal, daß Sie Drogen konsumiert haben, oder?"

„Nicht das erste Mal, aber das erste Mal während meiner Schwangerschaft."

Wenn man mal von dem klitzekleinen Joint absah, den ich an jenem Abend geraucht hatte, an dem ich erfahren hatte, daß ich schwanger bin. Aber diesen klitzekleinen Ausrutscher wollte ich dem Arzt lieber nicht erzählen.

„Ihre Frauenärztin hat mir etwas anderes erzählt."

Schön, daß ich im Ärztekreis ein Gesprächsthema bin!

„Sie hat mir mitgeteilt, daß Sie zu Beginn Ihrer Schwangerschaft einige Untersuchungen haben durchführen lassen..."

„Wie gesagt, vor meiner Schwangerschaft habe ich hin und wieder, aber eher selten, Drogen genommen", unterbrach ich den Arzt. „Als ich schwanger geworden bin, war ich unsicher, ob sich dieser Konsum vor der Schwangerschaft negativ auf das Kind auswirken könnte, deswegen bat ich meine Frauenärztin um entsprechende Untersuchungen."

„Sind Sie drogenabhängig?"

„Wie bitte?"

Der Arzt wiederholte seine Frage.

„Wohl kaum. Ich bin seit der Schwangerschaft abstinent. Ich habe auch vorher niemals harte Drogen konsumiert. Von Abhängigkeit kann hier keine Rede sein", erklärte ich bestimmt.

„Wie dem auch sei, Sie sollten sich einer Drogenberatung unterziehen."

„Drogenberatung?" Ich glaubte, nicht richtig gehört zu haben. „Warum?"

„Weil Sie zu dem gefährdeten Kreis zählen."

„Ich bin nicht gefährdet."

„Das sehe ich anders. Sie haben mit ihrem... Ausrutscher, wie Sie es nennen, gezeigt, daß Sie nicht damit umgehen können."

„Aber es war wirklich nur ein Ausrutscher!"

„Es darf in solch Verantwortungsbewußtsein fordernden Situationen keine Ausrutscher geben. Wenn Sie nicht zur Drogenberatung gehen, sehe ich mich gezwungen, das Jugendamt einzuschalten."

So weit wollte ich es nicht kommen lassen. Also willigte ich ein, mich bei einer Drogenberatungsstelle zu melden, sobald ich das Krankenhaus verlassen dürfte.

Nach meiner Entlassung wurde ich noch zwei weitere Wochen krankgeschrieben. Ich durfte mich zwar bewegen, durfte aber nicht den ganzen Tag umherlaufen und sollte immer wieder lange Ruhepausen einlegen. Ich hielt mich an diese Anweisung und erholte mich.

Vico besuchte mich oft. Er hatte mir verziehen. Was heißt verziehen - ich hatte ihm ja nichts getan.

Klein-Leon hatte mir auch verziehen. Die ärztlichen Untersuchungen hatten ergeben, daß er den Vorfall ohne Schaden überstanden hatte. Klein-Leon war ein zäher Bursche. Übrigens ist es noch nicht heraus, ob Klein-Leon überhaupt ein *er* ist. Vielleicht ist er auch eine *sie*. Ich wollte es nicht wissen. Ich wollte mich überraschen lassen.

Es lagen nur noch wenige Wochen bis zum Geburtstermin vor mir. Ich ging regelmäßig zu den Untersuchungen und verbrachte zusammengerechnet Stunden, vielleicht sogar Tage bei meiner Frauenärztin. Und ich lebte äußerst vorbildlich. Meine Ernährung hatte ich auf noch gesünder umgestellt, obwohl ich mich seit Bewußtsein der Schwangerschaft schon sehr gesund ernährt hatte.

Von Leon hörte und sah ich nichts. Ich fuhr auch nicht zu ihm. Ich wußte nicht, ob ich ihn je wiedersehen würde. Aber ich wollte nicht zu intensiv darüber nachdenken.

Ich nutzte die Zeit, und ging zu einer Drogenberatungsstelle. Ich war immer noch nicht davon überzeugt, daß ich das wirklich nötig hatte. Aber ich mußte meinem Arzt im Krankenhaus eine Bescheinigung vorlegen, die ich nach dem Beratungsgespräch erhalten sollte, falls ich nicht in eine Entzugsanstalt eingewiesen werden würde. Man konnte schließlich nie wissen, was in den Köpfen dieser Menschen vorging.

Ich wurde nicht in eine Anstalt eingewiesen, und ich erhielt die Bescheinigung, der man entnehmen konnte, daß ich nicht akut gefährdet bin und nicht in der Drogenhölle abstürzen würde. So ungefähr. Aber davon war *ich* auch schon vor dem Gespräch überzeugt gewesen. Hauptsache, die Ärzte waren nun auch davon überzeugt!

20

Ich ging wieder zur Arbeit. Und ich war froh, wieder unter Menschen zu sein. Die Zeit im Krankenhaus und anschließend zu Hause hatte mich sozusagen von der Außenwelt ausgeschlossen. Ich hatte viel Besuch erhalten - eigentlich war immer jemand um mich herum gewesen, aber es war nicht das Leben, das ich gewohnt war. Andererseits war ich mittlerweile kugelrund geworden. Es fiel mir schwer, mich längere Zeit auf den Beinen zu halten, und ich kam schnell aus der Puste.

Saskia hatte angefangen, Strampler, Hosenanzüge, Pullover, Hemdchen usw. für Klein-Leon zu nähen. Sie saß beinahe jeden Abend ein Stündchen vor der Nähmaschine, und ich war jedesmal entzückt, wenn sie mir ein fertiges Teil unter die Nase hielt. Dabei setzte Saskia ihrer Phantasie keine Grenzen. Es waren recht ausgefallene Stücke dabei - vom Schnittmuster oder von der Stoffzusammensetzung her. Sie nähte und nähte, und ich fragte mich bald, ob ich Klein-Leon vor seinem zehnten Geburtstag jemals würde Kleidung kaufen müssen.

Wenn Jana zu Besuch kam, hatte sie immer eine niedliche Kleinigkeit für Klein-Leon dabei, die sie bei ihrem letzten Einkaufsbummel entdeckt hatte. Das Baby-Zimmer füllte sich. Meine Freunde schienen mehr als ich im Baby-Rausch gefangen zu sein. Wenn das so weiterginge, würde mein Baby ein verwöhnter kleiner Balg werden und den Wert von materiellen Dingen niemals schätzen lernen.

Die Tage an der Arbeit vergingen wie im Flug. Auch sonst flog mein Leben dahin. Es gab keine besonderen Vorkommnisse, außer, daß meine Figur keine mehr war.

Saskia hatte einige weit schlabbernde Oberteile für mich genäht. Die Hosen, die ich trug, hatten eine Taillenweite, in die ich einen Gymnastikball hätte hineinstecken können. Sehnsüchtig schaute ich die Blusen, Shirts und Hosen in meinem Kleiderschrank an, die ich vollkommen vernachlässigt hatte. Die Knöpfe an ihnen blickten mich vorwurfsvoll an. Ich versprach meiner Kleidung, sie in einigen Monaten wieder auszuführen.

Seit meinem Zusammenbruch war ich nicht mehr im *Basic* gewesen. Ich verspürte wenig Lust, mich irgendwo aufzuhalten, wo viele Menschen waren. Mein Körper war mir schon zu eng, da mußte ich mich nicht auch noch in überfüllten Discotheken aufhalten. Die Wochenenden verbrachte ich zu Hause vor dem Fernseher, oder ich besuchte Jana, Olaf oder Marc. Oft trafen wir uns auch bei einem von uns, schauten Video oder spielten ein Gesellschaftsspiel. Ein paar Mal war ich im Kino gewesen. Eigentlich mochte ich Kino weniger, aber mein Lieblingsschauspieler drehte gerade einen Film nach dem anderen. Diesen Genuß konnte ich mir dann doch nicht entgehen lassen.

Am letzten Arbeitstag vor meinem Mutterschutzurlaub lud ich meine Kollegen zu Pasta und Pizza ein. Wir bestellten Unmengen bei einem Pizzaservice und versammelten uns nach Feierabend im Aufenthaltsraum. Es war ein schöner Abend. Aber er war behaftet mit Abschied. Und ich mochte keine Abschiede.

Ich versprach meinem Chef, so bald wie möglich wieder zur Arbeit zurückzukehren. Am besten gleich nach dem Mutterschutzurlaub.

Mein Chef sagte nur, ich solle erst einmal abwarten, bis das Kind geboren sei und mich dann nach dem Mutterschutzurlaub entscheiden, wie lang ich noch zu Hause bleiben wolle. Meinen Arbeitsplatz würde er jedenfalls für mich freihalten.

Es war ein schönes Gefühl, zu wissen, daß ich jederzeit in dieser Firma willkommen war. Die Möglichkeit, nach der Geburt wieder Geld zu verdienen, gab mir ein Stück Sicherheit.

Eine Woche später stand meine Mutter vor der Tür. Man kann sich vorstellen, daß ich ziemlich überrascht war.

„Was machst du denn hier?" begrüßte ich sie.

„Ich wollte mal sehen, wie es dir geht."

Es ging mir gut. Der letzte Monat der Schwangerschaft war angebrochen, und ich hatte noch einiges für die Geburt und für Klein-Leon vorzubereiten. Meine Mutter ließ es sich nicht nehmen, mir dabei zu helfen. Sie achtete streng darauf, daß ich nichts Falsches aß, daß ich keine Zigaretten rauchte, daß ich ausreichend Schlaf hatte, daß ich mich nicht überanstrengte und daß ich regelmäßig Ruhepausen einlegte. Sie blieb eine Woche. Obwohl sie die Wohnung auf Hochglanz gebracht und sich mütterlich um mich gekümmert hatte, war ich froh, als sie wieder abgereist war. Die Woche mit meiner Mutter war anstrengender gewesen als ohne sie.

Leons Mutter hatte zwischendurch einmal angerufen, um sich nach meinem Befinden zu erkundigen. Sie schlug vor, daß wir uns vor der Geburt noch einmal auf einen Tee treffen sollten. Wir trafen uns in einem Café an der Alster.

„Gut siehst du aus!" begrüßte mich Gabi.

„Danke. Es ist auch alles im grünen Bereich."

„Wann ist es denn soweit?"

„In zweieinhalb Wochen."

„Und? Bist du schon nervös?"

„Ich weiß nicht. Ich denke nicht darüber nach. Ansonsten würde ich wahrscheinlich vor Angst sterben."

„So schlimm wirds nicht", beruhigte mich Gabi. Wenn man bedenkt, daß Gabi drei Geburten hinter sich hatte, konnte es wirklich nicht so schlimm sein, dachte ich mir.

Leon hatte noch zwei Brüder - Martin und Stefan. Sie waren beide älter als er. Martin wohnte in Berlin und war Architekt. Stefan war mit einer Amerikanerin verheiratet und lebte in Seattle.

„Mein Mann und ich haben uns überlegt, für unser Enkelkind ein Sparkonto anzulegen", fing Gabi an. „Natürlich nur, wenn du nichts dagegen hast."

Ich war sprachlos. Konnte ich das annehmen? Andererseits - es war ja nicht für mich, sondern für Leons Kind. Da ich nicht wußte, was die Zukunft noch bringen würde, war diese Idee vielleicht nicht schlecht.

„Grundsätzlich habe ich nichts dagegen", sagte ich, als ich meine Sprache wiedergefunden hatte, „aber ich bin mir nicht sicher, was Leon davon hält. Meinst du nicht, daß ihr euch damit zu sehr in sein Leben einmischt?"

„Überhaupt nicht. Es ist schließlich unser Enkelkind. Wie auch immer die Situation zwischen dir und Leon ausgehen wird, das Kind sollte nicht darunter leiden. Und Leon kann momentan nichts tun."

„Kann oder will nichts tun", fügte ich hinzu.

„Das ist Definitionssache." Gabi lächelte.

„Ok", willigte ich ein. „Ich habe nichts dagegen, wenn ihr für Klein-Leon ein Sparkonto anlegt. Aber außer Klein-Leon sollte keiner an das Sparguthaben herankommen, und ihr verwaltet es, bis er achtzehn ist. Ich kenne mich nämlich. Wenn ich in Geldnot sein sollte, würde ich es wahrscheinlich plündern", erklärte ich lachend.

„Einverstanden", sagte Gabi.

„Danke."

„Nichts zu danken."

Ich nahm einen Schluck von meinem heißen Kakao.

„Klein-Leon?" fragte Gabi. „Wird es ein Junge?"

„Weiß ich nicht. Ich nenne ihn Klein-Leon, weil..." Ja, wie sollte ich das denn nun erklären? Natürlich wegen Leon!

„Ich kann es mir denken", sagte Gabi lächelnd. „Wirst du enttäuscht sein, wenn es ein Mädchen wird?" fragte sie weiter.

„Nein, ganz und gar nicht. Hauptsache, es ist gesund." Dabei dachte ich an meine unverantwortliche Lebensweise während der Schwangerschaft, von der Gabi nichts ahnte und von der sie auch nichts erfahren mußte.

„Das ist die richtige Einstellung", bestätigte Gabi.

Während der ganzen Zeit, die ich mit Gabi im Café verbrachte, kreisten meine Gedanken um Leon. Aber eigentlich taten sie das sowieso immer. Zu gern hätte ich gewußt, wie es ihm geht. Ich hatte ihn wochenlang nicht mehr gesehen, geschweige denn etwas von ihm gehört. Andererseits wollte ich Gabi nicht aushorchen.

„Wie geht es Leon?" fragte ich dann doch.

„Ganz gut, denke ich. Er hat uns letzte Woche kurz besucht."

Ich nickte und schwieg.

„Du vermißt ihn, stimmts?"

Ich nickte wieder.

„Das tut mir leid", sagte Gabi ehrlich.

„Schon gut. Laß uns von etwas anderem reden."

„Du, ich muß los. Ich habe noch einen Arzttermin." Gabi blickte auf die Uhr.

„Was Ernstes?" wollte ich wissen.

„Nein, nur Routine."

„Das dachte ich bei meiner Routineuntersuchung vor einigen Monaten auch", sagte ich, und wir lachten beide.

„Kann ich dich noch ein Stück mitnehmen?" fragte Gabi, nachdem sie bezahlt hatte.

„Die U-Bahnstation ist gleich um die Ecke. Das Stückchen laufe ich", antwortete ich.

„Okay. Gib uns Bescheid, wenn es soweit ist", sagte Gabi und drückte meine Hand zum Abschied.

„Garantiert."

„Alles Gute, Jo."

„Danke."

Von Leon bekam ich auch in den folgenden Tagen kein Lebenszeichen. Ob er überhaupt wußte, daß in wenigen Tagen der Geburtstermin sein würde? Ich konnte sein Desinteresse nicht verstehen. Es traf mich mehr, als ich je geahnt hätte. Obwohl ich von Anfang an wußte, worauf ich mich einlassen würde - ich allein hatte entschieden, daß Kind zu bekommen. Doch ich wußte nicht, wie sehr meine Seele leiden würde. Ob der Schmerz dieser unerfüllten einseitigen Liebe wohl stärker war als Wehen sein können?

Einige Tage später erfuhr ich, daß man seelische Schmerzen nicht mit körperlichen vergleichen konnte.
Es war ein Freitagabend Ende Juni. Vico, Olaf und ich saßen bei Jana und aßen chinesisch. Jana hatte sich mit ihren Kochkünsten selbst übertroffen. Chinesisch war allerdings auch ihre Spezialität. Die Ente war knusprig kroß, das Gemüse knackig al dente und die Soßen - süß-sauer, scharf oder Soja - rundeten dieses chinesische Gericht perfekt ab. Wir hatten zwei Videofilme ausgeliehen, die wir nach dem Essen ansehen wollten.
Ich legte mich nach dem Essen aufs Sofa, das die anderen mir freundlicherweise komplett überließen. Ich fühlte mich seit zwei Tagen etwas schlapp. Es schien an dem schwülen Wetter zu liegen, das meinem Blutdruck - mit oder ohne Schwangerschaft - immer schon leichte Probleme bereitet hatte.
Ich lag also schlapp auf dem Sofa, während meine Freunde um mich herum saßen. Wir starrten auf den Fernseher und verfolgten schweigend den ersten Film. Er war kein besonderer Reißer. Wir hatten schon überlegt, den zweiten Film nicht anzuschauen, aber nun war der Abend angefangen, nun sollte er auch zu Ende gebracht werden. Außerdem versprach der zweite Film laut Kurzbeschreibung auf der Rückseite des Covers Tränen und Schüttelkrämpfe vor Lachen. Und die Kurzbeschreibung hielt, was sie versprochen hatte. Wir kamen aus dem Lachen kaum noch heraus. Ich fragte mich zwischendurch, ob meine Fruchtblase das aushalten würde.
Irgendwann bat ich um eine Unterbrechung, denn ich mußte dringend auf Toilette. Die plötzliche Bewegung forderte viel Kraft von meinem runden, schweren Körper. Ich schleppte mich auf Toilette, verweilte einige Minuten dort und wollte wieder ins Wohnzimmer zurückkehren. In diesem Moment durchzog ein heftiger Schmerz meinen Unterleib. Ich krümmte mich vor der Badezimmertür zusammen und stützte mich mit einer Hand an der Wand ab. Dann atmete ich tief durch und richtete mich langsam auf. Ein weiterer Schmerz stach zu, und ich sackte wieder zusammen.
Jetzt gehts los! dachte ich und hielt meinen Bauch.
„Jana!" stieß ich zwischen zusammengebissenen Zähnen hervor. Die Wohnzimmertür war geschlossen. Jana hörte mich nicht.
Ich setzte langsam einen Schritt vor den anderen. Als ich mitten im Flur stand, streifte mich erneut ein stechender Schmerz.

„Aaaaaahhhh!" stöhnte ich und ließ mich auf den Boden sinken.

„Jaaanaaaaa!" rief ich mit letzter Kraft und provozierte so die Wehe. Die Wohnzimmertür flog auf und drei erschrocken blickende Gesichter schauten um die Ecke.

„Ach du Schreck!" Jana kam sofort auf mich zu und wollte mir aufhelfen.

„Nein!" protestierte ich. „Ich kann nicht."

„Olaf, ruf doch mal einen Krankenwagen", sagte Jana hektisch.

„Wo ist denn die Telefonnummer?" fragte Olaf aufgeregt und blätterte wie wild im Telefonbuch.

„Sieh unter K nach", befahl Jana. Sie saß neben mir auf dem Fußboden und hielt beruhigend meinen Arm.

Ich atmete ein paar Mal tief ein und aus und fühlte mich dann plötzlich wieder besser. Langsam richtete ich mich auf. Janas Arm stützte mich.

Vico stand mit einem Glas Wasser neben mir. Ich nahm es dankend an und trank in kleinen Schlucken die Hälfte aus.

„Es geht schon wieder", sagte ich und machte kleine Schritte aufs Wohnzimmer zu.

„Der Krankenwagen ist in wenigen Minuten hier", verkündete Olaf.

„Jetzt macht mal langsam", protestierte ich. „Es ist noch viel zu früh. Ich habe erst Ende nächster Woche Termin."

„Das ist dem Baby sicherlich egal", entgegnete Olaf.

Ich schaffte es bis zum Sofa. Dann überfiel mich eine weitere Wehe. Ich konnte mich daran erinnern, daß ich den Abstand zwischen zwei Wehen zeitlich festhalten sollte. Aber wer kann sich bei derartigen Schmerzen noch auf die Uhrzeit konzentrieren?

„Das Krankenhaus will wissen, wieviel Minuten zwischen zwei Wehen liegen?" rief Olaf aus dem Flur.

„Keine Ahnung", zischte ich, weil ich gerade von einer Wehe geschüttelt wurde.

„Der Krankenwagen ist schon unterwegs", hörte ich Olaf noch einmal sagen, bevor er den Hörer auflegte. Dann kam er zurück ins Wohnzimmer.

„Hast du deinen Koffer schon gepackt?" fragte Jana und sprang aufgeregt um mich herum.

„Der steht zu Hause."

„Kannst du schnell hinfahren und ihn holen, Olaf?"

„Bin schon unterwegs." Olaf hatte den Türgriff schon in der Hand.

„Warte", rief ich.

„Ja?" Olaf drehte sich zu mir um.

„Nimm meinen Schlüssel mit. Saskia ist nicht zu Hause."

Dann verschwand Olaf. Vico saß die ganze Zeit neben mir und hielt meine Hand.

„Wen soll ich noch informieren?" fragte Jana geschäftig und stand immer noch in der Wohnzimmertür, die Hände in die Seiten gestemmt.

Ich krümmte mich erneut zusammen und wimmerte. Die Wehen wurden heftiger. Ich versuchte mich darauf zu konzentrieren, was mir an Atemtechniken im Geburtsvorbereitungskurs beigebracht wurde. Mir fiel aber gerade nichts ein. Den Kurs hatte ich auch nicht regelmäßig besucht. Ich atmete so, wie ich es für richtig hielt, beziehungsweise so, daß die Schmerzen irgendwie erträglich wurden. Es half nicht viel.

„Ich rufe Marc an!" rief Jana und verschwand. In dem Moment klingelte es an der Tür, und zwei Sanitäter traten ein.

„Können Sie noch laufen? Ansonsten holen wir die Trage", sagte einer von ihnen.

Ich richtete mich auf. „Es geht schon."

Vico stützte mich.

Jana hatte noch den Telefonhörer in der Hand und wartete darauf, daß Marc abnehmen würde. Er schien aber nicht zu Hause zu sein.

„Halt! Ich will mit!" Sie warf den Hörer zurück auf die Gabel, als sie uns aus der Wohnung gehen sah und lief hinter uns her.

21

In der Klinik wurde ich zunächst in ein Untersuchungszimmer gebracht, das so ähnlich aussah, wie das Behandlungszimmer bei meiner Frauenärztin. Nachdem ich ordentlich gebettet war, wurde erst einmal mein Zustand diagnostiziert. Ein Arzt und sein Assistent inspizierten interessiert und geschäftig die Gegend um meine auseinandergespreizten Beine.

„Der Muttermund ist vier Zentimeter geöffnet", sagte der Arzt. Der Assistent notierte es auf einem Zettel, der an einem Klemmbrett befestigt war.

„Der Blutdruck ist normal", hörte ich die Hebamme sagen, die neben mir stand und mich an den Wehenschreiber anschloß.

„Kein Fruchtwasserverlust, keine vaginale Blutung", hörte ich wieder die Stimme des Arztes. „Das Kind liegt richtig. Es dürfte keine Komplikationen geben."

Der Assistent schrieb und schrieb.

„Wir machen jetzt einen Einlauf." Das war wieder der Arzt.

Der Einlauf holte das hervorragende chinesische Essen in Nullkommanichts aus mir heraus.

Ich hatte danach ein leeres Gefühl in der Magengegend, das von einem übervollen Druckgefühl weiter unten abgelenkt wurde. Ich fühlte mich kurz vorm Zerbersten.

Der Arzt und sein Assistent verließen den Raum mit den Worten: „Bis später."

„Ich bringe Sie jetzt in den Kreißsaal", sagte Katja, meine Hebamme, nachdem der Abstand zwischen den Wehen kürzer geworden war. Sie stöpselte den Wehenschreiber ab und half mir hoch. Ich stützte mich auf sie und schleppte mich neben ihr her aus dem Zimmer heraus.

Im Gang saßen Vico und Jana. Ich lächelte ihnen gequält zu. Sie sahen mir mitfühlend nach.

Alle paar Schritte hielt ich an und versuchte, meine Atmung und die Schmerzen unter Kontrolle zu bringen. Irgendwann erreichten wir den Kreißsaal. Die Einrichtung desselben nahm ich nur benommen wahr. Noch bevor ich mich fragen konnte, warum sich dort neben einer Badewanne ein Gymnastikball befand, überschwemmte mich schon wieder eine Woge tiefsten Schmerzes. Ich kämpfte mich durch

Krämpfe hindurch, die meine monatlichen Menstruationsschmerzen auf ein Minimum herabsinken ließen. Diese konnte man im Gegensatz zu den Wehen mit einem Nadelpiks in die oberste Hautschicht vergleichen. Und das hier war dann ungefähr so, wie eine Operation ohne Betäubung.

Ich starrte an die weiße Decke und versuchte, mich zwischen den schmerzhaften Wehen zu erholen. Dieser Versuch wurde von Wehe zu Wehe schwieriger, denn die schmerzfreien Minuten dazwischen schrumpften bald auf Sekunden, bis ich keinen Unterschied mehr zwischen schmerzfrei und schmerzhaft empfand. Und dann ging alles furchtbar schnell...

Klein-Leon entpuppte sich als kleines, süßes Mädchen, das die Welt mit einem zarten Schrei begrüßte. Nachdem sie untersucht und gewaschen worden war, hielt ich sie in meinen Armen und betrachtete sie liebevoll.

„Hallo, Lea", flüsterte ich ihr leise zu und berührte ihre klitzekleinen Händchen.

Sie war ein so hilfloses, zierliches und zartes Wesen, das man einfach liebhaben mußte.

Ich war überwältigt. Tränen liefen über mein lächelndes Gesicht, als mir bewußt wurde, daß ich allein Lea soeben auf diese Welt gebracht hatte. Fünf Pfund und achtundvierzig Zentimeter reinstes Glück bereicherten nun mein Leben.

Kurz darauf vermischten sich die Freudentränen mit Tränen der Enttäuschung - der Enttäuschung darüber, daß Leon dieses Wunder nicht miterlebt hatte.

Freude, Glück, Enttäuschung und Sehnsucht überschütteten mich gleichzeitig und ließen diesen Gefühlscocktail in meinem ausgehöhlten Körper Achterbahn fahren. Nur die physischen Schmerzen der Geburt waren schon vergessen.

Ich küßte Leas kleine Fingerchen und streichelte ihre zarte Haut. Sie war wunderschön. Ich erkannte in ihrem Gesicht Leons Züge, seine Nase und seinen feingeschnittenen Mund. Ein weicher blonder Haarpflaum schmückte Leas Köpfchen. Nur ihre Augen hatte sie nicht von Leon. Diese tiefbraunen Augen mit den langen Wimpern, aus denen Lea mich neugierig ansah, waren meine Augen. Ich lächelte Lea an und wußte, wann immer Leon sie sehen würde, würde ihr Blick ihn an mich erinnern...

Erschöpft wachte ich am frühen Morgen auf und blinzelte in die aufgehende Sonne. Neben meinem Bett saß Vico und lächelte mir zu.

„Vico!" flüsterte ich und schaute ihn überrascht an.

„Alles klar?" fragte er und drückte meine Hand. Ich nickte schwach.

„Hast du Lea schon gesehen?" fragte ich leise.

„Ihr Bettchen steht neben dir", antwortete er. „Die Schwester hat sie gerade hereingebracht."

„Oh!" Ich drehte mich um. Mit einem liebevollen Blick betrachtete ich meine schlafende Tochter.

„Sie ist wunderschön, nicht wahr?" sagte ich hingerissen.

„Ein total süßes Baby - hast du gut hingekriegt!"

Ich lächelte.

„Danke, Vico."

„Wofür?"

„Dafür, daß du da bist, wenn man dich braucht." Ich schaute Vico lange an. Er wich meinem Blick nicht aus. Ich erkannte darin all das, was mir in Leons Blicken immer gefehlt hatte. Erinnerungen an die Nacht mit Vico kamen mir in den Sinn. Erinnerungen an alles, was wir gemeinsam erlebt hatten. Und endlich verstand ich, daß es mehr als Freundschaft ist!

„Vico...", fing ich an.

„Ja?"

„...ich..."

In diesem Moment machte Lea mit einem leisen Krächzen auf sich aufmerksam. Ich erhob mich vorsichtig und holte sie aus ihrem Bettchen.

„Guten Morgen, meine Süße", flüsterte ich und setzte mich zu Vico.

„Möchtest du sie halten?" fragte ich ihn. Vico schaute mich unsicher an, aber noch bevor er etwas sagen konnte, hatte ich ihm Lea schon in den Arm gelegt. Sie kuschelte sich an ihn. Entzückt betrachtete ich die beiden.

„Das würde ich jetzt auch gern tun", murmelte ich.

„Was?" fragte Vico. Ich schaute ihn ernst an.

„Du weißt es", sagte ich. Vico nahm meine Hand und streichelte sie.

„Ja", flüsterte er.

Auf einmal wurde mir bewußt, daß erst heute der erste Tag vom Rest meines Lebens beginnen würde. Und dieses Mal durchströmte mich dabei ein positives Gefühl.

***